W0187633

Aus Freude am Lesen

btb

Buch

Eigentlich ist Piet Hieronymus, Sonderermittler der holländischen Polizei, dienstlich in Schottland unterwegs. Doch dann entschließt er sich, einen Abstecher zu Christine zu machen, der Frau, die ihn vor Jahren einmal magisch in ihren Bann geschlagen hat. Noch immer besitzt er das Rubinhalsband, das sie ihm damals mit dem Auftrag gegeben hatte, es reparieren zu lassen. Mit der erneuten Begegnung taucht Hieronymus in eine Welt ein, deren geheimnisvoller Faszination er sich nicht mehr entziehen kann. Den eigentlichen Grund seiner Reise – den merkwürdigen Tod einiger niederländischer Taucher im Loch Ness – vergißt er darüber immer mehr. Und obwohl sich die Ereignisse um ihn herum dramatisch zuspitzen, hat Piet nur mehr Augen für die Schönheit Christines und die Magie der Highlands – und solche Blindheit kann manchmal tödlich sein.

»Das Rubinhalsband« ist der mitreißende Roman einer *amour fou* sondergleichen und eine faszinierende literarische Reise in die schwermütige Winterlandschaft Schottlands und zu ihren bisweilen mehr als exzentrischen Bewohnern.

Autor

Henning Boëtius, geboren 1939, lebt als freier Schriftsteller in Fulda. Seine Romanbiographien über berühmte Schriftsteller wurden von der Kritik ebenso gefeiert wie seine in verschiedene Sprachen übersetzten Romane um den holländischen Ermittler Piet Hieronymus.

Von Henning Boëtius ist bereits erschienen

Ich ist ein anderer. Das Leben des Arthur Rimbaud (72189)
Rom kann sehr heiß sein. Roman (75077)
Andrea Doria. Roman (75100)

Die Piet-Hieronymus-Romane
Blendwerk. Roman (42857)
Undines Tod. Roman (72225)
Der Walmann. Roman (72332)
Der Gnom. Ein Lichtenberg-Roman (72408)
Joiken. Roman (72548)
Lauras Bildnis. Roman (72803)
Schönheit der Verwilderung. Roman (72830)

Henning Boëtius

Das Rubinhalsband
Roman

btb

Umwelthinweis:
Alle bedruckten Materialien dieses Taschenbuches
sind chlorfrei und umweltschonend.

btb Taschenbücher erscheinen im Goldmann Verlag,
einem Unternehmen der Verlagsgruppe Bertelsmann.

3. Auflage
Taschenbuchausgabe Juni 2000
Copyright © 1998 by Wilhelm Goldmann Verlag München,
in der Verlagsgruppe Bertelsmann GmbH
Umschlaggestaltung: Design Team München
Satz: IBV Satz- und Datentechnik GmbH, Berlin
MD · Herstellung: Augustin Wiesbeck
Made in Germany
ISBN 3-442-72639-5

Ich bin ein Mann,
der Feuer macht für den Kopf

keltischer Vers

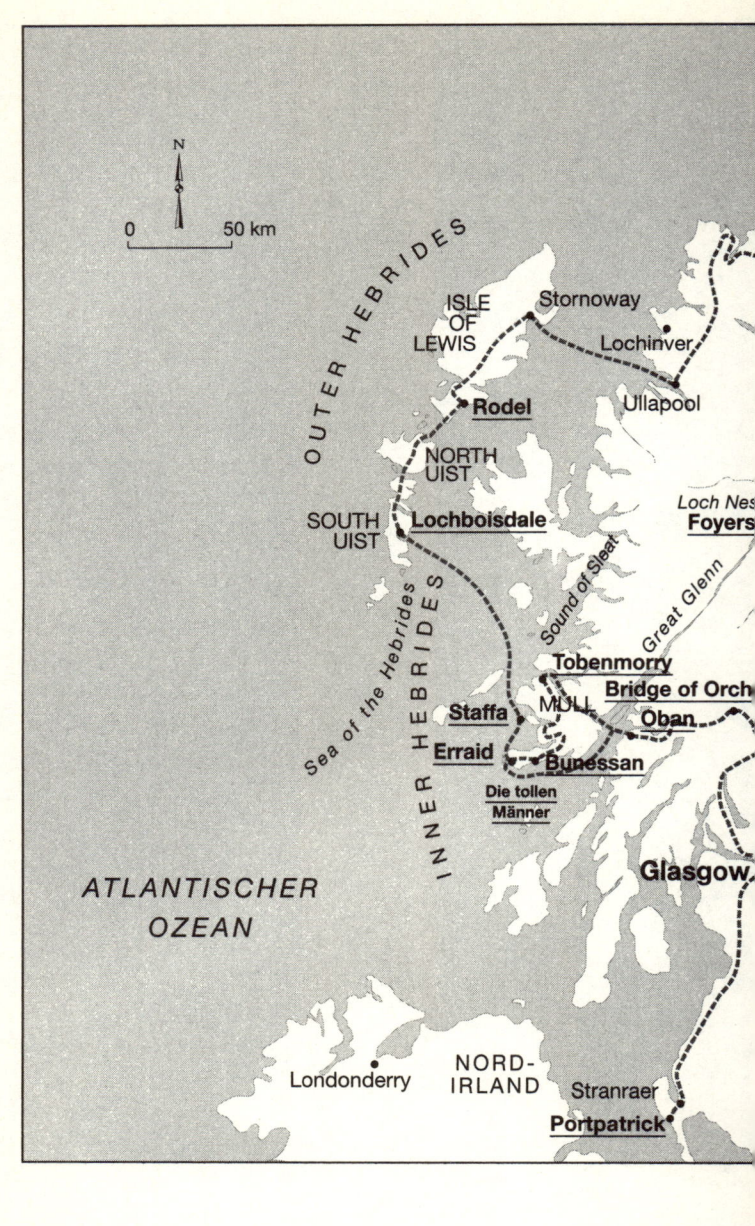

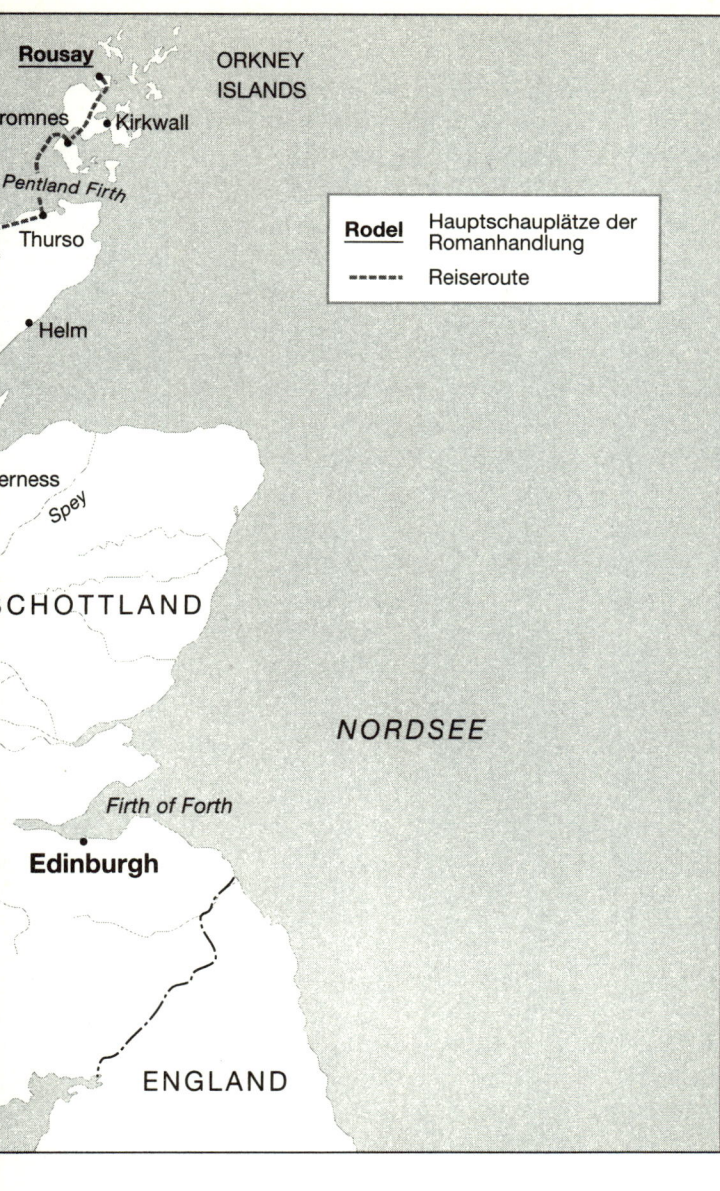

Rousay

ORKNEY
ISLANDS

Stromnes • Kirkwall

Pentland Firth

Thurso

• Helm

Rodel	Hauptschauplätze der Romanhandlung
------	Reiseroute

verness

Spey

SCHOTTLAND

NORDSEE

Firth of Forth

Edinburgh

ENGLAND

1. CHRISTINE

Ich habe mich zuweilen gefragt, ob es einen feinen, jedoch merklichen Bedeutungsunterschied zwischen den synonymen Begriffen ›Beginn‹ und ›Anfang‹ gibt. Sicher, man bevorzugt das eine oder das andere dieser beiden Wörter je nach den Umständen, den sprachlichen wie denen des Alltags. Man redet zum Beispiel vom Anfang einer Geschichte und meint damit gewisse inhaltliche und formale Eigenschaften. Spricht man jedoch vom Beginn, hat man eher den Zeitpunkt eines Geschehens im Sinn. Vertauschte man diese Begriffe, würde man natürlich immer noch verstanden. Aber ein winziges Moment von Ungenauigkeit hätte sich doch eingeschlichen.

Kann man also sagen, daß ›Anfang‹ der umfassendere, der gewichtigere Begriff ist? Daß er mehr auf den Inhalt, die Qualität einer Begebenheit zielt, während ›Beginn‹ als Ausdruck harmloser ist, indem er mehr den zeitlichen Umständen eines Ereignisses gilt? Im Johannesevangelium heißt es bekanntlich »Am Anfang war das Wort«. Unmöglich in diesem Fall, schlicht und einfach zu sagen: »Alles *begann* mit dem Wort«. Aber wenn es nur um die Beschreibung einer seltsamen, jedoch irdischen Reise geht, ist es wohl angemessen, von ihrem Beginn zu sprechen.

Jene seltsame Reise nach Schottland begann vor gut zehn Jahren. Obwohl ich damals nur kurz dort war und ich mich später häufig an völlig anderen Orten aufhielt, setzte ich meine Reise in Wahrheit ohne es zu wissen innerlich fort, so, als sei dieses Land kein geographisches Phänomen, sondern ein imaginäres Ziel, das ich all die Jahre in mir trug und das die teuflische Eigenschaft besaß, bei jedem Schritt der Annäherung um einen gleichgroßen Schritt zurückzuweichen.

Alles, was ich auf den folgenden Seiten mitteilen werde, ist unumstößlich wahr und wirklich so geschehen, so unglaublich auch manches erscheinen mag. Weder hat meine Phantasie exotische Blüten hinzugefügt, noch hat meine Erzähllust Seemannsgarn gesponnen, noch ist etwas Wesentliches durch irgendwelche Erinnerungslücken hindurch verschwunden.

Ich möchte an dieser Stelle im übrigen versichern, daß ich seit meiner Pubertät einem streng naturwissenschaftlichen Weltbild anhänge. Ich glaube an keinerlei okkulte Phänomene wie Telepathie, Zweites Gesicht, Weissagungen aus dem Gedärm von Opfertieren, Kraftfelder von Steinen und dergleichen. Und dennoch...

Meine Neigung, die Welt ausschließlich rational zu interpretieren, hängt wohl mit meinem Beruf zusammen. Ich bin von Beruf Psychologe, wenn ich auch seit einigen Jahren für die Groninger Kriminalpolizei arbeite. Okkulte Phänomene sind für mich Projektionen einer von der Realität enttäuschten Seele oder aber die Folge mangelnder Fähigkeit, die Natur vorurteilslos zu beobachten. Ich weiß dabei natürlich, daß auch in mir Reste magischen Denkens schlummern, jene archaischen Sedimente aus einer Zeit, die mit Göttern und Teufeln so vertrauten Umgang pflegte wie wir heute mit Autos und Computern.

Und ich versuche deshalb so gut ich kann, jene abgesunkenen und fossilen Überbleibsel einer von Ängsten und Sehnsüchten beseelten Naturbetrachtung, wenn sie mir zufällig bei anderen Menschen oder gar bei mir selbst begegnen, ohne Herablassung, vielmehr mit Sympathie zu behandeln.

Ich bin seit einigen Jahren Spezialist für im Ausland in Not geratene Landsleute, aber auch für bestimmte Verhörtechniken, deren Hauptmerkmal die passive Anwesenheit des Inquisitors ist. Wie jede echte Vaterfigur verkörpert er Nähe und Ferne, Neugier und Desinteresse zugleich. Ich habe diese Methode aus der klassischen Rolle des Analytikers entwickelt, der seine Patienten bekanntlich dadurch zum Reden bringt, daß er deren Widerstände und Panzerungen durch den Sog eines scheinbar teilnahmslosen Schweigens zu überwinden vermag. Bei gewöhnlichen Verhören wird in der Tat häufig der Fehler gemacht, daß man durch bohrendes Fragen den Verdächtigen geradezu in eine immer konsequentere Verteidigungshaltung hineindrängt. Meine Verhörtechnik provoziert hingegen meistens das umgekehrte Phänomen: der Kriminelle redet plötzlich wie ein Buch, weil er durch die Zurückhaltung des Verhörenden in seiner Eitelkeit gekränkt ist, weil er dessen Schweigen als Liebesentzug empfindet.

Hin und wieder kommt es vor, daß ich ins Ausland reisen darf, wenn die dortige Polizei in einem bestimmten Fall nicht weiterkommt. Ich betätige mich dann als eine Art Wünschelrutengänger, der versucht, die ungeklärten Rätsel eines Verbrechens aus ihrem Versteck zu locken. Man könnte sagen, daß dies eine Art Erweiterung meiner oben beschriebenen Verhörmethode ist. Ich verhöre sozusagen das dunkle, verstockte Schicksal, indem ich mich ihm unmittelbar und möglichst vorurteilslos aussetze. Eine Situation übrigens, die nicht ohne Gefahren ist. Sie gehen gewöhnlich jedoch weniger von den in den Fall involvierten Kriminellen aus, als vielmehr von der Tatsache, daß ich mich zu sehr in ein mir fremdes Milieu verstricke. Es verändert mich, kratzt an meiner Identität. Auch das kennt der Analytiker. Bei aller Reserve: die Gefahr besteht immer, daß er sich an den seelischen Krankheiten des Patienten infiziert. Gibt es doch keinen seelischen Mundschutz! Und in der Tat, ich neige dazu, mich gefühlsmäßig in fremde Regionen zu verirren, mich stärker auf sie einzulassen als gut für mich ist. Liebesgeschichten können zum Beispiel die Folge sein, die von Anfang an zum Scheitern verurteilt sind. Ob es eine Frau oder ein Land ist, ich werde fast automatisch zum enttäuschten Liebhaber, und zwar aus Gründen der Mimikri. Ich versuche nämlich, mich durch Zuneigung – nicht durch geheuchelte, dann wäre ich ja noch zu heilen! – so geschickt anzupassen, daß mich meine Feinde einfach übersehen. Flucht durch Liebe nenne ich das, eine wahrhaft schreckliche Variante des Überlebenskampfes. Beziehungen sind für mich das gleiche, was die Ackerfurchen für den gejagten Hasen sind. Ich ducke mich tief hinein und höre, wie der Fuchs näherkommt. Ehe er mich entdeckt, muß ich mein Versteck wieder verlassen und hakenschlagend weiterhetzen. Die Folge ist Ruhelosigkeit, Eskapismus, seelisches Vagabundentum, ewiges Beginnen. Ja, ich bin ein hochbegabter Beginner. Schon lange plagt mich daher die Frage, ob mein Leben selbst überhaupt schon richtig angefangen hat oder ob es nur irgendwann vor nunmehr zweiundvierzig Jahren *begann*.

Nicht, daß ich unglücklich wäre. Nein, nicht einmal das. Ich liebe zum Beispiel meine Arbeit. Ich genieße es sogar, das Risiko flüchtiger Beziehungen einzugehen. Große

Leidenschaften machen mir eher Angst, weil mit ihnen etwas *anfangen* kann, was mich für immer aus meinem Versteck vertreibt. Lieber zehnmal verliebt als einmal lieben ist meine Devise. Ist es da ein Zufall, daß sich die vielen Freundinnen, die ich schon hatte, in der Erinnerung mehr und mehr gleichen? Sie werden zu einer Art Fee meiner Sehnsucht, die weder gut noch böse ist, jedoch weise genug, mich nie zu erlösen.

Der Beginn einer Beziehung ist immer schön. Die ersten Ringe nach einem Steinwurf ins glatte Wasser sind nun einmal die schönsten. Sollte ich je in eine dauerhafte Liebe geraten, ohne Panik dabei zu bekommen, wird sie wahrscheinlich ohne dieses Stadium der Verliebtheit beginnen, nein, ich muß mich korrigieren, anfangen.

Als ich Christine kennenlernte, glaubte ich, daß es wieder das Übliche sei: Keine große Liebe, aber eine große Verliebtheit. Die Symptome waren typisch. Euphorie, Melancholie, Weltschmerz, süße Träume.

Anfangs dachte ich beständig, über die Jahre nur noch selten an sie. Und wenn, dann mit einem gewissen Lächeln, das gleichsam der letzte Lichtreflex auf jenem Meer der Gefühle war, dessen Sonne nun schon so lange untergegangen schien.

Auch als ich Christine bereits fast vergessen hatte, war die Erinnerung an sie noch immer latent lebendig, ähnlich einem Dauerton, den man nicht mehr hört. Sie gehörte wahrscheinlich einfach zu jener inneren Reise in ein imaginäres Schottland, die ich nie abgebrochen hatte. Die seltenen Augenblicke, in denen ich sie wieder deutlich vor mir sah, wurden gewöhnlich durch den Blick in eine Schublade ausgelöst, in der ich Andenken aufbewahrte. Unter ihnen befand sich auch ein wunderschönes Halsband. Schön waren vor allem die Steine: elf ovale

Rubine. Sie waren von einem intensiven Rot, so, als bezö-
gen sie ihr geheimnisvolles Licht aus sich selbst und nicht
aus der Helligkeit der Umgebung. Der Schmuck gehörte
Christine. Ich hatte ihn als eine Art Unterpfand meiner
unerwiderten Liebe aufbewahrt, ohne zu ahnen, welche
Verwicklungen dies Jahre später zur Folge haben würde.

Zehn Jahre ist es jetzt her! Und ich rede davon, als ob
es gestern gewesen sei. Ich hatte damals gerade eine Pra-
xis als Psychoanalytiker aufgemacht, und es fiel mir noch
schwer, die Konflikte anderer Menschen mit einfühlsa-
mem Schweigen zu begleiten. Immer wieder ertappte ich
mich dabei, gute Ratschläge zu geben, die Rolle des Analytikers mit der eines Seelsorgers zu verwechseln. Ausgerechnet ich sollte den anonymen Ersatzvater spielen, der
ich so viel vom ewigen Sohn an mir hatte!
    Meine Beziehung zu meiner damaligen Freundin schien
unter meiner Arbeit zu leiden. »Du redest kaum mehr mit
mir«, beklagte sie sich. »Und wenn, dann habe ich immer
das Gefühl, daß ich bloß ein Fall für dich bin.«
    Ich schlug einen Tapetenwechsel vor, eine Reise nach
Schottland. Es sei die richtige Jahreszeit. Winter. Wir würden im Windkanal der ständig von Westen heranziehenden
Tiefs mit ihren Warmfronten innerlich rein geblasen, versprach ich. So ähnlich hatte es ein Freund von mir ausgedrückt, ein Goldschmied, den ich hin und wieder in seiner
winzigen Werkstatt aufsuche. Ich kann ihm stundenlang
bei der Arbeit zusehen. Es beruhigt mich zu erleben, mit
welch stoischer, ja hypnotischer Ruhe er den Metallen seinen gestalterischen Willen aufzwingt.
    Er heißt Willem und ist ein wahrer Fanatiker seines Be-
rufs. Bei ihm ein Schmuckstück bestellen bedeutet, sich
auf endloses Warten einstellen. Willem arbeitet nur, wenn

14

er glaubt, daß die richtige Zeit dafür gekommen ist. Dies sei keine Frage der Lust oder Laune, sondern eine der Sensibilität für die verborgenen Eigenschaften des Materials. Es gibt Steine, behauptet Willem, die man nur fassen darf, wenn das Verhältnis von innerer Spannung, äußerer Ruhe und dem Stand der Sonne die richtige Ausgewogenheit besitzt. »Ich arbeite ungern bei künstlichem Licht«, sagte er einmal. »Die spezifische Frequenz der Hell- und Dunkelphasen einer künstlichen Lichtquelle, ihr allerdings bewußt nicht wahrnehmbares Flackern, wirkt sich negativ auf die Feinmotorik der Hände aus.«

Zuweilen schwärmt Willem von seiner Heimat. »Es gibt keine bessere Jahreszeit für eine Fahrt dorthin. Zwischen Weihnachten und Neujahr ist Schottland eine Königin, die sich aus dem Nebel erhebt und leuchtend vor Schwermut und Lebenslust dem Westwind entgegengeht. Leider hat England unsere Kultur schon vor langer Zeit zerstört. Wir haben uns nie wieder von der katastrophalen Niederlage in der Schlacht bei Cullodden erholt. Es ist unser Pech, daß man Schottland nicht von England abtrennen kann wie einst den Kopf Maria Stuarts von ihrem Leib. Übrigens sagen Augenzeugen, daß ihr Gesicht nach der Enthauptung das einer völlig anderen Frau war. Offenbar hatte der Körper ihr ein fremdes Wesen aufgedrängt. Genauso wie es England mit uns gemacht hat.«

Willy MacLean stammt aus Edinburgh. Als ich ihn einmal fragte, warum er sich ausgerechnet in Holland niedergelassen hatte, sagte er: »Euer plattes Land regt die Phantasie an, weil es langweilig ist. In meiner Heimat steckt bereits in der Natur zuviel Design.«

Willems Werkstatt ist winzig, dabei vollgestopft mit Werkzeug und Raritäten, Muscheln, Tierskeletten, Fundsachen, Treibholz, Glasaugen, nautischen Instrumenten.

Die enge Kapitänskajüte eines Noah der Formen. Von hier aus navigiert mein Freund auf dem unendlichen Meer des Schöpfens. Er erschafft kleine Meisterwerke, die auf ihre Art Geschichten erzählen. Medaillons zum Beispiel, die man aufklappen kann, um dahinter faszinierende Unterwasserwelten zu entdecken, oder Blicke aus silbernen Fenstern in archaische Traumlandschaften.

Einmal, als ich sah, wie schwer es ihm fiel, beim Schmieden am Amboß genügend mit dem Hammer ausholen zu können, fragte ich ihn, warum er sich nicht eine größere Werkstatt leistete. »Das wäre ein Fehler«, sagte er. »Die alten Goldschmiede haben mit gutem Grund immer in solcher Enge gearbeitet. Das erleichtert die Konzentration auf den Brennpunkt der Arbeit, in dem das Objekt entsteht. In einem größeren Raum werden die Bewegungen automatisch ungenauer.«

Als ich Willem sagte, daß ich demnächst mit meiner Freundin in seine Heimat fahren würde, gab er mir noch einen Rat. »Fahrt erst in die Lowlands. Nur von ihnen aus erschließt sich die Poesie der Highlands. So wie du ein Haus am besten von seinem Vorgarten aus begreifst.«

Am dreiundzwanzigsten Dezember landeten wir mit unserem Auto in Portpatrick, einer kleinen Stadt der Lowlands auf den Rhins of Galloway, einer Halbinsel in der Irischen See. Die Stadt ist pittoresk. Eine Perlenkette von sanftfarbenen Häusern schmiegt sich um eine Felsenbucht. Einst fuhr von hier aus die Fähre nach Irland. Jetzt dümpelten dort nur noch Rettungsboote und im Sommer Segelyachten. Wie die meisten Orte, deren große Zeit vorbei ist, hatte auch dieser eine morbide Poesie entwickelt. Die Poesie des Verlassenseins, eine melancholische Schönheit, wie sie für manche Witwe typisch ist.

Als wir eintrafen, stürmte es heftig. Die Brecher verbissen sich wütend in vorgelagerte Klippen und liefen schäumend aus in die Bucht. Wir waren hungrig und gingen in die Bar eines Hotels. Man servierte uns Irish Stew. Das würzige Essen, der tosende Lärm draußen, die dunkle Farbe des Guinness und der typische singende Tonfall der Lowländer verschmolzen zu einer Einheit, die wir überzivilisierten Mitteleuropäer als eine überraschende Dosis unverdorbenen Glücks genossen.

In der Bar des Crown Hotels bedienten abwechselnd drei Mädchen, Schwestern, wie wir herausfanden, aber so verschieden, daß sie nur von drei Vätern stammen konnten. Sie kamen abwechselnd aus dem angrenzenden Raum, der Lounge, wo ein Torffeuer knisterte, und in der, wie wir bald durch kurze Blicke durch den Spalt der aufklaffenden Tür herausfanden, besser gekleidete Pärchen an niedrigen Tischen saßen und Huhn im Körbchen oder gebratene Heringe aßen.

Die Schwestern änderten ihr Auftreten völlig, sobald sie in der Bar waren, gingen auf die derben Späße der einheimischen Männer ein, zapften dabei seelenruhig Bier, schnell und schaumlos wie in meiner Heimat. Nur die Gläser waren um vieles größer.

Eine der Schwestern fiel mir auf. Sie wirkte streng, zurückhaltender als die beiden anderen. Ihre kupferroten Haare waren zu einer Art japanischer Frisur hochgesteckt und von einer Gemme aus Elfenbein gehalten. Sie trug Jeans, einen einfachen Rollkragenpullover und sah aus wie Madame Butterfly in Amerika.

Wir kamen ins Gespräch. Sie hieß Christine Campbell und war die älteste der drei. Verblüffend, wie sie es verstand, auch wenn sie nur sporadisch in der Bar auftauchte, eine Art Dialog mit meiner Freundin und mir zu führen, über Art nouveau übrigens, wobei sie oft mitten im Satz abbrach und nach nebenan verschwand, den gleichen Satz jedoch lückenlos fortführte, wenn sie wieder zum Zapfen erschien. Wir wußten nach ungefähr einer Stunde, daß Christine hier nur aushilfsweise über die Weihnachtstage arbeitete, sonst aber in Glasgow an der Artschool Bildhauerei und Töpferei studierte.

Ich war fasziniert von ihr, was meiner Begleiterin einige boshafte Bemerkungen entlockte. Später wechselten wir in die Lounge, saßen am Torffeuer und tranken Whisky. Christine gesellte sich zu uns, ein Glas Southern Comfort in der Hand. Mich überkam allmählich das beinahe hysterische Gefühl, Mitglied einer neuen Familie zu sein.

Schließlich erschien noch der Bruder in weißer Kochkleidung – er hatte die ganze Zeit über in der Küche gearbeitet und der Mutter sekundiert –, dann die Chefin selbst, eine gutaussehende, feine Dame, kultiviert, englisch sozusagen. Und wirklich, sie war nicht von hier, sondern von jenseits der unsichtbaren Grenze, die bis heute zwischen Berwick und Gretna Green verläuft. Leider trennt sie Schottland von England nicht ebenso konsequent wie jener Beilhieb den Kopf vom Leib der unglücklichen Maria Stuart. Und eben darum zeigt Schottland, wie Willem sagen würde, heute nicht mehr sein wahres Gesicht.

Als Letzter gesellte sich der Vater zu uns. Ein kräftiger, naiv wirkender Mann, Fischer aus Portpatrick und selbst offenbar ständig erstaunt darüber, wie er zu solch einer exotischen Familie weiblicher Paradiesvögel gekommen war.

Wir erlebten damals zum ersten Mal, was schottische Gastfreundlichkeit ist. Sie erinnert an das Potlaching der Indianer. Man teilt mit dem Gast das Beste, was man zu bieten hat, und zwar nicht aus karitativen Gründen. Vielmehr geht es um eine mit größter Freundlichkeit zelebrierte Demonstration der eigenen Größe. Die Campbells waren ein Clan, der im Südwesten Schottlands sein Haupteinflußgebiet besaß. Damals wußte ich davon nichts. Erst später sollte ich begreifen, daß die alten Clanstrukturen noch bis heute in seltsamen, für uns Außenstehende unbegreiflichen Sitten und Machtverhältnissen überlebt hatten.

Meine Freundin und ich gingen in dieser Nacht selig die regenglänzende Mole entlang zu unserem Hotel, beim Abschied mit einer Einladung zum morgigen Weihnachtsmahl vom Campbell-Häuptling persönlich versehen. »Meine Mutter kocht französisch«, hatte Christine ergänzt. »Sie wird sich freuen, in euch Gäste zu haben, die das im Gegensatz zu uns richtig würdigen können.«

Ich schlief schlecht in dieser Nacht, hatte Alpträume, in denen viel Blut floß. Immer wieder schrie ich Zahlen, die höher und höher wurden. Zehn, Hundert, Tausend, Millionen... Meine Freundin weckte mich mehrmals. Sie fragte mich, was ich geträumt hätte. Ich erinnerte mich, wußte es sogar ganz genau, aber ich konnte es nicht formulieren. Es gab weder Bilder noch Worte dafür. Nur, daß es etwas Rotes, Formloses, Verschlingendes war, zugleich flaumig-weich und hornig-rauh, eine Kombination von ekelerregender Widersprüchlichkeit. Ich schloß die Augen und spürte, wie es wieder näher kam, um mich zu peinigen und zu verschlingen.

Am nächsten Tag gingen wir spazieren. Die Landschaft war von herber Schönheit. Sanft gerundete, sattgrüne Grasflächen, von Steinwällen begrenzt, kaum Bäume, felsige Abbrüche zum Meer hin, das immer noch erregt war vom gestrigen Sturm.

Nördlich von Portpatrick gerieten wir in ein enges Tal, das eine ganz andere Atmosphäre besaß. Die Vegetation war fast tropisch, der tiefe Einschnitt voller Busch-werk, Bäume, Farne, Moose, aber auch Palmen und Schlingpflanzen, die hier offenbar wie in einem natür-lichen Gewächshaus gediehen. Die breiten Baumkronen waren vom Wind oberhalb der Steilwände förmlich ab-rasiert und bildeten ein verfilztes Dach von Zweigen und Ästen. Am Grunde des Tales aber war es völlig wind-still, und die goldene Abenddämmerung, die hier unten herrschte, ließ in uns das Gefühl aufkommen, in eine ver-wunschene Welt geraten zu sein. Der Fluß wand sich wie eine klare, gläserne Schlange durch ein Gewirr von Stei-nen und faulendem Holz. Wir folgten ihm mit einiger Mühe, und ich ertappte mich dabei, wie ich Zahlen mur-melte. Immer höhere Zahlen. Ich hatte plötzlich das selt-same Gefühl, in meinen gestrigen Traum geraten zu sein. Da war sie wieder, diese böse und ekelerregende Kombi-nation von schuppiger Härte und flaumiger Zartheit, für die es keine visuelle Entsprechung gab.

Meine Freundin hatte Mühe, mir zu folgen, so schnell eilte ich voran. Endlich sah ich zwischen den Bäumen das Meer. Es glich einem roten Fetzen Stoff, der zwischen den Stämmen aufgespannt war.

Das Tal mündete auf einen kleinen Strand. Das Far-benspiel des Sonnenuntergangs war atemberaubend. Es machte den Westhimmel zu einer Palette, die ein nervöser Maler in schnellen Bewegungen mit immer neuen Farb-mischungen bedeckte und dann auf die Leinwand des Abends verteilte. Wir setzten uns auf einen umgestürz-ten Baum und sahen dem Spektakel zu. Die grünen und violetten Töne im Vordergrund, die schwarzen Pinselstri-che brechender Wellen, die hingetupften, schwefelgelben Wolken auf einem perlmuttfarben irisierenden Himmel, und der bleigraue Strich des Horizontes, als ob dort die

20

Vorzeichnung des Künstlers durchschimmerte. Ich hatte schon viele Sonnenuntergänge in meinem Leben gesehen, aber noch nie einen solchen. Meine Freundin lehnte sich an mich, und fast spürten wir beide das, was einmal unsere Nähe ausgemacht hatte,

Bar und Lounge des Crowns schlossen an diesem Tag eine Stunde früher als sonst. Wir hatten bereits einige Biere in der Bar getrunken, den Einheimischen beim Dart zugesehen, und wurden nun in den großen Raum geführt, in dem die Billardtische standen. Sie waren mit weißen Tüchern verhängt. Einer von ihnen war mittels einer großen Holzplatte in einen Eßtisch verwandelt worden. Es war festlich gedeckt. Edles Geschirr, Kristallgläser, Kerzenleuchter, Mispelzweige und Strohblumen. Nach und nach traf die ganze Familie ein, ergänzt um zwei Jünglinge, Freunde der Schwestern. Tischkarten wiesen uns unsere Plätze an.

Nur Christine fehlte noch. Der Stuhl mir gegenüber war frei. Der Vater seufzte, der Bruder machte einige spöttische Bemerkungen. »Meine gute Schwester braucht immer ein wenig Zeit, um sich zu dekorieren. Das ist es, was man hauptsächlich auf der Artschool lernt«, sagte er.

Da erschien sie. Ich werde diesen Augenblick gewiß nie vergessen, denn er gehört zu den wenigen wirklich prägenden meines Lebens. Zum ersten Mal erlebte ich, was ich später als die rätselhafte Fähigkeit Christines erkannte, den Ablauf der Zeit wenn nicht aufzuheben, so doch auf den Kopf zu stellen. Ich glaubte damals, sie aus einer anderen Epoche zu kennen. Ich sah ein Bild, das mir zugleich nicht neu war und mich dennoch überraschte.

Christine schritt langsam die Treppe herab; sie schwebte förmlich. Dabei raffte sie mit einer weißen, opalberingten Hand ein wenig das schwere lange Kleid aus tiefrotem

Samt. Ihr ovales Gesicht wirkte wie aus bemaltem Porzellan, wie eine japanische Vase, auf die eine einfache Stimmung, eine Art optisches Haiku gemalt war, eine glasierte Tuschezeichnung aus Augen, Mund, ziehenden Kranichen und Schilf an einem unergründlichen Seeufer. Doch war das japanische Moment noch von einer anderen Stilrichtung überlagert. Von etwas Symbolisch-Erhabenem, wie es die Renaissancemaler geliebt hatten. Und es gab auch spanische Momente an ihr. Die Person, die da über die Treppe mit dem roten Läufer aus einer anderen Zeit zu uns herabstolzierte, schien direkt aus einem Gemälde zu kommen. Von Botticelli? Eher von Pontormo oder Velasquez. Diesmal trug sie das Haar offen. Wie eine tizianrote Schleppe wehte es ihr nach, hüftlang, ein Wasserfall aus Kupfer, nein, es gab einfach keinen zureichenden Vergleich. Um den Hals aber trug sie ein Kollier, dessen kräftige Farben ihr Dekolleté in eine raffinierte, zartgetönte, sanftgerundete Schneelandschaft zu verwandeln schienen. Ein goldenes Halsband mit roten Steinen. Ich hatte etwas Vergleichbares noch nie gesehen. Ich starrte sie an, alle starrten sie an. Der Bruder schien hinter vorgehaltener Hand ein Lachen zu unterdrücken, aber es war deutlich, daß auch er fasziniert war. »Sie spielt wieder einmal die Maria Stuart«, flüsterte er.

Christine nahm Platz, genau mir gegenüber. Dann begann ein mehrgängiges Menu, das tatsächlich einem französischen Feinschmeckerlokal Ehre gemacht hätte. Ich jedoch achtete kaum auf die Genüsse des Gaumens und der Zunge. Ich versuchte, mich so locker wie möglich mit den anderen und vor allem mit meiner Freundin zu unterhalten. Ich trank zuviel, redete bald dummes Zeug, hielt mein Englisch für besser, als es war, mit anderen Worten: Ich war unsterblich verliebt in mein Gegenüber.

Christine schwieg zumeist, sie stocherte im Essen wie mit unsichtbaren Stäbchen. Dann spürte ich plötzlich ihren Fuß unter dem Tisch. War es ihr Fuß? Oder bildete ich mir dies nur ein? Doch, da war dieser feste, gleichmäßige Druck auf meinem Schuh.

Überprüfen konnte ich es nicht, da das weiße Tischtuch fast bis zum Boden herabhing.

Im Verlauf des Abends erfuhr ich von Christine, daß sie am nächsten Morgen in aller Frühe mit dem Bus nach Glasgow zurückfahren wollte. Die Studenten machten an Silvester wie jedes Jahr eine Show, und Christine war nicht nur für die Kostüme zuständig, sondern hatte auch eine Rolle übernommen.

»Maria Stuart?« sagte ich. Mir schien, daß sie über und über rot wurde, obwohl dies bei der Kerzenbeleuchtung schwer festzustellen war. In diesem Augenblick passierte ein Malheur. Das Halsband, das sehr eng anlag und dessen Steine im Kerzenlicht funkelten und pulsierten, als ströme echtes Blut in ihnen, riß plötzlich entzwei und fiel klirrend auf einen abgegessenen Teller. Ich starrte Christine voller Entsetzen an. Um ihren schlanken Hals zog sich eine hellrosa Narbe, die das Halsband vorher verdeckt hatte. Sie bedeckte sie mit der Hand, stand auf und rannte aus dem Zimmer. Ihr Bruder, der inzwischen ziemlich betrunken war, beugte sich zu mir und sagte: »Spielt sie sie nicht vollkommen, die schottische Königin?«

»Woher hat sie die Narbe?«

»Das weiß niemand. Sie hat sie gehabt, als sie eines Tages von Glasgow kam. Wir haben sie gefragt, aber sie hat nichts gesagt. Das ist typisch für sie. Sie redet nur, wenn sie will.«

Wenige Minuten später kam Christine zurück. Sie trug ein zartes Chiffontuch um den Hals und setzte sich an ihren Platz, als sei nichts geschehen. Und wieder spürte ich ihren Fuß.

Ich begann, von meinem Freund, dem Goldschmied, zu schwärmen. Er sei der Richtige, um das Halsband zu reparieren, denn er sei ein Meister seines Fachs und Schotte obendrein. Christine schien zuzuhören; obwohl ihre Augen den Ausdruck einer Blinden hatten. Ihr Blick war zugleich leer und intensiv, so als ob sie die Menschen um sich auf eine andere Weise durchschaute als es ein Sehender je vermochte.

Es war nach Mitternacht, als wir uns verabschiedeten. Christine brachte uns zur Tür. Eine Sekunde lang waren wir beide allein im Windfang. Sie nahm meine Hand und drückte sie fest. Ich beugte mich herab, und wir küßten uns auf den Mund. Dann löste sie sich in Nichts auf, und in meinem Kopf blieb ein wildes Durcheinander von Gefühlen, Träumen und Wünschen zurück.

Der Rest der Geschichte ist schnell erzählt. Meine Freundin fand bald heraus, daß ich mich verliebt hatte. Wir stritten uns während der ganzen anschließenden Rundreise durch die Highlands. So spektakulär Orte wie die Sandwood Bay, das Wetter, die so schnell wie in einem Kaleidoskop wechselnden Färbungen der Landschaft, die Erlebnisse in den Kneipen auch waren, wir absolvierten die Zeit wie zwei Vertreter, die eine gemeinsame Verkaufsreise unternehmen und sich dabei über die Qualität ihrer Ware nicht einig sind. Als wir zurück in der Heimat waren, trennten wir uns.

Ich hatte Christine meine Adresse gegeben, in der vagen Hoffnung, sie würde sich irgendwann melden. Tatsächlich schickte sie mir einige Wochen nach meiner Rückkehr jenes Halsband mit der Bitte, es von Willem reparieren zu lassen.

Als ich das Päckchen öffnete und das in zwei Teile zerrissene Kollier vor mir lag, schien es mir sehr viel von seinem Zauber verloren zu haben. Selbst mit meinen Laienaugen meinte ich zu sehen, daß die Steine nicht echt waren. Andernfalls hätte Christine sie wohl auch kaum auf dem unsicheren Postweg zu mir geschickt.

Ich suchte meinen Freund auf. Er zog die Lampe herab und kniff sich eine Lupe ins Auge. Eine Weile betrachtete er schweigend das Schmuckstück von allen Seiten. Zuweilen schüttelte er wie bekümmert den Kopf. Dann endlich gab er sein Urteil ab. »Es ist billiges Gold. 333er. Ein sprödes Material. Das sieht man an den Bruchstellen. Auch an der Farbe. Die Steine sind unzureichend gefaßt und deshalb zusätzlich geklebt. Ein Sakrileg für einen ehrlichen Handwerker. Dem Design nach ist es Modeschmuck aus den fünfziger Jahren. Interessant sind nur die Steine. Es sind wahrscheinlich Rubine. Ihr Gewicht ist erstaunlich. Solch große Rubine gibt es sehr selten. Wenn sie echt wären, hätten wir hier ein Vermögen vor uns. Angesichts der billigen Verarbeitung des Stücks möchte ich sie jedoch für unecht halten. Dabei gibt es verschiedene Möglichkeiten. Es könnte geschickt gefärbtes Glas sein, Straß mit entsprechenden chemischen Zusätzen. Es könnten Spinelle sein, Steine, die man früher von Rubinen nicht unterschied. Sie sind erheblich billiger. Es könnten jedoch auch synthetische Rubine sein. Hierbei gibt es wieder zwei Möglichkeiten. Ein Fälscher hat echte Rubinfragmente bei hoher Temperatur zu größeren Klumpen zusammengeschmolzen. Das ist vor einiger Zeit mal in Genf geschehen. Die Genfer Rubine haben seinerzeit große Verwirrung bei den Fachleuten gestiftet, bis sie wieder vom Markt genommen wurden. Dann können es aber auch industriell hergestellte Rubine sein, die man heute in fast beliebiger Größe, Reinheit und Farbe produziert. Sie sind genauso hart, sie leuchten genauso schön, ja fast noch schöner als Naturrubine von feinster Burmaqualität. Aber sie sind fünfhundertmal billiger. Eine Weile konnte man solche im Labor erzeugten Rubine von den natürlichen daran unterscheiden, daß sie sozusagen reiner waren. Die Einschlüsse fehlten, winzige Luftbläschen, die dem echten Stein eine gewisse Trübung verleihen, die wir »Seide« nennen. Mit Steinen ist es ähnlich wie mit der Liebe, Piet. Ist sie echt, hat sie mehr Einschlüsse, mehr Fehler sozusagen als unechte Liebe, die unwirklich rein sein kann. Aber inzwischen hat man gelernt, die künstlichen Rubine durch Ziehen aus Aluminiumoxydschmelze so zu gewinnen, daß auch sie über Seide verfügen. Wenn du damit einverstanden bist, werde ich jetzt eine erste Probe machen. Sie ist ein wenig brutal, denn ich werde die Steine langsam erhitzen. Handelt es sich um Straß, werden sie dabei zerspringen. Aber keine Bange, sollte das geschehen, ist es leicht für mich, billige Imitate zu besorgen.«

Er stellte sein Lötrohr so ein, daß eine weiche Flamme aus der Mündung kam, und fuhr mit ihr über die Steine. Es begann scharf zu riechen. »Das ist der Kleber, der jetzt kaputtgeht«, erläuterte er. »Es gibt keine interessanteren Steine als Rubine. Die Inder nennen sie die Herren der Edelsteine. Früher hat man Rubine auch als Medikament benutzt. Man hat sie zum Beispiel zerrieben und das Pulver jemandem heimlich ins Getränk getan. Es sollte Gegenliebe hervorrufen. Eine Art Liebestrank. Keine andere Edelsteinart löst so widersprüchliche Gefühle aus. Rubine lassen die einen gleichgültig, andere würden für sie morden. Trägst du sie links, helfen sie dir, trägst du sie rechts, schaden sie dir. Es ist der Stein der Leidenschaft. Früher glaubte man, es gäbe männliche und weibliche Steine, je nach Farbe, die dunklen seien männlich, die helleren weiblich. Man meinte auch, sie hätten eine bestimmte Temperatur und einen besonderen Geschmack. Jedenfalls sind sie in allen berühmten Kronen von Königen, Kaisern und Päpsten vorhanden. Viele große Rubine, die in der Regel Balas-Rubine oder, wie wir heute sagen, Spinelle sind, sind inzwischen spurlos verschwunden. Auch das gehört zum Rätsel dieser Steine. Sie haben die Neigung, in dunklen Nischen der Zeit verlorenzugehen. Karfunkelsteine hat man sie im Mittelalter genannt und ihnen sogar die Fähigkeit angedichtet, ihren Träger unsichtbar zu machen.«

Fasziniert sah ich zu, wie er jetzt das Mundstück des Lötrohres zwischen die Lippen nahm, hineinblies und so die Hitze der Flamme verstärkte. Die Steine veränderten ihre Farbe, wurden blasser, aber sie zersprangen nicht. »Es sind wirklich Rubine«, sagte mein Freund. »Vermutlich synthetische Rubine von hoher Qualität. Fragt sich nur, von welcher Herkunft. Spinelle sind es meiner Meinung nach nicht. Deren Rot ist klarer, langweiliger. Auch fehlt bei Spinellen die Doppelbrechung, die diesen Steinen hier die geheimnisvolle Aura verleiht. Ich mache dir einen Vorschlag. Ich kaufe dir das Kollier zu einem angemessenen Preis ab, sagen wir für tausend Gulden. Dann baue ich das Halsband aus 750er Gold nach und fasse die Steine neu. Einverstanden?«

Ich schüttelte den Kopf. »Bring es bitte in den alten Zustand«, sagte ich. »Es gehört einer Freundin. Ich habe ihr versprochen, es reparieren zu lassen.«

Er grinste. »Du hoffst auf Gegenliebe? Ich glaube, du bist bereits der Magie der Rubine erlegen.«

Eine Woche später holte ich das reparierte Schmuckstück bei Willem ab, fuhr nach Glasgow und wohnte vierzehn Tage bei Christine. Wir waren Freunde, das war es. Alle meine weiteren Annäherungsversuche gingen ins Leere. Dabei teilten wir sogar das Bett. Ein Jugendstilbett natürlich, mit einer tiefen Kuhle in der Mitte, wo wir allnächtlich zusammenrollten, nachdem Christine sich endlos lange vor dem Spiegel bei einer Kerze die Haare gekämmt hatte, in ein Seidennachthemd geschlüpft war und die Damastdecke über uns gezogen hatte. Es war naßkalt, der Raum ungeheizt. Christine schlang den Arm um mich und schlief ein. Als ich sie einmal zu streicheln versuchte, wehrte sie es mit einer kurzen Bewegung ab. »No Sex, Piet«, sagte sie.

Ich tat natürlich kein Auge zu, hatte schließlich Halluzinationen vor Erregung, sah alle möglichen runzligen Gesichter, Männer mit kunstvollen Bärten, Frauen mit zahnlosen Mündern, fremde und bekannte Gesichter, die wie in Überblendungen auseinander hervorwuchsen. Auch jener Alptraum lauerte irgendwo in meinem Kopf. Hornig und weich. Ich erzählte Christine von meinem Spaziergang in jenem Tal. »Das Danskey-Valley«, sagte sie. »Wir nennen es auch das Tal der Feen. Meine Lieblingsstelle auf den Rhins. Ich gehe da oft spazieren. Fühlt man sich nicht wie neugeboren, wenn man das Meer erreicht?«

Ja, dachte ich, das ist die Erklärung. Das Tal ist eine Art Gebärkanal.

Nach zwei Wochen gab ich auf. Ich hatte alles versucht, hatte für Christine gekocht, hatte Stunden in der Mensa der Artschool im MacIntosh-Gebäude auf sie gewartet. Es änderte sich nichts. Wir standen wahrscheinlich tatsächlich am Anfang einer Freundschaft, aber ich war nicht fähig, diese schöne Tatsache zu genießen. Meine Liebe war zu besitzergreifend, zu absolut, zu sehr Beginn statt Anfang, und Christine fühlte das wahrscheinlich.

Ich hatte mir die Aushändigung des Armbandes bis zum Schluß aufgehoben, als Morgengabe sozusagen. Jetzt fuhr ich ab, ohne es Christine gegeben zu haben. Ich behielt es als Unterpfand meiner enttäuschten Liebe.

Wieder zu Hause versöhnte ich mich mit meiner alten Freundin. Wir lebten noch eine Weile zusammen wie zuvor, das heißt, wir hielten uns an die Regel, unsere Beziehung immer wieder neu zu beginnen, ohne je mit ihr richtig anzufangen.

Jahre vergingen, ohne daß sich viel veränderte. Ich hatte inzwischen meine Stelle bei der Groninger Kripo angetreten. Außerdem hatte ich eine neue Freundin. Ingrid. Wir paßten so wenig zusammen, daß ich darin eine Chance sah, zu einer echten Beziehung zu gelangen. Einmal holte ich das Halsband aus der Schublade mit meinen Andenken heraus und zeigte es ihr. Sie legte es widerstrebend an, wobei sie behauptete, daß es ihr nicht stehen würde. Und tatsächlich, es wirkte an ihr wie billiger Modeschmuck. »Es scheuert«, sagte sie. Als sie es am Abend auszog, sah man einen roten Streifen um ihren Hals.

2. DIE BOTSCHAFT

Mein Beruf machte mir mehr und mehr Spaß, zumal ich meinte, bei jedem neuen Fall hinzuzulernen. War das Leben nicht eine Reise, an deren Ziel man einst als die Person ankommen mußte, die man immer schon verborgen in sich hatte? So sollte es wenigstens sein. Doch wo blieben meine Fortschritte? Ich trug jetzt die Haare kürzer, akzeptierte die grauen Strähnen darin, aber in mir schwang ich immer noch eine Kinderrassel. Mein Charakter stagnierte. Die Seele ist schon erstaunlich zäh, zäher jedenfalls als der Körper, der sie, wie einst der heilige Christophorus das Jesuskind, auf dem Rücken durch den Fluß der Zeit trägt. Freunde von mir sagten, ich würde mich schlechter halten als früher, würde krummer gehen, den Kopf vorstrecken dabei. Das mag eine Folge meiner ungewöhnlichen Körpergröße sein, oder aber das Kind, das ich trage, ist einfach zu schwer, so wie in der Legende, wo Christophorus von seiner Bürde unter Wasser gedrückt wird und dadurch unfreiwillig zu seiner Taufe kommt.

Doch das unberechenbare Schicksal hatte eine Überraschung für mich bereit. Als ich an einem grauen Dezembertag von der Arbeit nach Hause kam, zog ich ein großformatiges, gelbes Kuvert aus dem Postkasten heraus. Ich erkannte die steilen, stilisierten Schriftzüge sofort. Ich mußte mich eine Weile gegen den Türrahmen lehnen, bis sich meine Aufregung wenigstens etwas gelegt hatte. Der Brief war von Christine.

Ich rannte die Treppe hoch, stürzte in die Küche, trank mehrere Genever und riß das Kuvert auf. Zum Vorschein kam eine große Hochglanz-Postkarte im DIN A5 Format. Als ich das Bild betrachtete, erschrak ich erneut. Ein solcher Zufall grenzte an Hexerei. Abgebildet war nämlich ein altes Segelschiff, das mir nur zu vertraut war, mit einem Hund als Galionsfigur. Die *Beagle*, mit der Darwin einst um die Welt gesegelt war. Natürlich nicht das Original. Aber eine Brigg des gleichen Typs und aus der gleichen Zeit, die man für eine aufwendige Fernsehserie über Darwin entsprechend ausgerüstet hatte. Sogar zehn Kanonen hatte man hinter Stückpforten installiert.

Genau dieses Schiff hatte ich vor wenigen Monaten noch mit der Videokamera gefilmt, als es im Hafen von Delfzijl gelegen hatte. Es war damals auf dem Weg zu einer Großsegler-Regatta gewesen. Die Mannschaft hatte aus Engländern bestanden, und ich hatte gebeten, an Bord kommen zu dürfen.

Zu meiner Verblüffung lud man mich ein, einen Tagestörn bis Cuxhaven mitzufahren. Kurze Zeit später stand ich an der Reling und hielt mich an den Pardunen fest. Ich jubelte innerlich, hatte das Gefühl, auf dem Weg zu den Hyperboräern zu sein, Kurs Nord, dem Land der Glückseligen entgegen, das der Sage nach hinter dem Riphäischen Gebirge liegt und ein immerwährend mildes Klima hat, weil es jenseits des Herrschaftsbereichs von Boreas, dem kalten Nordwind, liegt. Die Einwohner dieses Paradieses kennen bekanntlich weder Krankheiten noch Leid. Sie sind unsterblich und beenden ihr Leben höchstens freiwillig, wenn sie des permanenten Glücks überdrüssig sind, indem sie sich von den Klippen ins Meer stürzen. Vorher wandeln sie als Lebendtote noch eine Weile an einem einsamen Strand auf und ab, wobei sie alle Momente ihres langen, glücklichen Lebens Revue passieren lassen. Eine solche ›desert beach‹ hatte ich schon einmal bei meiner ersten Schottlandreise gefunden. Die Sandwoodbay im Norden der Highlands. Eine menschenleere Bucht, die ein Fluß durchzieht. Es gibt Flugsand dort, in dem man angeblich plötzlich und spurlos verschwinden kann.

Während jener eintägigen Fahrt war mir Christine wieder nahe. Ja, ich meinte sie fast körperlich zu spüren, wie sie neben mir stand und aufs Wasser zeigte, auf spielende Delphine, die treuen Hunde Neptuns. Das Wetter war mild und sonnig. Über uns die Geheimschrift von Zirren und Windhaken am Himmel, die gewöhnlich Boreas vor sich herschickt als weißgekleidete Herolde, um einen Nordweststurm anzukündigen.

In Groningen zurück, war die Erinnerung an Christine schnell wieder verblaßt. Ich vermied es im übrigen, die Schublade mit dem Rubinhalsband zu öffnen. Seitdem war fast ein halbes Jahr vergangen. Der letzte Monat des Jahres verdunkelte mein Gemüt. Seit Tagen blies es aus Westen, und über den Poldern zogen graue Wolkenmatten heran und drückten auf die Stimmung.

Und nun dieser rätselhafte Zufall! Ausgerechnet Christine schickte eine Abbildung der *Beagle*, ohne doch etwas von meiner kleinen Reise vom Sommer wissen zu können! Das Schiff werde inzwischen als Künstlerschiff eingesetzt, schrieb sie. Sie sei mit ihm im vergangenen Sommer zusammen mit einer Gruppe von Kollegen auf die Orkneys gefahren. »Ich habe eine Weile dort gelebt«, schrieb sie. »Die Gegend würde dir gefallen. Es sieht aus wie am Ende der Welt.«

Meine trübe Stimmung hatte innerem Jubel Platz gemacht. Ich kaufte eine Flasche Maltwhisky der Marke Tallisker und versuchte, mit Hilfe dieses Flaschenschiffs meine abgebrochene Fahrt zu den Hyperboräern wieder aufzunehmen. Eines stand für mich fest. Das war mehr als ein Zufall, das war ein Wink des Schicksals, dem ich würde folgen müssen. Ich würde wieder nach Schottland fahren, und zwar bald.

Als meine Freundin abends vorbeikam, verhielt ich mich in meiner Vorfreude so unmöglich, daß sie mir eine Szene machte. »Ich kenne keinen egozentrischeren Kerl als dich, Piet«, sagte sie. »Du bist so egoman wie...«, sie suchte nach Worten, »... wie ein Egoist!« Sie war richtig in Fahrt.

Hatte ich ähnliche Vorwürfe nicht bereits von vielen Frauen gehört? Ich reagierte nicht, saß grinsend da in meinem Schaukelstuhl und studierte einen Artikel über die Orkneys in einem alten Lexikon. Meine Freundin verschwand, die Tür hinter sich zuwerfend. Ich atmete erleichtert auf, hielt die halbleere Flasche ans Auge, sah hindurch auf ein schwappendes, braunes Whiskymeer und dachte, wie schön es wäre, Weihnachten in Portpatrick zu verbringen. Wieder am Billardtisch zu sitzen, Christine gegenüber. Diesmal würde ich allein fahren und es würde endlich klappen mit uns. Ja, ich würde mit meinem Chef sprechen und mir Urlaub geben lassen. Und diesmal würde ich ihr auch das Rubinhalsband bringen und es ihr selbst um den Hals legen.

Ich ging den Schmuck holen, legte ihn im Halbkreis auf die spiegelnde Tischplatte. Daneben stellte ich eine Kerze. Wie die Steine funkelten! Elffach züngelte die Kerzenflamme in ihnen. Es sah aus wie ein kultischer Reigentanz. Während ich trank, sah ich Danskey-Valley wieder vor mir, den kleinen Strand am Ende des Tales, diese Mondsichel aus weißem Sand zwischen den Felsen, den klaren Fluß, der sie kerbte. Eine schwarz vermummte Gestalt näherte sich, eine Göttin der Haltung nach, eine Lebendtote. Sie hob die Hand und winkte mir. Ich ging ihr entgegen. Wir umarmten uns und verschmolzen zu einem dunklen Doppelwesen, dessen Silhouette immer noch zu sehen war, als ich gegen Morgen den Tisch abräumte. Auslöser dieses Bildes war ein entsprechend geformter Fleck auf dem polierten Mahagoniholz, den ich bisher noch nie bemerkt hatte.

3. DER AUFTRAG

Am nächsten Tag meldete ich mich telefonisch bei meinem Chef. Nachdem sich sein obligater Hustenanfall gelegt hatte, begann ich mit umständlichen Erklärungen, die auf eine Bitte um Urlaub hinauslaufen sollten. Als dabei das Wort Schottland fiel, unterbrach er mich und lud mich zu einem Abendessen ein. Das war noch nie vorgekommen. Ich verschob also mein Anliegen. Es würde sich bestimmt besser von Angesicht zu Angesicht vermitteln lassen.

Ich fand mich zur verabredeten Zeit in einem Lokal in der Poelestraat ein, dessen Spezialität es war, Essen vom »heißen Stein« anzubieten. Mein Chef war schon da. Er rauchte und taxierte mich mit seinen ewig geröteten Augen wie einen Fall, während er darauf wartete, daß das Rinderfilet auf dem heißen Stein gar wurde. Wir tranken Bier und schwiegen uns an. Es war kein entspanntes Schweigen. Ich ahnte, daß es um etwas Dienstliches ging, um einen besonderen Auftrag wahrscheinlich, den man lieber hier als im Büro besprach, vielleicht weil er gewisse irrationale Aspekte besaß, die unter der kühlen Ausstrahlung von Stahlschränken und Monitoren Schaden nehmen könnten.

Am Nachbartisch saß eine Familie mit Kindern. Sie hatten Streit. Der kleine Junge hatte sich die Finger am heißen Stein verbrannt und weinte, die Tochter aß kein Fleisch und versuchte, eine Scheibe Weißbrot zu grillen. Die Mutter stritt sich mit dem Ehemann auf eine ebenso wirkungsvolle wie wortlose Weise. Blicke, Gesten, Mimik drückten aus, daß hier eines jener beliebten Kleindramen seine zigtausendste Aufführung erlebte: ›Ich gehöre zu dir‹ und ›Ich mag dich nicht‹ waren die beiden Hauptdarsteller. Die unglücklichen Kinder gaben die Chargen ab.

Als die Familie schließlich gegangen war – der Mann hatte gezahlt, die Frau dem Sohn ein paar rohe Gambas aus der Hosentasche geholt, und die Tochter hatte die inzwischen verkohlte Scheibe Weißbrot zu schwarzem Pulver zerstampft und in den Aschenbecher geräumt – kam mein Chef endlich zur Sache.

»Piet, ich weiß, daß du über eine hübsche kleine Allgemeinbildung verfügst, also wirst du auf meine Frage etwas antworten können. Daß du jedoch auch Hellseher bist, ist mir neu.«

Ich bestrich ein zartes, halbrohes Thunfischscheibchen mit Meerrettich und beeilte mich, es hinunterzuschlucken, denn ich wartete auf die angekündigte Frage.

»Sagt Dir der Name Argyll etwas?«

Ich nickte, wobei ich spürte, wie ich wieder in denselben Zustand verfiel wie gestern, als ich die Postkarte erhalten hatte. Ein leichter Schwindelanfall. Mein Chef beobachtete mich aufmerksam.

»Ist was mit dir, Hieronymus?« sagte er auf seine typisch väterliche Art.

»Argyll ist eine Gegend in Schottland. Westschottland. Herrschaftsgebiet der Campbells. Es soll dort besonders viele Gespenster geben.«

»Und als Hellseher glaubst du natürlich an Gespenster«, sagte er mit einem Anflug von Spott in der Stimme und ließ einen Rauchkringel wie einen Heiligenschein über meinem

Haupt entstehen. »Eine Grafschaft in den Highlands. Dies hier ist Schottland.« Er schnitt mit dem Messer ein großes Stück Rinderfilet so zurecht, daß es auf dem Teller recht gut dieses Land symbolisieren konnte. Ein schräg nach Südwesten zeigendes Herz, dessen Spitze das durch Paul McCartneys Song zur Berühmtheit gelangte Mull of Kintyre bildet, während der Firth of Inverness die nordöstliche Einkerbung des Herzens ist.

»Es gibt eine geologische Merkwürdigkeit in dieser Gegend«, fuhr mein Chef mit Vortragsstimme fort. »Das Tal von Glenmore, auch der Kaledonische Graben oder das Great Glen genannt. Es ist fast hundert Kilometer lang und erstreckt sich wie mit dem Lineal gezogen von Inverness über Fort William bis Oban.«

»Als habe jemand mit einem gewaltigen Axthieb dieses herzförmige Land in zwei Hälften zu teilen versucht«, ergänzte ich.

Er warf mir einen mißbilligenden Blick zu. »Ist dir schon aufgefallen, daß du dich in letzter Zeit häufig wie ein verhinderter Dichter ausdrückst? Vielleicht solltest du den Beruf wechseln. Das Great Glen ist übrigens großenteils mit Wasser gefüllt. Verschiedene Lochs. Loch Ness, Loch Oich, Loch Lochy. Dazwischen hat man im neunzehnten Jahrhundert den Kaledonischen Kanal gegraben, so daß Schiffe vom Atlantik in die Nordsee gelangen können, ohne die gefährliche Durchfahrt durch den Pentland Firth zwischen Nordschottland und den Orkneys riskieren zu müssen. So ungefähr.«

Er schnitt mit dem Messer quer durch das Fleisch. Blut trat aus. Ich dachte an Duncan und Macbeth und an das Massaker im Glencoe bei Fort William, als die Campbells, die Herren von Argyll, die MacDonalds in einen mörderischen Hinterhalt gelockt hatten. Das war lange her, 1692.

Aber es gab immer noch genügend Leute in Schottland, für die es gestern war.

»Ich kenne den Pentland Firth«, sagte ich. »War mal im Winter dort. Die Wellen waren mehr als zehn Meter hoch.«

Er warf mir einen dieser ironischen Blicke zu, mit denen man gutgemeintes Seemannsgarn zu bedenken pflegt.

»Woher kennst du Schottland so gut? Warte mal, laß mich raten. Die Liebe?«

»Ja, so ist es. Ich war einmal unsterblich in eine Schottin verliebt. Das ist aber schon einige Jährchen her.«

»Du siehst, du kannst mir nichts verbergen. Ich kann in dir lesen wie in einem offenen Buch. Eigentlich ist das keine allzu gute Eigenschaft für deine Tätigkeit, aber für andere magst du ja weniger leicht zu entziffern sein. Deine intimen« – er genoß es sichtlich, dieses zweideutige Wort zu betonen – »Schottlandkenntnisse sind in diesem Fall vielleicht sogar von einigem Nutzen. Paß auf, die Sache ist folgende. Du wirst dienstlich nach Schottland fahren. Soweit ich dein Gestammel am Telefon heute mittag verstanden habe, willst du sowieso dorthin. Also handelt es sich hier offenbar um eine interessante Koinzidenz, wegen der ich dich als Hellseher bezeichnet habe. Das Wort ist natürlich falsch. Im Grunde siehst du überhaupt nichts, aber das doch mit einer gewissen Aufmerksamkeit. Du wirst also Urlaub und Arbeit verbinden können, das tust du ja sowieso immer, und überdies sparst du auch noch die Reisekosten. Du bist eben ein Glückspilz.«

Er schob einen halbierten Champignon auf die Platte und sah begeistert zu, wie er schrumpfte und dunkel wurde. »Eine Gruppe von sechs Tauchern ist nämlich in Schottland verschwunden. Fünf davon sind wahrscheinlich umgekommen. Alle aus den Niederlanden. Harte Burschen. Das gilt übrigens auch für die Frau.«

»Du willst sagen, es war ein harter Bursche von einer Frau dabei?«

»Bitte Piet, reg dich nicht über Kleinigkeiten der Wortwahl auf. Du mußt dich bei mir nicht als Emanze profilieren. Also, hör zu, diese Taucher, sie arbeiteten normalerweise auf Ölplattformen. Diesmal jedoch waren sie in Foyers am Loch Ness stationiert, du kannst dir denken, warum.«

»Nessie?«

»Jaja, natürlich. Sie sollten angeblich im Auftrag einer polnischen Fernsehgesellschaft Bilder von Nessie machen. Was hältst du übrigens von diesem Seeungeheuer?«

»Eine der vielen Verkörperungen einer typisch menschlichen Sehnsucht nach dem Geheimnisvollen. Der eigene langweilige Beruf, der eigene langweilige Lebenspartner, die eigene langweilige Person, all das sind sozusagen die Eier, aus denen Nessie und andere Fabelwesen schlüpfen.«

»Naja«, sagte er. »Ich will dein Psychologisieren als Berufskrankheit hinnehmen. Aus meiner langweiligen Frau schlüpft höchstens ein Goldhamster.«

»Und sie sind verschwunden? Nicht wieder aufgetaucht? Vielleicht hat Nessie sie verspeist!«

»Spar dir deine Witze. Sie sind zu simpel konstruiert. Wahr ist, daß man einige zerfetzte Neoprenanzüge gefunden hat. Sie trieben auf dem Wasser von Loch Ness. Vier davon leer, in einem steckte noch der Taucher, ich meine die Taucherin.«

»Und wieso führt die Spur nach Argyll?«

»Weil es eine hübsche Besonderheit gibt, die tote Taucherin betreffend. Sie ist ertrunken, aber offenbar nicht dort, wo man sie fand!«

Er sah mich fast triumphierend an, so, als genösse er es, die Auflösung des neuen Rätsels noch ein paar Sekunden hinauszuzögern. »Die Experten konnten dies nämlich mit großer Sicherheit eruieren. Die Ärmste hatte eine bestimmte Sorte Diatomeen im Hirn, wie sie nicht im Loch Ness vorkommen, dafür aber im Meer, und zwar hauptsächlich vor Westschottland. Hast du kapiert?«

»Ja. Die Spur führt nach Argyll. Die Taucherin hat Wasser geschluckt und dabei sind bestimmte Kieselalgen in ihren Blutkreislauf geraten, die es im Salzwasser vor der Küste von Argyll gibt. Könnte es nicht ein Unfall gewesen sein? Einer dieser komischen Tauchunfälle, die nicht erklärbar sind? Zum Beispiel das Undinesyndrom?«

Ich sah ihm an, daß er mich am liebsten wieder Klugscheißer genannt hätte. Aber er war offenbar doch neugierig geworden. »Das Undine... äh... Syndrom?«

»Ja. Man nennt es auch das vergessene Atmen. Das gibt es bei Säuglingen genauso wie bei hochtrainierten Tauchern. Aus irgendeinem Grunde spricht das Atemzentrum nicht mehr auf das Kohlendioxyd an. Die Person atmet zu wenig, die Konzentration dieses Giftes im Blut steigt an, bis es zu Bewußtlosigkeit und als Folge zum Ertrinken kommt.«

»Woher weißt du so gut Bescheid?«

»Ich war mal in einem Taucherverein.«

»Dann haben wir ja mit dir in diesem Fall den richtigen Griff gemacht. Übrigens war es kein Unfall. Die Dame war nicht mehr ganz vollständig.«

Er hätte es mir gleich sagen können, dann hätte ich mir die langen Erklärungen sparen können. Typisch für ihn. Er genoß es, seine Untergebenen ins Leere laufen zu lassen. »Was heißt das, nicht mehr ganz vollständig?«

»Weißt du, Piet, es fällt mir als Mann nicht leicht, dir die Einzelheiten aufzutischen. Laß es mich so sagen. Ihre Mammae waren weg.«

Ich starrte ihn an.

»Ich meine die Brustwarzen. Einschließlich Hof. Extrahiert, herausgeschnitten.«

Ich schluckte. Unwillkürlich mußte ich mir an die eigene Brust gefaßt haben, denn er grinste. »Wirklich scheußlich. Aber immerhin eine Spur. Sowas macht nur ein Perverser.«

»Ist sie daran gestorben?«

»Nein, sie war schon vorher tot. Ertrunken. Frage: Wie ist sie nach Argyll gekommen? Die Polizei in Inverness hat umständlich recherchiert. Nichts. Sie haben sogar Holmes eingesetzt.«

»Holmes? Sherlock? Soll das ein Witz sein?«

»Keineswegs. Es zeigt nur, daß deine schottischen Kollegen einen erstaunlichen Witz haben. Holmes ist eine Abkürzung und bedeutet ›Home Office Large Major Enquiry System‹, was ich dir, falls du des Englischen mächtig bist, nicht zu übersetzen brauche. Die da drüben gehen offensichtlich erstaunlich wissenschaftlich um mit der Kriminalität.«

Er lehnte sich zurück und zündete sich eine Zigarette an, durch deren Rauch er mich anblinzelte wie jemand, der seine Ratlosigkeit nur unvollkommen versteckt.

»Was ist an all dem so merkwürdig?« sagte ich in seinen blauen Dunst. »Ein Taucher kann die ganze Strecke dank dem kaledonischen Kanal mit dem Schnorchel unter Wasser zurücklegen.«

»Witzbold. Wenigstens an den Schleusen muß er raus. Es gibt neunundzwanzig davon.«

»Der Kanal ist fünf Meter tief, soviel ich weiß. Er kann durch die Tore schwimmen, sich unterhalb eines Schiffsrumpfes verbergen.«

»Du bist ein netter Klugscheißer, Piet. Das Wasser ist

etwa sechs Grad kalt. Kannst du dir vorstellen, wieviel heißen Whisky der arme Kerl, ich meine die arme Frau, trinken mußte, um nicht auszukühlen?«

»Und was ist mit dem sechsten Taucher?«

»Nichts, verschwunden. Keine Spur, jedenfalls keine eindeutige. Wir wissen auch sonst nichts über ihn. Kein Name, keine Nationalität. Er scheint die Gruppe geleitet zu haben. Daß er existiert, wissen wir von Augenzeugen. Natürlich ist er unser Hauptverdächtiger. Die Polizei in Oban hat übrigens einen unbeschädigten Tauchanzug irgendwo an der Küste von Mull gefunden. Aber da muß nicht unbedingt ein Zusammenhang sein.«

Er schwieg. Offenbar hielt er die Audienz für beendet. Dann sagte er noch: »Also, Piet, du fährst nach Schottland und siehst dich um. Übermorgen schon. Hier ist das Material, verfaßt und zusammengestellt von Inspector Dale Mackay in Inverness. Ein Monster an Tüchtigkeit, wenn du mich fragst.«

Er holte ein großes Kuvert aus seinem Diplomatenkoffer und überreichte es mir. Dann gab er mir die Hand und bemerkte noch: »Schau dir die Sache aus der Nähe an. Du hast wie immer freie Hand. Verlaß dich auf deine Nase. Groß genug ist sie ja. Vielleicht fällt dir irgend etwas auf. Du kennst den Spruch, ein blindes Huhn findet auch mal ein Korn.«

Er rief den Kellner, zahlte und drückte seine halbgerauchte Zigarette aus. »Und denk an Undine. Vergiß nicht zu atmen!« sagte er noch, ehe er sich im Gehen eine neue Zigarette anzündete.

Ich aber ging hinaus an die frische Luft und hinunter zur Gracht. Am Himmel trieben Wolken. Sie gewährten dem Mond immer wieder Lücken, in denen er in dieser Nacht eine erstaunliche Leuchtkraft zelebrierte, als sei er eine verkleidete Sonne. »Christine«, flüsterte ich. »Ich komme.«

Als ich in meiner Wohnung war, beging ich einen der für mich typischen Fehler. Ich hatte nicht genügend Geduld, mich dem Gang der Dinge zu überlassen. Ich rief die Auslandsauskunft an und ließ mir die Nummer von Christine Campbell in Portpatrick geben. Ich wollte mir eine feige Gewißheit verschaffen, daß ich sie antreffen würde, falls ich den Mut aufbrachte, einen Abstecher dorthin zu machen. Es war schon ziemlich spät, aber die Zeitverschiebung um eine Stunde ließ es mir gerade noch als zulässig erscheinen, ein Telefonat zu wagen. Ich wählte die Nummer. Als jenes für das englische Telefonnetz typische Summen ertönte, hätte ich am liebsten wieder aufgelegt, denn ich spürte, daß ich dabei war, all das zu entzaubern, was meine Sehnsucht mir einflüsterte.

Doch dann hörte ich ihre Stimme ihren Namen sagen. In diesem typisch schottischen Akzent, den ich so mag. »Hier ist Piet«, sagte ich. »Piet aus Holland.«

»Du bist es? Piet? Wirklich? Wie schön, die Stimme eines Geistes aus meiner Vergangenheit zu hören. Wie geht es dir?«

»Für einen Geist bin ich noch ziemlich lebendig.« Ich fürchtete, es klang beleidigt, und ich beeilte mich, hinzuzufügen: »Ich habe beruflich in Schottland zu tun. Vielleicht schaffe ich es, dich zu besuchen, in ein, zwei Wochen, wenn ich mit meiner Arbeit fertig bin.«

»Du bist willkommen, Piet. Auch Geister sind mir willkommen. Aber über Neujahr sind wir wahrscheinlich im Norden, auf Rousay. Ruf vorher an, wenn du kommen kannst.«

»Ich bring dir etwas mit, Christine. Eine Überraschung.«

»Ich freue mich auf dich. Bis dann also.«

Das Klacken, als sie den Hörer auflegte, ließ das Weltall erzittern. ›Wir‹ hatte sie gesagt. Das klang nach einem Verhängnis, dem ich mich würde stellen müssen.

4. DAS ALTERSHEIM

Mein Vater ist schon seit vielen Jahren tot. Er starb kurz nach meiner Geburt an Krebs. Ich kenne ihn nur als ein blasses Gesicht in einem ovalen Rahmen. Manchmal ist es ein größeres Problem, einen solchen Unvater zu haben, als einen Tyrannen, gegen den man sich wenigstens auflehnen kann. Mein Vater wird für mich immer ein Rätsel bleiben, und zwar eines, dessen Lösung nie möglich sein wird. Das macht mich hin und wieder auf eine hilflose Art traurig.

Meine Mutter hingegen ist kein Rätsel. Im Gegenteil. Sie hat für alles eine Lösung, sogar für sich selbst. Vor kurzem ist sie freiwillig in ein Altersheim gegangen und hat mir ihre Villa überlassen. Ich habe sie in ihrem neuen Zuhause noch nie besucht, obwohl keineswegs die Gefahr besteht, sie könne dort das triste Bild einer Person abgeben, die das Leben hinter sich gelassen hat. Wie ich sie kenne, hat sie das Altersheim inzwischen in eine Art Endzeit-Disco verwandelt. Sie hat noch nie Rücksicht auf ihre Umgebung genommen. Selbst ihr Garten mußte sich ihren Vorstellungen beugen. Was Unkraut anbelangt, hat sie ziemlich unkonventionelle Ansichten. Brennesseln zum Beispiel hält sie ihre Vitalität zugute. »Die sind nicht so empfindlich, so allein und kümmerlich wie du«, pflegte sie zu sagen. »Sie mehren sich fleißig und sie wissen sich ihrer Haut zu wehren. Du kannst also eine Menge von ihnen lernen.« Tulpen hingegen haßt sie. »Das sind Asylanten, die aus ihrer eigenen Zwiebel leben. Sie bekommen bei mir keine Aufenthaltsgenehmigung.«

Ich habe zu viel Platz in ihrer Villa. Ich fülle sie nicht aus, weder mit meinen Möbeln noch mit meinen Lebensgewohnheiten. Immer komme ich mir in diesem Haus vor wie ein Schlüsselkind, das Hausherr spielt in Abwesenheit seiner Eltern.

Manchmal fahre ich mit dem Fahrrad durch die halbleeren Räume. Wenn ich im Garten stehe und das Haus betrachte, kommt es mir unwirklich weit weg vor. Der schmale Weg schlängelt sich vom weißen Gartentor zur kleinen Rotsteintreppe und verschwindet hinter der Eingangstür in den unendlichen Weiten geheimnisvoller Topfpflanzenurwälder, in denen die Erinnerungen meiner Mutter wie bunte Kolibris herumschwirren.

Vielleicht gewöhne ich mich ja noch an diese Innenwelt, in der es immer noch ein wenig nach dem herben Parfüm meiner Mutter und den von ihr so intensiv gebrauchten Putzmitteln riecht.

Es gehört zu den Ritualen meines Lebens, vor jeder größeren Reise meine Mutter zu besuchen. Es ist, als ob ich mir bei ihr erst den Ritterschlag holen muß, der es mir ermöglicht, die Gefahren der Fremde zu bestehen.

Ich wollte an diesem Abschiedsritual festhalten, auch wenn meine Mutter jetzt ausgezogen war. Und es gab diesmal noch einen zweiten Grund, sie aufzusuchen. Ich hatte sie für den ersten Weihnachtstag zu mir zum Essen eingeladen – oder sollte ich besser sagen: zu mir in ihre Wohnung? Innerlich war ich froh, dieses Treffen jetzt absagen zu müssen. Wahrscheinlich wäre mir das Menu gründlich verunglückt. Ich hätte unter ihren mißbilligenden Blicken die verbrannten Reste von Flugentenschenkeln aus dem Bräter gekratzt.

Ich kaufte einen Strauß Wicken – auch eine Art Unkraut aus Sicht meiner Mutter – und eine Schachtel belgische Pralinen und machte mich auf den Weg. Das Geschenk hätte ganz gut zu den konventionellen Empfindungen eines Verliebten gepaßt, der zu einem Rendezvous mit der Frau seines Herzens unterwegs ist. Aber als mir das bewußt wurde, war es bereits zu spät.

Im Foyer des Altersheimes, einem modernen Flachbau am Ufer eines künstlichen Sees, stand ein gewaltiger Weihnachtsbaum, funkelnd im Kleid elektrischer Kerzen und rieselnder Lamettakaskaden. Die Silberfäden waren so glatt und akkurat an die Zweige gehängt, daß ich sofort wußte, meine Mutter hatte beim Schmücken des Baumes Regie geführt. Als Kind hatte ich immer die gebrauchten Lamettastreifen vom Vorjahr mit dem Bügeleisen plätten müssen.

Ich fühle mich in Altersheimen immer unbehaglich, so ähnlich wie in Krankenhäusern. Als ob in jeder Ecke eine Beerdigung lauert. Doch diesmal war es anders.

Ich sah, wie in einem Nebenzimmer zwei alte Männer Tischfußball spielten. Sie trugen Lederjacken und enge Jeans. Der eine von ihnen war so langhaarig wie ich es noch vor kurzer Zeit gewesen war, aber er hatte im Gegensatz zu mir keine grauen Strähnen. Das Alter der beiden war schwer zu schätzen. Ihre Gesichter waren faltig, die Haut braun wie bei Leuten, die regelmäßig ins Solarium gehen. Ein bißchen erinnerten sie an Indianerhäuptlinge. Sie bewegten sich aus der Hüfte wie Halbstarke und fluchten lautstark bei jedem mißlungenen Ball. Im Hintergrund hörte ich Musik. Keine Weihnachtslieder, sondern Rap. Zum synthetischen Stakkato einer elektronischen Rhythmusmaschine eine Erzählstimme, die mir sehr vertraut war. Tief und musikalisch trotz der pointierten, unkantilenen Singweise. Meine Mutter zweifellos. Hatte sie meine Vision von der Endzeitdisco tatsächlich wahrgemacht?

Als ich die Tür aufstieß, bot sich mir ein faszinierendes Bild. Meine Mutter mit einem Mikrofon in der Hand, ihre dünnen, weißen Haare schweißverklebt, der magere Körper in einem roten Trikot. Um sie herum, mit erhobenen Armen, in die Hände klatschende, sich schlangenähnlich zum Rhythmus bewegende Gestalten, groteske Figuren, dicke, dünne, glatzköpfige Männer, geschminkte Matronen, hagere Blondinen mit verzückten Gesichtern.

Eine Reihe von gerontologischen Spekulationen schoß mir durch den Kopf. Nein. Dies alles war nicht die Folge von Torschlußpanik. Das waren eher Initiationsriten eines neuen Daseins. Der Hades als Ballsaal, nicht für einsame Herzen, sondern für frisch knospende Mauerblümchen des Jenseits. Die Bewohner hier hatten ganz offensichtlich mehr vor als hinter sich. Sie standen vor einem Neubeginn – nein, ich muß mich korrigieren –, vor einem Neuanfang. Doch von was?

Natürlich ging es nicht um das, was wir gemeinhin Zukunft nennen. Eine solche gab es nicht mehr für sie, weder im biologischen, noch geistigen Sinne. Dennoch lebten diese Leute vermutlich keineswegs in der Vergangenheit. Die hatten sie wohl weitgehend vergessen, verdrängt. Wenn sie sich gegenseitig alte Familienfotos zeigten, dann erkannten sie sich häufig selbst nicht darauf. Es war einfach eine angenehme Konvention, auf vergilbte Bilder von Kindern mit Schultüten, von Matronen unter Sonnenschirmen am Strand, von unscharfen Vätern im Schnee zu deuten und wie ein Hellseher ins Blaue hinein zu sagen: Das da war ich, das da war Tante Linda, und das war Onkel Wilhelm.

Was wirkte also hier auf mich wie ein Neuanfang? Wahrscheinlich die Tatsache, daß diese Leute offenbar das lineare Zeitmodell der Germanen zugunsten des antiken Kreismodells ewiger Wiederkehr aufgegeben hatten und sich einbildeten, jetzt eine ihrer unendlich zahlreichen Wiedergeburten zu erleben. Vergangenheit und Zukunft waren für sie nichts anderes als Segmente einer runden, sich gleichmäßig drehenden Scheibe. Waren dies etwa die sagenhaften Hyperboräer, die ewig glücklichen Lebendtoten, die jenseits des Riphäischen Gebirges hausten? Unsterblich, ohne Krankheit, ohne Leiden! Bald würden sie vor lauter Zufriedenheit kollektiven Selbstmord begehen, sich an der Hand fassen und von der Klippe der Zeit springen in ein lauwarmes Meer voller unsichtbarer Fische, in die sie sich im Moment des Ertrinkens verwandeln würden. Und sicher müßte ich selbst erst ebenso alt sein, um die Ausgelassenheit dieser Leute hier begreifen zu können.

Meine Mutter brach ab, als sie mich bemerkte. Sie ging auf mich zu mit offenen, dürren Armen, die bis zu den Ellbogen in roten Seidenhandschuhen steckten. Die anderen machten Platz, und sie näherte sich mir wie ein Musicalstar, umhalste mich, preßte sich an mich, gab mir einen Kuß auf den Mund. Alle applaudierten. Ich überreichte ihr die Pralinen und die Blumen. Sie nahm sie, warf einzelne Wicken unter die Zuschauer, öffnete die Schachtel und begann, die Süßigkeiten zu verteilen. Zahnlose Münder und solche mit künstlichen Gebissen schnappten danach wie Fischmäuler nach dem Futter.

»Mein Sohn ist ein guter Junge«, rief meine Mutter. »Er wird es noch zu etwas bringen.« Dann kam ihr Gesicht ganz nahe, so nahe, daß seine Runzeln wie tiefe Gräben wirkten. »Du begibst dich in Gefahr, mein Sohn«, flüsterte sie. »Die Gefahr geht von einer Frau aus. Sie ist in Wahrheit eine Katze. Sie kratzt dir die Augen aus, wenn du sie zu nahe an dich heranläßt. Sei vorsichtig. Diesmal kann ich dir nicht helfen.«

Aus solcher Nähe sah ich meine Mutter fast nie. Wenn ich sie auf die Stirn küßte, schloß ich gewöhnlich die Augen. Jetzt aber nahm ich sie zum ersten Mal vielleicht in meinem Leben wirklich wahr. Und was ich dabei sah, erschreckte mich. Ich sah eine Maske von Gesicht, die sie über ihren Totenschädel gestülpt trug, und ich glaubte, in diesen Zügen, gemischt mit jener diffusen Glückseligkeit, abgrundtiefe Bosheit, ja fast Hohn zu lesen, Hohn über die Dummheit der Welt, irgendeinem Menschen über den Weg zu trauen. In dieser faltigen Larve lag so etwas wie der Triumph eines Menschen darüber, vom Leben nicht mehr hinters Licht geführt werden zu können.

Wir waren uns noch fremder als sonst in diesem Augenblick. Ich wollte ihre guten Ratschläge, ihr Mitleid nicht. Noch war ich unterwegs auf meiner Diesseitsreise, noch war ich ein Beginner, noch hatte ich nicht angefangen, geschweige denn geendet.

Und doch war ich deprimiert, als ich wieder zu Hause war. »Mutter«, flüsterte ich. »Ich habe einige Monate in deiner Gebärmutter verbracht, habe mich dort festgekrallt wie ein Taucher, der unter Wasser auf seinen Tiefenrausch wartet. Ich weiß, daß es Fälle gibt, in denen ein Taucher in diesem Zustand, bedingt durch zuviel Kohlendioxyd im Blut, einem vorbeischwimmenden Fisch seinen Atemschlauch anbietet und daraufhin natürlich kurz danach selbst erstickt. Leide ich etwa auch an der Dekompressionskrankheit? Bin ich deshalb nicht egoistisch genug, obwohl mich viele für egozentrisch halten? Ach, Mutter, wäre doch damals in deinem Fruchtwasser irgendein Fisch vorbeigeschwommen, dem ich das lästige Geschenk hätte machen können, statt meiner zu überleben.«

5. DIE ÜBERFAHRT

Man hatte mir die Wahl zwischen Flugzeug und Boot gelassen, und natürlich entschied ich mich für Letzteres. Nicht nur wegen meiner Höhenangst, sondern vor allem aus sentimentalen Gründen: ich wollte meine Annäherung an ein Wiedersehen mit Christine mit dem adäquaten Transportmittel beginnen. Wenn es schon nicht die *Beagle* sein konnte, dann wenigstens die Englandfähre. Daß ich meinen offiziellen Auftrag dazu nützen würde, einen Abstecher nach Portpatrick zu machen, stand für mich inzwischen fest. Deshalb steckte ich auch den Schmuck ein. Es war ein seltsames Gefühl, als ich jene Schublade aufzog und das Rubinhalsband herausnahm. Ich ließ es über meine Finger gleiten und berührte dabei die Steine. Sie schienen warm zu sein, wärmer jedenfalls als die umgebende Luft. Als ob die Wärme von Christines Körper immer noch in ihnen gespeichert war. Dann berührte ich sie mit der Zunge. Schmeckten sie nicht ein wenig salzig?

Am Abend vor meiner Abreise ging ich wieder einmal in meine Lieblingskneipe, die »Blaue Maus«. Sie ist so etwas wie der Außenposten für mich, hinter dem die fremde Welt beginnt. Hier eingezwängt zwischen Stammkunden an der Theke stehen, verschafft einem die Illusion der Geborgenheit.

Der Wirt ist ein alter Fuchs, der sich zuweilen einen Spaß daraus macht, für seine Kunden das Orakel zu spielen. Ich bestellte einen Malt. »Willst du Eis?«

»Um Gotteswillen, das wäre Sünde.«

Er grinste: »Aha, du willst also tatsächlich rüber nach Schottland. Dienstlich oder wegen einer Frau oder wegen beidem?«

Am liebsten hätte ich von Christine geschwärmt. Aber ich sagte nur: »Ich will sehen, wie es Nessie geht.«

Der Wirt nickte. »Es stand in der Zeitung. Die Sache mit den Tauchern.« Er schenkte mein Glas wieder voll. »Den gebe ich dir aus, Piet. Wer weiß, ob wir uns wiedersehen. Wenn es dir an den Schwimmkragen gehen sollte, dann denke daran, du bist dort in einer völlig anderen Welt als der hier. Wahnsinn ist bei den Schotten ein Zeichen von Lebenslust. Ich kenne das Land ein bißchen. Es ist die letzte Bastion der Kelten, und das bedeutet, daß dort manchmal ein Song mehr gilt als ein Menschenleben.«

Er schenkte sich ebenfalls einen Whisky ein und füllte das Glas mit Wasser auf. Dann tat er einen Eiswürfel hinein und stieß ihn mit dem Finger in die Flüssigkeit. »Ertrinken soll ein schöner Tod sein, behaupten manche. Eine Art totaler Liebesakt. Die Panik schlägt plötzlich um in absolute Gelassenheit.«

Er zog den Finger aus dem Glas, und der Eiswürfel tauchte auf.

»Ich kann das natürlich nicht beurteilen«, fuhr er fort. »Tatsache ist, daß alles Leben aus dem Wasser kommt. Und was die Kelten anbelangt. Es gibt sie überall. Du erkennst sie übrigens an einer Kleinigkeit: Sie haben keine Moral im Leib, obwohl sie anständige Kerle sind. Moral scheint etwas typisch Christliches zu sein, vielleicht, weil sie eine gute Voraussetzung für Schuldgefühle ist.«

Wir schwiegen beide und sahen zu, wie sich der Eiswürfel langsam aufzulösen begann.

Ich fuhr nach Hamburg und ging an Bord der England-fähre. Die Spesenabteilung hatte mir natürlich nur die billigste Kabine genehmigt. Sie lag tief unten im Schiffs-bauch, weit unterhalb der Wasserlinie, eine fensterlose, überheizte Stahlzelle, in der man sich wie in einer Tau-cherglocke vorkam.

Ich hielt mich an Deck auf, sah in der Abenddämmerung die Ufer eines sich allmählich weitenden Flusses vorüber-ziehen. Die Lichter der Küste verloschen eines nach dem anderen. Das erinnerte mich an jenes Spiel, das ich als Kind oft mit meiner Mutter gespielt hatte: das Ausbrennen der Kerzen am Weihnachtsbaum. Man wählte sich eine, von der man glaubte, sie brenne am längsten. »Es ist das Lebenslicht«, behauptete meine Mutter. Immer gewann sie dieses Spiel. »Du mußt dir eine Flamme aussuchen, die nicht zu hoch brennt«, sagte sie und strich mir übers Haar, weil ich in Tränen darüber ausgebrochen war, daß meine Kerze bereits erloschen war.

Die Nordsee kann etwas sehr Depressives haben. Viel-leicht hängt das mit ihrer geringen Tiefe zusammen, den dadurch bedingten kurzen, harten Wellen, die nie das ele-gante Wiegen einer Atlantikdünung haben. Der Meeresbo-den ist nicht weit, und dennoch reicht es zum Ertrinken. Irgendwie liegt darin etwas Boshaftes.

Als über dem schwarzen Wasser nur noch die hellen Re-flexe der Kabinenfenster zu sehen waren, die wie fliegende Fische dahinglitten, ging ich in die Lounge, setzte mich an die Theke und bestellte einen Tallisker. Tatsächlich hatten sie diese Marke. Die Frage, ob ich ihn ›on the rocks‹ haben wollte, wies ich mit übertriebener Empörung zurück.

Während ich trank, lauschte ich dem Barpianisten, der an einem am Boden festgeschraubten weißen Flügel Duke-Ellington-Themen verzuckerte. Er war nicht schlecht, sogar so gut, daß man beim Zuhören vergaß zuzuhören. Ich war in Bogartstimmung, bat ihn, ›As time goes by‹ zu spielen, versuchte, mir dabei Christine vorzustellen. Aber immer, wenn sich ihr Bild einigermaßen deutlich zu materialisieren schien, verblaßte es wieder, ähnlich wie ein Stern verschwindet, wenn man ihn genau fixiert.

Vielleicht sollte man die Menschen in zwei Grundtypen einteilen, dachte ich, während ich am Tallisker nippte: in die, die einen Bonbon zu Ende lutschen, und in die, die ihn irgendwann zu zerkauen beginnen. Zweifellos gehöre ich zum letzteren Typus. Ich konnte das Wiedersehen mit Christine kaum erwarten, aber die Gefahr bestand, daß ich ihm gerade durch diese Ungeduld alle Chancen nahm, die Erwartungen zu erfüllen, die ich in es setzte.

Kurz nach Mitternacht ging ich noch einmal an Deck. Ich hielt mich auf der Leeseite im Windschatten eines der großen Schornsteine auf. Das Meer war aufgewühlt. Die Schiffsbeleuchtung ließ die Wellenkämme weiß aufblitzen wie die bogenförmigen Zahnreihen von Haifischmäulern. Das Schiff arbeitete schwer, eine doppelte Schaumspur hinter sich lassend – die Fährte eines zweischwänzigen Meerungeheuers. Ich spürte einen leichten Druck in der Magengegend, ein deutliches Vorzeichen beginnender Seekrankheit. Also hielt ich mich mit beiden Händen an der eiskalten Reling fest und versuchte, das Stampfen des Schiffes mit eingeknickten Beinen abzufedern. Schließlich fror ich so, daß ich hinunterging in das unterste Deck, wo sich die Duschen befanden. Ich zog mich aus und drehte den Hahn auf. Ein groteskes Gefühl, mehrere Meter unter der Wasseroberfläche den scharfen Strahl von Wasser auf der Haut zu spüren, als ob das Schiff leckgeschlagen sei.

Ein nackter Mann betrat den Raum und stellte sich unter die Nachbardusche. Auf einem seiner muskulösen Oberarme war eine Frau tätowiert, deren Busengröße sich mit dem Spiel des Bizeps änderte. Auf seinem Rücken ein anderes Tattoo, eine Maschinenpistole, eine Kalaschnikow oder Uzi. Er begann, sich gründlich einzuseifen und genoß es sichtlich, sein Geschlechtsteil sorgfältig zu reinigen.

Ich ging in meine Kammer und legte mich angezogen auf die Koje. Eingeschlossen in diesen Stahlsarg, vielleicht sechs Meter unterhalb der Wasseroberfläche, war ich in der idealen Situation, mich mit jenen Tauchern zu beschäftigen, die im Loch Ness umgekommen waren. Den Unterlagen der Experten war zu entnehmen, daß diese Gruppe von sechs Leuten über modernste Techniken des Tieftauchens verfügt hatte. Eine stationäre Druckkammer, die in der Nähe eines Hotels, dem Foyers Hotel, an Land stationiert war. Eine sogenannte Bell oder Taucherglocke, mit der die Taucher von ihrem Arbeitseinsatz zur Druckkammer gelangen konnten, ohne eine langwierige Dekompressionsphase unter Wasser auf sich nehmen zu müssen. Schließlich war auch eine aufwendige Warmwasserbereitungsanlage vorhanden, mit der die Taucheranzüge versorgt werden konnten, so daß die Taucher in einer Art Badewasser schwammen und vor dem Auskühlen bewahrt wurden. Sie konnten entsprechend lange in großer Tiefe verweilen. Bei Arbeiten im kalten Wasser stellt nämlich bereits die Auskühlung durch das Atemgemisch eine Gefahr dar. Die Atemluftversorgung geschah in diesem Fall nach dem Helioxverfahren, das heißt, bei Tieftauchgängen wird eine Mischung von Helium und

Sauerstoff eingeatmet. Das hat enorme Vorteile gegenüber normaler Luft, die bekanntlich aus einer Mischung von Sauerstoff und Stickstoff besteht. Das Edelgas Helium löst sich viel weniger leicht im fettreichen Zentralnervensystem. Daher ist seine narkotische Wirkung und damit die Gefahr des Tiefenrausches geringer. Zugleich verkürzt sich die lästige Dekompressionszeit auf ungefähr fünf Tage, wenn man in zweihundert Meter Tiefe gearbeitet hat.

Mit der vorgefundenen Ausrüstung konnte man nach Meinung der Experten ohne große Gefährdung der Taucher bis zweihundertfünfzig Meter tief tauchen, Tiefen, die an manchen Stellen im Loch Ness tatsächlich erreicht wurden. Vielleicht gab es sogar noch extremere Abgründe. In der Expertise stand wörtlich: »Wegen sich übereinanderschiebender Steinplatten ist bis heute immer noch keine exakte Vermessung des Sees gelungen.«

Selbst eine Stimmentzerrungsanlage gegen den berüchtigten Donald-Duck-Effekt als Folge des Einatmens von Helium war vorhanden. Das erleichterte die Verständigung der Taucher untereinander und mit dem Land über Mikrofone. Die Dekompressionszeit konnten die Taucher bequem in der Druckkammer zubringen. Sogar eine kleine Bibliothek gab es dort. Leider enthielten die Unterlagen nicht die Titel der vorgefundenen Bücher. Ich würde Mackay danach fragen.

Meiner Ansicht nach müßte es mindestens eine Person geben, die sich an den Tauchgängen nicht beteiligte. Um zum Beispiel die Instrumente zu überwachen. In ihrer Hand lag das Leben der anderen. Sie konnte die Taucher auf verschiedene Weise ins Jenseits befördern. Zum Beispiel, indem sie das Gasgemisch so änderte, daß es zum Tiefenrausch kam. Sie konnte dessen Zufuhr auch ganz einstellen. Die Folge: Tod durch Ersticken. Sie konnte das Wasser für die Naßtauchanzüge so erhitzen, daß die Taucher in ihnen regelrecht verbrüht wurden. Sie konnte es so kühlen, daß auch dies zum Tode führte. Waren die Taucher erst einmal in der Druckkammer, wäre natürlich das Öffnen der Ventile absolut tödlich. Die Körper der Taucher würden zu schäumenden Sektflaschen kurz nach dem Herausfliegen des Korkens. Medizinisch bedeutete das: Platzen von Gefäßen, Zerreißen der Lunge, Gehirnembolie.

Offenbar hatte man nichts Anormales an der Ausrüstung gefunden. Sämtliche Geräte waren voll funktionsfähig. Das galt auch für die Videokameras. Man hatte eine Reihe bespielter Bänder gefunden. Die Aufnahmen enthielten angeblich nichts von Bedeutung, weder Hinweise auf Nessi noch auf ein Verbrechen. Nur Scheinwerferkegel im trüben Wasser, diffuse Schatten, Lichtblitze, die schwarzen Silhouetten von Tauchern. Die Filme waren noch in Inverness im Gewahrsam der Kriminalpolizei. Ich nahm mir vor, sie mir von Mackay zeigen zu lassen.

Das einzig Spektakuläre waren die zerschnittenen Tauchanzüge. Art und Länge der Schnitte deuteten darauf hin, daß es jemand darauf angelegt hatte, die Leichen der Taucher möglichst schnell aus den Anzügen herauszubekommen. Vielleicht hatte der Mörder vor, die Toten in der Tiefe des Sees zu versenken. Loch Ness gab angeblich nie seine Toten frei. Sie blieben für immer in der tiefen Schlamm- und Planktonschicht am Boden. Neopren hätte diesen Plan durch seine Auftriebskraft verhindert.

Das größte Rätsel stellte in meinen Augen jedoch die Frau dar, die man ertrunken in ihrem Anzug auf der Seeoberfläche treibend gefunden hatte. Warum hatte man sie bereits tot hierhergeschafft? War das Motiv Verschleierung? Und warum diese entsetzliche Verstümmelung?

Während ich versuchte, mir die einzelnen Fakten ein-
zuprägen und sie zu einem stimmigen Bild zusammenzu-
fügen, hörte ich plötzlich draußen ein Geräusch. Jemand
machte sich an der Tür zu schaffen. Ich hatte den Riegel vorgeschoben, warum, war mir selbst nicht klar. Ich
sah fasziniert zu, wie sich die Türklinke bewegte. Meine
Dienstwaffe war im Koffer. Ich überlegte schon, ob ich
sie herausholen sollte, dann schalt ich mich einen Narren.
Ich ging zur Tür, schob den Riegel zur Seite, öffnete und
sah gerade noch, wie jemand um die Ecke verschwand, ein
Hosenbein, ein Turnschuh, das war alles. »Hat sich wohl
in der Kabine geirrt«, dachte ich. Aber diesmal schob ich
den Riegel mit dem Gefühl der Erleichterung vor.

6. DAS WIEDERSEHEN

Es gehört für mich zu den Initiationsriten eines England-
besuchs, sich jenem unsäglichen Frühstück auszuliefern,
das am besten schmeckt, wenn man es nach einem or-
dentlichen Kater in einer möglichst häßlichen, billigen
Kaschemme mit Resopaltischen und einem Pin-up-Poster
an der Wand zu sich nimmt. Ich verschmähte das Frühstück an Bord und fand ein Lokal mit genau den erwähnten
Merkmalen in der Nähe des Bahnhofs von Harwich. Der
Zoll hatte mich dank meines Dienstausweises ohne Probleme passieren lassen. Nun akklimatisierte ich mich in
diesem seltsamen Land, indem ich eiskalten Grapefruit-
saft aus der Tüte und Spülwassertee von graubeiger Farbe
trank, angekohlte Würstchen unter Ketchup begrub und
sie mitsamt einer schaumstoffähnlichen Weißbrotscheibe,
halb verbranntem Speck und zwei blinden Spiegeleiern
verzehrte.

Dann nahm ich den Hochgeschwindigkeitszug nach
Edinburgh, diese Kombination aus Geisterbahn, Lind-
wurm und Schütteltest. Er war vollbesetzt, die Leute
drängten sich im Mittelgang und draußen vor den Klos.
Umfallen war nicht möglich, so dicht standen sie. Viele
tranken aus Bierdosen, besprühten einander, wenn sie die
Lasche aufrissen. Niemand regte sich darüber auf, alle

beteiligten sich gleichermaßen an einem Wunder der Humanität, wie ich es nie auf dem Kontinent erlebt hatte: Hin und wieder erhob sich jemand von einem der begehrten Sitzplätze in den Großraumwagen und tauschte ihn gegen einen der Stehplätze. Uralte Demokratie des Gebens und Nehmens. Geteiltes Leid als doppelte Freud. Meine Stimmung stieg.

Schließlich erhielt auch ich einen Sitzplatz in dem von Soldaten und anderen Weihnachtsheimkehrern überfüllten Zug. Ich saß an einem Tisch, vor mir eine sehr lebendige Kopie von Samantha Fox, stark geschminkt, tief dekolletiert, die blond gefärbten Haare dafür sittsam hochgesteckt. Jemand am Tisch ließ die Wodkaflasche vom Dutyfree kreisen.

Mein Gegenüber starrte mich aus riesigen, künstlich bewimperten Augen an. Während ihr Nachbar ihr Feuer gab und dabei versuchte, in ihren Ausschnitt zu sehen, hauchte sie mit nikotinfarbener Stimme in meine Richtung: »Du siehst nett aus, mein Junge. Woher kommst du?«

»Ich arbeite an der Groninger Universität«, log ich.

»Ich arbeite auch an der Universität, in London«, sagte sie. »Nicht der beste Platz. Die Professoren sind prüde, und die Studenten haben kein Geld. Wenn du mal zufällig dort bist, guck nach mir. Bei dir würd ich's umsonst machen.« Sie nannte mir irgendeine Straßenecke als ihren Lieblingsstandort. »Ich fahre zu meiner Mutter nach Newcastle«, fuhr sie fort. »Weißt du, was die Schotten unter dem Kilt tragen?«

Nein, auch das noch, dachte ich bei mir, eine Prostituierte, die einen abgeleierten Kiltwitz macht.

»Einen Dudelsack. Er dröhnt beim Blasen.« Sie und alle anderen am Tisch schüttelten sich aus vor Lachen.

In Newcastle half ich ihr beim Aussteigen, wuchtete ih-

ren Koffer auf den Bahnsteig und erhielt dafür einen sump-
fig feuchten Kuß. Jetzt war ich wieder dran mit Stehen. Auf
der folgenden stürmischen Schienenseefahrt versuchte ich,
mich innerlich auf meine Aufgabe zu konzentrieren. Doch
immer wieder schweiften meine Gedanken ab. Wie würde
Christine mich aufnehmen? Sie hatte ziemlich kühl am Telefon geklungen. Außerdem lebte sie offenbar mit einem
Kerl zusammen.

»Was ist los mit dir, Kumpel«, unterbrach ein Mensch
neben mir meinen mäandernden Gedankenfluß und öffnete mit einem kurzen Zischen seine Bierdose. Ich spürte
den Nieselregen wie eine Erfrischung im Gesicht.

»Nichts Besonderes«, sagte ich, »ich fahre nur einer hoffnungslos unerfüllten Liebe entgegen.«

»Dann solltest du dich unbedingt ein wenig stärken«,
antwortete er. »Hier, das hilft.« Er nestelte eine neue Dose
aus seiner Manteltasche und reichte sie mir. Und diesmal
war ich es, der ihn einsprühte.

»Und wo lebt die unerfüllte Liebe?«

»In Inverness«, log ich. Es war mir unangenehm, daß
dieser Kerl sich vorstellen konnte, wo Christine lebte. Eigentlich gefiel er mir nicht. Seine Freundlichkeit wirkte
nicht echt. Ich versuchte, mir etwas an ihm zu merken,
das erkennungsdienstlich verwertbar war. Er trug einen
Sticker im linken Nasenflügel, einen winzigen roten Stein.

»Ach, das ist interessant. Ich fahre auch nach Inverness.
Eine ziemlich langweilige Stadt. Wir sagen immer: ›Es passiert nie etwas in Inverness.‹ Schau dir trotzdem ihr Wahr-
zeichen an. Chlach-na-Cuidann. Ein großer Stein am Rat-
haus. Die Frauen haben angeblich früher ihre Waschkörbe
auf ihm abgesetzt. Du mußt beide Hände auf den Stein legen. Dann spürst du ein komisches Gefühl. Als ob jemand
versucht, dir das Herz aus der Brust zu reißen.«

Das Gedränge wurde immer schlimmer. Jemand drückte mit einem harten Gegenstand in meinen Rücken. Man hätte mich ohne Probleme einer Leibesvisitation unterziehen können, ohne daß ich es gemerkt hätte.

Endlich erreichten wir Edinburgh. Ich stieg um in den Zug nach Inverness. Er war angenehm leer, und ich suchte mir ein Abteil nur für mich. Der Typ, der mir die Bierdose geschenkt hatte, stieg ebenfalls ein. Als er mich durch die Abteiltür sah, nahm er mir gegenüber Platz und holte zwei neue Dosen aus seiner Tasche.

Der Zug ruckte an und nahm langsam Fahrt auf. Ich weiß bis heute nicht, was mich in diesem Moment überkam. Ich schnappte meinen Koffer, machte einen Satz, riß die Tür des alten Waggons auf und sprang auf den Perron. Als ich mich umdrehte, sah ich das verblüffte Gesicht meines Abteilgenossen am heruntergezogenen Fenster.

Eine halbe Stunde später saß ich im Zug nach Glasgow. Und am späten Nachmittag war ich in Stranraer. Spätestens jetzt dachte ich nicht mehr daran, daß ich mich eigentlich auf einer Dienstreise befand. Ich hatte in Edinburgh so etwas wie Fahnenflucht begangen. Jetzt befand ich mich in einer ziemlich verrückten Situation. Ich näherte mich meiner großen Liebe, ohne zu wissen, was große Liebe ist. Doch wohl nicht die Addition vieler kleiner Lieben! Ich glich einem Menschen, der in einen Tunnel hineingeht, an dessen Ende kein Licht, sondern Dämmerung herrscht. Sollte Christine je meine Gefühle erwidern, wäre ich wahrscheinlich ratlos. Denn mir würde durchaus die Fähigkeit fehlen, eine erwiderte Liebe zu erwidern.

Dennoch schwelgte ich in den kühnsten Visionen. Ich würde meine Stellung bei der Mordkommission aufgeben, würde nach Glasgow ziehen, würde wieder in meinem alten Beruf als Psychiater arbeiten und abends Christine beim Töpfern zusehen. Ich hatte damals in der Artschool bewundert, wie sie auf der Töpferscheibe einen nassen Klumpen Klei zwischen den Händen zu einer phallischen Vase wachsen ließ. Das unschuldige Gesicht, daß sie dabei gemacht hatte, hatte mir mehr über sie verraten, als sie dachte. Sie verfügte über die sinnliche Intelligenz einer Katze.

Von Stranraer nach Portpatrick waren es etwa zehn Kilometer quer über die hügelige Landschaft der Rhins of Galloway. Das konnte man durchaus zu Fuß machen. Die Idee faszinierte mich. Ja, ich würde wie einst Odysseus als abgekämpfter Wanderer aus der Fremde zurückkehren zu meiner treuen Frau.

Es regnete fein und beständig, und ich verwarf die Idee des Fußmarsches. Statt dessen betrat ich einen kleinen Frisörladen und ließ mir die Haare waschen und schneiden.

»Soll ich die grauen Stellen färben?« fragte mich der Meister, ein kleiner, hutzliger Mann und Merlin der Haarschneidekunst, der offenbar aus dem Zustand meiner Kopfhaut meinen Charakter deuten konnte.

»Du hast Schuppen. Ein Zeichen für Unzufriedenheit und Ungeduld. Geh möglichst oft ohne Kopfbedeckung nach draußen. Es gibt kein besseres Mittel gegen Schuppen als den feinen Regen, den uns die Iren herüberschicken.«

Also doch laufen? Nein, ich wollte einen Rest von Vernunft bewahren und nahm ein Taxi. In wenigen Minuten, die mir wie geschredderte Ewigkeit vorkamen, waren wir am Ziel.

Portpatrick wirkte unverändert auf den ersten Blick, war immer noch diese kleine, pittoreske Hafenstadt mit einer großen Vergangenheit. Die Fähre nach Irland hatte einst von hier abgelegt, ehe sie wegen der gefährlichen Westlage des Hafens nach Stranraer in das gegen Stürme abgeschirmte Loch Ryan verlegt worden war. Über dem Ort auf der Anhöhe liegt ein schloßähnliches Gebäude, ein imposanter Hotelkasten und Monument jener glorreichen Zeit. Jetzt stand es leer, vermutlich von Geistern bewohnt, die Wert auf Atmosphäre legten. Die zahllosen Fenster waren dunkel, und auf den Dachgauben saßen Möwen, gelbschnäbelige Göttinnen der Erinnerung, die nicht aufhörten, von früheren Tagen zu plappern.

Ich ließ mich direkt vor dem ›Crown‹ absetzen. Da war sie wieder, diese Tür zum Paradies. Einen Moment zögerte ich, dann war ich im Windfang. Immer noch schien hier jener überraschende Kuß zu schwirren, den Christine mir damals gegeben hatte. Mein Herz klopfte, als ich die zweite Tür öffnete.

Das Feuer im Kamin brannte, als sei es nie ausgegangen. Auch die schweren Teppiche, die Sitzgruppen aus Rotang, die Theke aus Palisanderholz waren die alten. Selbst der Weihnachtsbaum mit dem Engelshaar schien nie seine Nadeln verloren zu haben. Doch die Gesichter hinter dem Tresen waren neu.

Ich fragte nach Christine.

»Christine Campbell?« lautete die Gegenfrage. Ich bejahte.

»Oh, sie ist nicht mehr hier. Das Hotel ist in anderen Händen, seit Misses Campbell so tragisch verstorben ist.«

»Tot? Ihre Mutter?«

»Wußten Sie das nicht? Die Ärmste hatte Krebs.«

»Und ihre Tochter, wissen Sie, wo sie lebt?«

»Nicht weit von hier. Am Ende der Hafenmole. Ihr gehört das Lighthouse.«

Im Leuchtturm wohnte sie also. Was paßte besser zu ihr! »I want to marry a lighthouse keeper«, sang ich leise.

Schon damals, vor zehn Jahren, war das kleine Lighthouse des Hafens längst nicht mehr in Betrieb gewesen. Das ehemalige Maschinenhaus, ein würfelförmiges Gebäude am Südende der Hafenmole, hatte leergestanden. Daneben, freistehend wie ein alter Glockenturm, das Leuchtfeuer, das für immer erloschen war.

Ich ging mit langen Schritten die Mole entlang, wohl wissend, daß es immer fatal ist, sich einem Traum in der Wirklichkeit zu nähern. Auf einer Bank direkt neben der Treppe, die zur Eingangstür des Leuchtturms führte, sah ich eine Person. Eine Frau, die mir uralt vorkam. Neben ihr ein großer Weidenkorb voller goldgelb leuchtender Kugeln, die sie nacheinander in die Hand nahm und mit einem Messer in kleine Stücke schnitt. Christine.

Ich blieb stehen und betrachtete das Bild. Nie hatte ich Zeitlosigkeit als so zwingend empfunden. So mußten große Maler ihr Modell betrachten. Mit den Basiliskenaugen des Liebenden, der sein Opfer tötet, um es als Bild zu verewigen.

Vielleicht sollte ich lieber kehrtmachen, davonfahren, um für den Rest meines Lebens dieses Bild im Kopf zu behalten. War alles andere nicht plump, geschmacklos? Eine Form der Entweihung? Die Wirklichkeit eine Fälschung gegenüber dem, was ich vor mir sah?

Es war ein Traum mit realen Sujets, ein Stilleben. Das Meer, der Korb voller Apfelsinen, das zuweilen aufblitzende Messer – von meiner Phantasie, meinen Sehnsüchten und meinem genauen Blick auf der Leinwand arrangiert nach den Gesetzen des goldenen Schnitts.

Christine hatte mich nicht kommen sehen, so sehr war sie in ihre Tätigkeit vertieft. Jetzt, als ich unmittelbar vor ihr stand, hob sie den Kopf. Die Verwunderung verlieh ihren Gesichtszügen etwas Kleinkindhaftes. Sie hatte sich kaum verändert. Immer noch dieses volle, tizian-rote Haar, dieses Porzellangesicht. »Hey Piet«, sagte sie. »Das ist aber eine Überraschung. Was hat dich herge-führt?« »Du«, wollte ich sagen. »Du allein. Nur du.« Aber ich stotterte etwas von Urlaub und gewissen dienstlichen Gründen.

»Willst du mir helfen? Dann sind wir schneller fertig und können hineingehen. Frank ist sicher auch bald da. Er holt Fisch. Wir können zusammen essen.«

Sie reichte mir ein dolchartiges Messer, mit dem ich am liebsten in diesen scheußlichen Namen Frank gestochen hätte, aber ich setzte mich neben Christine und schnippelte Apfelsinen klein.

»Ich mache Orangenmarmelade nach dem Rezept meiner Mutter«, sagte sie leise. »Sie starb vor zwei Jahren. Sie hat mir das Lighthouse geschenkt. Mein Bruder und meine Schwestern sind weggezogen. Mein Vater hat dieses Jahr wieder geheiratet. Er ist nun mal so. Er kann nicht ohne eine Frau sein.«

Eine Weile arbeiteten wir schweigend und, wie mir schien, in großer Vertrautheit. Christine erzählte vom Tod ihrer Mutter, und wie ihr Freund Frank ihr in dieser Zeit geholfen habe.

»Ich habe ihn kurz zuvor kennengelernt. Eine Anzeige in der Zeitung. ›Die nördlichste Pottery Großbritanniens auf Rousay sucht eine Töpferin.‹ Stell dir vor, Piet, ich habe mich gemeldet, mutig, nicht wahr? Wer ist schon bereit, ans Ende der Welt zu gehen? Frank hat geantwortet. Er hat mich aus dreizehn Bewerbungen ausgewählt. Zufällig ist die *Beagle* nach Rousay gefahren. Frank hat tatsächlich eine phantastische Werkstatt dort aufgebaut. Mit einem Atelier, großen Ausstellungsräumen. Aber leider hatte er nicht bedacht, daß sich kaum Touristen ans Ende der Welt verirren, und wenn, dann sind sie nur an Vögeln oder Steingräbern interessiert. Also habe ich Frank überredet, die Pottery zu schließen und hier, im Parterre des Lighthouse, eine neue aufzubauen. Wir werden im Sommer gut leben können von diesem Zeug. Tassen, Vasen, Kannen, Pots, Pots, Pots!«

Sie lachte auf und zog die Nase kraus. »Frank ist sehr geschickt, wenn es um Pots geht. Seine Sachen mögen die Leute, meine nicht. Sie halten Art nouveau für einen technischen Fehler. Sie glauben, daß die Tonformen sich vor dem Trocknen verbogen haben!«

Einen winzigen Moment lang lehnte sie sich an mich. »Ich bin so froh, daß du gekommen bist.« Dann entlockte sie mir durch vereinzelte kleine Zwischenfragen so etwas wie einen Bericht über meine letzten Jahre. Bei jeder gescheiterten Beziehung seufzte sie und beschenkte mich mit einem mütterlichen Blick. »Diese schöne Amerikanerin«, sagte sie zum Beispiel, »sie war nichts für dich. Zu schöne Frauen passen nicht zu dir.« Ehe ich sagen konnte, daß ich sie schön fände, reichte sie mir eine Apfelsine.

Die Dämmerung kam, und mit ihr schien sich der Regen dunkel zu färben in der milden Atlantikluft. Ich hätte endlos so weitermachen können, aber dann war der Vorrat an Apfelsinen verbraucht. Ein Auto hielt, ein Morris. Die Scheinwerfer tauchten das aufgewühlte Wasser im Hafenbecken in gleißendes Licht. Ein Mann stieg aus. Frank.

Es gibt einen Typ von Mann, der einfach so heißen muß. Frank. Er ist groß und breitschultrig. Er altert langsam, genauer gesagt, er sieht als Knabe zu alt aus und ab fünfzig zu jung. Er ist stark und ehrlich und hat wenig Verstand. Nein, das stimmt nicht, das hat mir meine Eifersucht soufliert. Er hat sehr wohl Verstand, aber einen typisch frankhaften. Sein Hirn arbeitet nicht allzu schnell, aber dafür gründlich. Er denkt logisch, d.h. in langen arithmetischen Reihen, ohne phantastische Seitensprünge. Ein Gedanke wird auf den anderen getürmt, bis ein erstaunlich hohes Gebilde aus Bauklötzen entsteht, das jemand wie ich allein schon dadurch zum Einstürzen bringt, daß er immer noch ein letztes Klötzchen obendrauf legen will. Franks sind wahnsinnig unwahnsinnig. Dabei sind sie höchst sympathisch, leider. Länger mit einem Frank zusammen zu sein bedeutet unweigerlich, moralische Defizite an sich zu bemerken. Hätten wir mehr Franks auf der Welt, gäbe es keine Kriege. Aber es gäbe zweifellos auch keinen amüsanten Frieden, keine Kunst und wahrscheinlich auch kein Feuerwerk.

Christines Freund Frank war tatsächlich groß und breitschultrig. Und er konnte logisch denken. Er gab mir die Hand, nannte seinen Namen und sprach mich mit dem meinen an: »Du bist also Piet. Christine hat mir oft von dir erzählt. Ich habe einen Schellfisch mehr gekauft, damit es für uns alle reicht.«

»Woher wußtest du...«, sagte Christine mit einem Unterton der Bewunderung.

»Ich war beim Friseur. Zum Nachschneiden. Er hat von einem langen Holländer erzählt, der zu Fuß nach Portpatrick laufen wollte. Da wußte ich Bescheid.«

Wahrscheinlich weißt du jetzt auch, daß ich Schuppen habe, dachte ich.

Wir gingen die Treppe hoch und betraten das obere Stockwerk des Lighthouse. Es bestand aus einem einzigen großen Raum. Küche, Bett, eine Sitzecke vor dem gußeisernen Kaminofen. »Ein Klo haben wir leider nicht«, sagte Christine. »Du mußt auf die öffentlichen Toiletten am Hafen gehen. Aber sie sind ziemlich sauber.«

Sie machte sich am Herd zu schaffen. Frank kümmerte

sich um das Feuer. Ich aber saß in einem Sessel und starrte diese schreckliche Idylle an, in der meine Geliebte die Hausfrau spielte wie einst Maria Stuart die Königin.

Nach Westen, zur Seeseite hin, hatte das Lighthouse keine Fenster. Aber man hörte, wie die Brecher gegen die Wand klatschten. Frank warf sich in den Sessel neben mir und betrachtete voll sichtlichem Stolz und Wohlgefallen seine mit Töpfen und Tellern hantierende Lebensgefährtin. »Christine ist ein Schatz«, sagte er, während ich fieberhaft überlegte, wie ich ihn ohne strafrechtliche Folgen beseitigen könnte.

Das Essen war vorzüglich. Wir saßen an einem antiken Mahagonitisch bei Kerzenlicht und aßen gekochten Schellfisch, tranken Weißwein dazu. Die Situation war vollkommen, wie von einem meisterhaften Requisiteur und Regisseur inszeniert. Aber der Dramaturg war schlecht. Christine sah aus wie von Gustav Klimt gemalt. Frank überbot sich an väterlicher Aufmerksamkeit, schenkte nach, wenn der Pegel im Glas nur wenig gesunken war, sprach langsam und deutlich aus Höflichkeit gegenüber dem Ausländer. Ich hoffte vergeblich darauf, Christines Fuß zu spüren.

Später starrten wir in die Flammen, sahen zu, wie sie gierig die Torfbriketts verzehrten. Ich hätte in diesem Augenblick am liebsten Christine das Rubinhalsband gegeben, aber es war mir unmöglich, solange Frank dabei war. Irgendwann jedoch verschwand er, weil er auf die Toilette mußte. Ich nestelte den Schmuck aus meiner Jackeninnentasche, stand auf und beugte mich über Christine. Dann legte ich ihn ihr um den Hals. Sie ließ es stumm geschehen. Die Rubine leuchteten tiefrot in den Flammen, als sei die ganze Glut des Feuers in ihnen konzentriert.

Christine erhob sich und betrachtete sich in einem Spiegel, dessen Rahmen aus verschlungenen Porzellanlianen eines ihrer Werke war. »Elf Steine«, sagte sie. »Für jedes Jahr das wir uns kennen einer.«

»Es sind erst zehn Jahre, Christine.« Meine Stimme zitterte. »Ich habe oft in dieser langen Zeit an dich gedacht.«

Ehe Christine etwas antworten konnte, war Frank zurück. Und mit ihm die Wirklichkeit. Christine zeigte ihm das Halsband. »Piet hat es von einem Freund reparieren lassen.« Frank brummte etwas. Christine lachte. »Du hast keinen Grund eifersüchtig zu sein, du Brummbär.«

Irgendwann an diesem Abend krochen Frank und Christine in jenes Jugendstilbett unter jene Damastdecke, unter der ich einst gelegen hatte, während ich auf einer Matratze zu schlafen versuchte. Sobald ich die Augen schloß, waren sie wieder da, die alten Fratzen, Kerle mit Knebelbärten und höhnischen Augen, runzlige Greisinnen mit zahnlosen Mündern. Ich hörte Franks ruhigen Atem. Einmal flüsterte Christine: »Ich freue mich so, daß du gekommen bist, Piet.«

7. DER AUFBRUCH

Es gibt vielleicht kein älteres und erfolgreicheres Thema in der Literatur als das einer Frau zwischen zwei Männern. Es scheint der ideale Stoff für Tragödien und Komödien gleichermaßen zu sein. In ihm berühren, ja vermischen sich diese beide Formen des Dramas.

So war es auch diesmal. Ich entschloß mich, vorerst die komödiantische Spielart zu bevorzugen, wohl wissend, daß dies meinen innersten Gefühlen widersprach. Aber lieber ein guter Clown als ein schlechter Tragöde, dachte ich und irrte mich dabei gründlich, denn ich spielte den Narren ziemlich miserabel.

Am nächsten Morgen rief ich von einer Zelle aus Inspector Mackay in Inverness an. »Sie sind mir angekündigt worden«, sagte eine freundliche, wohlklingende Stimme. »Wann darf ich Sie erwarten?« Ich erklärte, daß ich zunächst die Spur an der Westküste verfolgen würde.

»Sie meinen den Tauchanzug, den man vor Mull gefunden hat?«

»Ja. Außerdem das Salzwasser, das die Taucherin geschluckt hat. Es waren Diatomeen darin, die typisch für die Küste von Argyll sind.«

»Es gibt ziemlich viel Salzwasser dort und ziemlich viele Diatomeen. Haben Sie ein Planktonnetz dabei und ein Mikroskop? Sagen Sie mir Bescheid, wenn Sie etwas herausgefunden haben.«

Obwohl ich vermutete, daß sich Mackay über mich lustig machte, hatte seine Stimme einen seltsam beruhigenden Einfluß auf mich. Sie war dunkel und rauh. Auf eine reservierte Art einfühlsam, wie ich meinte. Ich versuchte, ihn mir vorzustellen. Viel Körpermasse, eine etwas lethargische Gestik, aber eine bewegliche Mimik.

»Was mich ins Grübeln bringt«, fuhr ich fort, »ist die Tatsache, daß diese Taucher unglaublich gut ausgerüstet waren. Sie haben sogar nach der Sättingsmethode gearbeitet. Ich weiß, daß man dadurch zwar Dekompressionszeit spart, daß das aber unglaublich teuer ist. Bei kurzen Tauchgängen in Tiefen bis zu hundert Metern könnte man auf diese komplizierte Technik gut verzichten. Warum also dieser Aufwand. Hatte die Fernsehstation zu viel Geld?«

»Die Polen? Wohl kaum. Vielleicht haben sie mit einer anderen Anstalt zusammengearbeitet. Eine Coproduktion mit der Zeitschrift *Nature* zum Beispiel.«

Machte er sich wieder lustig über mich? Irgendein kleines Gelächter schien sich in seiner melodiösen Stimme herumzutreiben.

»Und noch etwas: Was ist mit den Bleigürteln? Sie sind nicht im Bericht erwähnt.«

»Das stimmt. Vielleicht hat der Täter sie dazu verwendet, die Leichen für alle Zeiten in Nessies Reich der Tiefe verschwinden zu lassen.«

»Ein letztes noch: Die Bücher interessieren mich.«

»Welche Bücher?«

»Die Handbibliothek in der Druckkammer. Welche Titel gab es?«

»Stimmt. Das scheint hier bislang niemanden interessiert zu haben. Typisch für uns hier in Schottland. Wir sind ein Volk der mündlichen Überlieferung, die Schrift ist etwas Englisches. Sie haben völlig recht, ich werde der Sache nachgehen.«

Ich hätte noch eine Weile weiterreden können, aber ich hatte keine Münzen mehr. Die Stimme des Operators mischte sich ein. »Bis bald, Inspektor Mackay«, sagte ich.

»Grüßen Sie Argyll von mir. Es gibt besonders guten Whisky dort.«

Zurück im Lighthouse wartete ein vorzügliches kontinentales Frühstück vor dem inzwischen wieder brennenden Kaminfeuer auf mich. Wir sprachen kaum miteinander, starrten in die Flammen. Es hätte bereits Abend sein können.

Später stellte Christine Frank und mich zum Marmelademachen an. Wir schnitten das Apfelsinenfleisch heraus, entfernten die weißlichen Partien von den Schalen, kochten alles mit ein wenig Wasser, Zucker und verschiedenen Gewürzen ein, rührten abwechselnd im Kessel und begriffen nicht, daß wir kleine Unterteufel waren, die einer Hexe die niedrigen Arbeiten abnahmen beim Herstellen eines tödlichen Liebestrankes.

Am Nachmittag, als das Gebräu in zirka hundert von Frank eigens zum Verkauf getöpferten irdenen Gefäßen abkühlte, animierte uns Christine zu einem Spaziergang über die Klippen zum Danskey Castle, der Hauptsehenswürdigkeit der Gegend. Sie hakte sich bei Frank und bei mir ein.

Diesmal trug sie die Haare offen, und da es stürmisch war, wehten sie abwechselnd Frank und mir ins Gesicht, je nachdem wie sich der Weg durch Senken und über Felsen wand. Wenn Christine mehr mit mir sprach, verstärkte sie den Druck ihres Unterarmes. Ich nehme an, bei Frank machte sie es genauso. So fühlten wir uns beide geliebt oder zumindest beachtet.

Schließlich tauchte vor uns die attraktive Burgruine auf, für deren Erhalt ein Heimatverein sorgte. Man konnte über eine Steintreppe in die im oberen Stock gelegenen Reste des Pallas, des großen Rittersaales, gelangen, wenn man einigermaßen schwindelfrei war. Und ich war es erstaunlicherweise in diesem Moment.

Hier standen wir nun und blickten durch ein hohes Bogenfenster auf die wilde See, die Welle auf Welle das Steilkliff unter uns berannte wie eine zornige Belagerungsarmee. Während ich versuchte, mich in die Lage von Macbeth auf den Zinnen von Dunsinane hineinzuversetzen, erläuterte uns Christine ihre Zukunftspläne.

»Am liebsten würde ich einen reichen Lord heiraten und dieses wunderschöne Castle wieder in Schuß bringen. Hier leben, das ist wohl das höchste der Gefühle. Und nie mehr Pots machen, nie mehr. Nur noch aufs Wasser schauen und träumen.«

»Wovon? Von der Rückkehr Tristans?« wagte ich zu sagen.

Frank war sich offenbar genauso bewußt wie ich, wie wenig wir mit jenem reichen Lord gemeinsam hatten. »In solchen Gebäuden ist es immer feucht«, warf er ein, »selbst wenn sie renoviert sind.«

Christine blickte aufs Meer und ich glaubte, in ihren Augen ein schwarzes Segel gespiegelt zu sehen. »Was hast du in der nächsten Zeit vor, Piet?« fragte sie.

»Ich möchte in die Highlands. Das hängt mit gewissen Recherchen zusammen, die ich für meine Dienststelle zu erledigen habe.«

»Wie spannend. Hast du nicht auch Lust, Krimi zu spielen, Frank? Wie wäre es, wenn wir Piet begleiten? Wenn er damit einverstanden ist, natürlich! Wir wollen doch sowieso Silvester auf Rousay sein.«

Sie schenkte mir einen Blick, der auch härteres Wachs als meine beruflichen Bedenken hätte schmelzen können. »Frank hat nämlich dort oben noch sein Haus. Da könnten wir den Jahreswechsel feiern.«

Ich hatte am Abend zuvor beim Kaminfeuer ausführlich von meiner derzeitigen Beschäftigung bei der Groninger Polizei erzählt, ohne natürlich Einzelheiten des aktuellen Auftrages zu verraten. Ich hatte meine Fähigkeiten als Katalysator für die chemischen Reaktionen krimineller Zustände dabei herausgestrichen. Das war gestern gewesen, als ich bereits einiges getrunken hatte. Jetzt war ich nüchtern. »Ich weiß nicht, ob ihr viel davon habt. Ich muß hin und wieder meine eigenen Wege gehen. Auch will ich euch nicht in Gefahr bringen.«

Christine legte flüchtig die Hand an meine von Wind und Regen ausgekühlte Wange. »Wir werden dir nicht zur Last fallen. Aber es wäre schön, noch eine Weile zusammenzusein.«

Frank wirkte genauso hypnotisiert wie ich. Warum ist er nicht eifersüchtiger? fragte ich mich. Irgendwie dämmerte mir der Verdacht, daß ich ihn falsch einschätzte.

»Also laßt uns morgen in den Norden fahren. In die Welt der Nebel und Moore.«

Frank und ich nickten im Gleichtakt wie Zugochsen im selben Geschirr. Zweifellos hätte man vor noch nicht allzulanger Zeit Hexen wie Christine auf den Scheiterhaufen geschickt, in der Hoffnung, so wenigstens ihre Seele im davonziehenden Rauch zu retten.

Wir fuhren am nächsten Tag. Ich hatte einige Mühe, meine langen Beine in den Morris Cooper zu zwängen. Aber ich hatte das Vergnügen, hinter Christine zu sitzen. Hin und wieder wandte sie den Kopf und erläuterte die eine oder andere Sehenswürdigkeit, während Frank schweigend am Steuer saß und mit der ihm eigenen Ruhe und Umsicht die teilweise schmalen Straßen bewältigte.

Wir fuhren die A 77 nach Norden. Immer die Küste entlang. Irgendwann tauchte weit draußen eine Insel auf, die künstlich aussah, so perfekt halbkugelig war ihre Gestalt. Vor der Küste lag ein großes, altes Segelschiff mit aufgegeiten Segeln. Etwas stimmte nicht mit dem Rigg. Die Proportionen waren falsch. Frank hielt, kurbelte die Scheibe herunter und reichte mir ein Fernglas: »Die Insel ist echt, auch wenn sie nicht so aussieht. Ailsa Craig, eine Vogelinsel. Aber das Schiff ist eine Attrappe. Die Brigg Covenant. Das ist das Schiff, auf dem David Balfour entführt wurde. Man hat einfach eine Eisenschute mit entsprechenden Aufbauten versehen.«

Ich blickte durch das Fernrohr und sah eine rote Flagge am Fockmast. Irgend etwas schien sich hinter der Reling zu bewegen. »Ist da noch jemand an Bord?«

Christine mischte sich ein. »Kann ich mal das Glas haben?« Ich gab es ihr. Sie stützte es auf und blickte lange hinüber. »Da ist niemand. Sie haben hier im Sommer fürs Fernsehen gedreht. Die ›Entführung‹ von Stevenson. Mein Lieblingsbuch.«

Sie drehte sich nach mir um und lächelte mich an.

Noch bevor wir Glasgow erreicht hatten, tauchte im Norden plötzlich eine blaugraue Wand auf, unbesteigbar wirkend, das Riphäische Gebirge. In Wahrheit sind die Hügel der Highlands mit ihren kaum fünfhundert Metern geradezu lächerlich niedrig, jedenfalls in ihrem südlichen Teil. Doch aus irgendeinem Grunde wirken sie geheimnisvoll, abweisend, wie eine Mauer, die deutlich macht: hier beginnt eine andere Welt, eine vergessene Welt wie die Conan Doyles, in der es immer noch Saurier gibt, und wenn es solche der Illusionen sind. Nessie soll hier doch auch überlebt haben. Und wirklich, kreisten da nicht Flugsaurier über der Steilwand?

In Glasgow machten wir kurz Station. Christine wollte einige ihrer Töpferarbeiten abholen, die ihrer Beschreibung nach immer noch in irgendwelchen Spinden und Vitrinen der Kunsthochschule verstaubten.

Das düstere Gebäude der Artschool gilt als eines der Meisterwerke des Jugendstilmeisters Charles Rennie Mackintosh. Vor zehn Jahren hatte ich in diesem Gebäude bereits öfters auf Christine gewartet. Während sie an der Töpferscheibe saß und Lehm zum Leben erweckte, hockte ich in einer hoffnungslos glücklichen Gemütsverfassung in der Kantine. Und jetzt war es wieder so. Frank und Christine waren irgendwo im Gebäude unterwegs, und ich saß auf einem Mackintoshstuhl mit hoher, steiler Lehne in der Bibliothek, gefangen im Zustand süßlicher Apathie. Der enorme Stilwillen des Erbauers hatte sich über alles hergemacht, über Türgriffe, über Fensterrahmen, Spiegel, Deckenlampen. Eine durchkomponierte Kunstwelt wie auf der Nautilus. Gleich würden wir tauchen und uns in grünen Unterwasserwelten verlieren. Kapitän Nemo würde hinter mich treten, mir die Hand auf die Schulter legen und mit knappen Worten erläutern, warum ein Unterseeboot das einzig adäquate Gefährt für den Weltuntergang sei.

Endlich kamen sie. Frank schleppte einen riesigen Champignon, groß wie eine Tischlampe. Die braunen Lamellen, die faserige Struktur des Stiels, die helle Wölbung des Schirms waren so täuschend aus Steingut modelliert, gefärbt und glasiert, daß man glaubte, er sei gerade frisch gepflückt. »Ich schenke ihn dir als Andenken. Es ist meine Abschlußarbeit«, sagte Christine zu mir. Das Wort ›Andenken‹ wollte mir gar nicht gefallen, aber ich freute mich trotzdem.

Sie hatten noch verschiedene andere Objekte dabei, wunderbare pflanzenhafte Kerzenleuchter aus weißem und rosa Porzellan mit Mondsteinen als künstlichen Wachstropfen, Spiegel, deren Porzellanrahmen verschlungene Haarzöpfe imitierten.

Christine war eine würdige Schülerin des großen Mackintosh. Wir verstauten alles so sorgfältig wie möglich in Kartons zwischen Holzwolle und Zeitungspapier.

Ich hoffte, daß es jetzt endlich losgehen würde. Doch Christine hatte noch etwas vor. Sie wollte in jene heruntergekommene Gegend der Stadt, in der eine erstaunliche Enklave existiert: ›Paddys market‹. Hier kaufen und verkaufen die Penner, die Stadtstreicher, die Ärmsten der Armen sich gegenseitig ihre gebrauchten Töpfe, Pfannen, Glühbirnen und Schuhe. Eine perfekte Warenzirkulation jenseits der kapitalistischen Wirklichkeit. In dieser Arche Noah des Kitsches und Verfalls war alles extrem billig. Eine Art Flohmarkt, jedoch nicht für Touristen, die vor dem Besuch dieser Ecke eher gewarnt wurden.

In einer engen Straße zwischen Trümmergrundstücken und Bahndämmen drängten sich die Gescheiterten, die Kaputten und Gestrandeten und handelten schreiend und gestikulierend um ihre fast wertlosen Besitztümer. Ein Basar der Hoffnungslosen am Rande der Existenz. Man könne hier ganz ungewöhnliche Schnäppchen machen, versicherte Christine. Sie hatte vor, einen Pelzmantel zu kaufen, da die Highlands im Winter so schrecklich kalt seien. Das Menschengewusel war chaotisch. Ich sah, wie ein Paar in Taubstummensprache um den Preis einer verbeulten Kaffeekanne handelte. Die extreme Artistik seiner Hände und Finger wies es als Meister der lautlosen Kommunikation aus. Ich sah, wie jemand seine regennasse Hose auszog, um sie gegen eine Flasche Schnaps zu tauschen, aus der er in Unterhosen zu trinken begann. Ich sah, wie in den schlecht beleuchteten Läden, die als Katakomben in den Bahndamm hineingebaut waren, dubiose Gestalten mit Lupe und Taschenlampen hantierten, um vermutlich gestohlene Schmuckstücke zu taxieren. Hünenhafte Kerle schienen eine Art Ordnungspolizei zu bilden. Jedenfalls griffen sie ein, wenn der Streit um irgendeinen Gegenstand bedrohliche Formen annahm.

Christine verschwand in einem dieser Läden zwischen Mänteln und Kleidern, die sich wie ein Vorhang hinter ihr schlossen. Frank wollte ihr nach, jedoch hielt ihn eine über und über mit goldenen Ringen und Kettchen geschmückte Zigeunerin zurück. Fett und häßlich war sie, imposant und mit natürlicher Würde ausgestattet. »Die Kleine braucht deine Hilfe nicht«, entschied sie. »Es reicht, wenn ich mich um sie kümmere.« Dann verschwand sie ebenfalls zwischen den nach Mottenpulver und Schimmel riechenden Kleidungsstücken.

Während Frank und ich warteten, von bettelnden Kindern bedrängt, hörten wir plötzlich Schreie. Alles wogte in einen der Läden hinein und riß uns mit. Ich ruderte und stieß mich voran und erkannte schließlich Christine. Sie schien zu einer Salzsäule erstarrt und hielt sich den Hals. Unter ihren Fingern rann ein feiner Streifen Blut herab und verschwand im Kragen ihres Kleides. Neben ihr schrie die Zigeunerin. »Der da war's! Der da! Er hat ihre Kette geklaut!«

Sie zeigte auf einen häßlichen, untersetzten Kerl. Tief geduckt drängelte er sich durch die Menge, wobei er seinen Schädel als Rammbock benutzte. Viele griffen nach ihm, versuchten ihn festzuhalten. Doch vergeblich. Als er auf meiner Höhe war, packte ich blitzschnell sein Handgelenk, doch er stieß mir das Knie zwischen die Beine, so daß ich vor Schmerzen aufschrie. Dann war er über mir. Ich roch seinen Körper, ranzig, ekelhaft, ein widerliches Tier. Er hatte ein wüstes Trinkergesicht. Seine Arme waren tätowiert.

Ich versuchte wieder, ihn festzuhalten, doch sein Fußtritt traf mich an der Kehle, so daß ich nach Luft schnappte wie ein Fisch auf dem Trockenen. Aber ich bekam sein anderes Bein zu fassen und ließ nicht los. Neben mir fiel eine Flasche Schnaps zu Boden und zersplitterte. Der Fuselgestank verlieh mir neue Kräfte. Ich riß den Mann zu Boden und drückte sein Handgelenk mit aller Kraft gegen eine große Glasscherbe. Er schrie auf. Seine Finger öffneten sich, und das Halsband fiel heraus. Er wollte es mit der anderen Hand greifen, doch ich war schneller und ließ es in meiner Jackentasche verschwinden. In diesem Augenblick tauchte Frank auf. Er schleuderte den Kerl zur Seite, packte mich unter den Armen und hob mich hoch. Der Dieb rannte weiter, andere Leute ihm nach. Sein Hemd war zerrissen und ich sah, daß auch sein Rücken tätowiert war. Eine Maschinenpistole unter dem rechten Schulterblatt. Flink wie eine Ratte kletterte er über den Maschendraht auf das Trümmergrundstück und verschwand durch eine Mauerlücke.

Frank führte mich in einen Winkel, der scharf nach Urin roch, und schirmte mich mit seinem breiten Kreuz gegen die anderen Menschen ab. Als sich die Menge verlief, zog er mich in einen trübe von einer einzigen nackten Glühbirne erleuchteten Raum im Inneren des Bahndamms und drückte mich in einen Stuhl. Blut lief mir aus der Nase. Jemand reichte mir eine fettige Serviette, und ich preßte sie mir vors Gesicht.

»Ich hole Christine«, sagte Frank und verschwand. Die Anwesenden in dieser Spelunke kümmerten sich rührend um mich. Armselige Kerle, heruntergekommene Weiber, Abschaum, vom Dasein ausgekotzte Reste an Leben, aber welche Wärme ging von ihnen aus. Sie mußte aus einer archaischen Zeit stammen, in der der körperliche Kampf eine fast religiöse Bedeutung hatte. Ich war ein Kämpfer, wenn auch ein Geschlagener, also verdiente ich Achtung und Trost. Sie kam in Form von Berührungen, von gelallten Sätzen des Trostes. Mein geschundener Kopf sank auf die Tischplatte, direkt neben den Teller Suppe, den mir jemand hingeschoben hatte. Eine hornige Hand streichelte mir ganz sanft übers Haar. Ich schloß die Augen und spürte, wie sich der Schmerz in meinem Körper verteilte wie Holzmehl in einer Puppe.

Dann kamen Frank und Christine. Christine wirkte gefaßt. Sie hielt sich den verletzten Hals. Die beiden setzten sich links und rechts neben mich. Christine streichelte mir übers Haar. »Piet«, flüsterte sie, »alles in Ordnung?« Ich nickte. Ihre Berührung ließ das Leben in mich zurückströmen. Ich kippte den Schnaps hinunter, den mir der Wirt kredenzte.

»Der Kerl hat meinen Schmuck für echt gehalten«, sagte Christine. »Dabei ist es doch bloß Modeschmuck. Ich hänge an ihm nur, weil er von meiner Mutter ist.«

Wir wollten gerade gehen, da erschien die Zigeunerin mit einem Pelzmantel über dem Arm. Sie legte ihn Christine um die Schulter. »Hier, mein Schatz, das ist jetzt deiner. Ich will kein Geld dafür. Er soll dir Glück bringen.«

Das Fell des Mantels hatte die gleiche rötliche Farbe wie Christines Haare, so daß es aussah, als hüllten diese sie jetzt ganz und gar ein. Christine erhob sich und küßte der Zigeunerin die Wange.

Wir gingen zum Wagen. Christine breitete ihren Pelzmantel auf dem Rücksitz aus und ich kuschelte mich hinein, roch das Mottenpulver, sah, wie die Häuser draußen sich zu bewegen begannen, hörte das Rumpeln der Reifen. Dann griff ich in meine Jackentasche und vergewisserte mich, daß das Rubinhalsband noch da war.

8. DER HIGHLANDCHARGE

Wir fuhren immer am Loch Lomond entlang, diesem endlos wirkenden See, viel besungen und im Winter ein öder
Anblick. Frank begann tatsächlich zu singen oder, besser
gesagt, vor sich hinzubrummen: »On the bonnie bonnie
banks...«

Ich setzte mich auf und starrte auf das graue, regenge-
sprenkelte Wasser. »Wie weit wollen wir heute noch?«
fragte ich. Ich hatte das Bedürfnis, möglichst bald in ein
Bett zu kommen. Mir war übel und kalt. Meine Zähne
klapperten aufeinander. Doch zugleich wollte ich ewig so
weiterfahren. Die Geliebte bei mir, ausgeliefert unseren
Feinden, verfolgt von bösen Wassergeistern, einem grauen
Stier mit drei Hörnern, der leichtsinnige Mädchen entführt, oder einem grünen Wasserpferd mit Flossen, das
Reisende ertränkt und nachts die Mühlräder antreibt. Ich
hatte gehört, daß man in den Highlands noch heute an
solche Fabelwesen glaubte. Vielleicht war das auch der
Ursprung von Nessie.

»Wenn wir oben auf den Höhen nicht zuviel Schnee krie-
gen, schaffen wir es bis zur Bridge of Orchy«, sagte Frank.
»Da gibt es ein Hotel.«

»Es liegt in der Nähe von Loch Tulla, kurz vor Rannoch
Moor, dem Herz der Highlands.« Christine klang wie eine

Reiseleiterin. »Das Moor von Rannoch! Ich kenne keinen anderen Ort, der eine so wilde und düstere Trauer ausstrahlt. Es soll dort in harten Wintern vorgekommen sein, daß ein Reiter mitten im Galopp erfror. Samt Pferd. Eine weiße Plastik, die im Frühjahr zu einem stinkenden Haufen zusammensank. Ist dir kalt, Piet?« Sie drehte den Kopf nach mir. »Du mußt den Mantel um dich legen.« Sie griff nach dem Pelz, zerrte an ihm. Ich erhob mich unter höllischen Schmerzen, und Christine legte den Mantel über mich und deckte mich zu. Dann kroch ihre Hand unter den Pelz und streichelte mich an der Brust. Augenblicklich ließen die Schmerzen nach.

»Idiot«, sagte Frank. Er meinte offenbar den Autofahrer, der plötzlich dicht hinter uns aufgetaucht war und mit aufgeblendeten Scheinwerfern Anstalten machte, uns auf der engen, kurvenreichen Straße zu überholen. Doch als Frank daraufhin langsamer fuhr und so weit links wie möglich, blieb der andere dicht hinter uns, so dicht, daß er uns fast mit der Stoßstange berührte. Es war ein großes Auto, ein Rangerover, dessen Lampen das Innere unseres Wagens in gleißendes Licht tauchten und so blendeten, daß es unmöglich war zu erkennen, wer im anderen Wagen saß.

Eine Weile fuhren wir in dieser unangenehmen Lage weiter. Irgendwie verhalfen mir meine Schmerzen dazu, nicht in Panik zu fallen. Aber daß Frank und Christine so gefaßt blieben, wunderte mich mehr und mehr. »Der will uns fertig machen«, schimpfte Frank. Er gab Gas, und unser kleiner Morris machte einen Satz und schlitterte mit quietschenden Reifen in Ralleymanier um eine enge Kurve der regennassen Straße. Der Abstand zum Rover vergrößerte sich, doch nicht allzu lange; er holte schnell wieder auf.

Frank verblüffte mich. Er beherrschte das Auto wie ein Profi. Vor allem in den Kurven war er dem anderen Fahrer deutlich überlegen. »Ein Glück, daß ich gerade neue Reifen aufgezogen habe«, sagte er. »Möchte wissen, was der Kerl von uns will!«

Wieder kam uns jenes Ungetüm von einem Wagen gefährlich nahe. Plötzlich ging sein Licht aus, so daß wir nur den mächtigen grauen Schatten des Verfolgers sahen. Der Stier ist Wirklichkeit geworden, dachte ich. Er wird uns gleich auf die Hörner nehmen.

Es war inzwischen dunkel geworden. Loch Lomond hatten wir hinter uns gelassen. Die Straße wand und bohrte sich in die Berge hoch wie ein Korkenzieher in eine schwarze Flasche. Ich lehnte das Gesicht gegen die Scheibe und versuchte draußen etwas zu erkennen. Von den zottigen Riesenhäuptern der Berge hingen Wasserfälle wie weiße Haarsträhnen herab.

Kurz vor Crianlarich verwandelte sich der Regen in Schnee. Dies erhöhte unsere Chancen, denn trotz des Allradantriebs war der andere Fahrer offenbar gezwungen, wegen des hohen Gewichts seines Wagens in den Kurven vom Gas zu gehen. Frank hingegen perfektionierte seine Rutsch- und Schlittertechnik. Wir gewannen allmählich einen beachtlichen Vorsprung, den wir allerdings bald wieder verlieren mußten, wenn die Straße in der Hochebene des Moor of Rannoch wieder breiter und geradliniger verlaufen würde.

»Sollen wir anhalten und den Kerl stellen?« fragte ich. »Ich habe eine Pistole. Sie ist hinten in meinem Koffer.«

Frank riet davon ab. »Besser, wir versuchen das Hotel zu erreichen.«

Christine drehte sich nach mir um. »Es geht dir nicht gut, mein armer Piet.« Wieder streichelte sie mich. »Es ist nicht mehr weit bis dorthin.«

Ich fingerte nach dem Schmuck, riß das Innenfutter meiner Jackentasche ein Stückchen auf und schob das Halsband hinein. Der Verfolger kam allmählich wieder näher. Seine Stoßstange krachte gegen unser Heck. Ich sah, wie Frank das Steuer hin- und herbewegte, um den Morris auf Kurs zu halten. Der Rover fiel zurück und setzte erneut zum Stoß an. Wir hörten, wie sein Motor aufheulte. Wahrscheinlich dachten wir alle das Gleiche: Jetzt wird er Anlauf nehmen und uns ins Moor oder in den Fluß katapultieren.

Plötzlich tauchte das Gemäuer einer uralten Steinbrücke auf. Die Bridge of Orchy. Frank riß das Steuer herum und schleuderte in einer eleganten Drehung in die enge Seitenstraße hinein, die über die Brücke führte. Der andere Wagen konnte nicht schnell genug bremsen und fuhr auf der Hauptstraße weiter, wenn auch langsam jetzt und mit abgeblendeten Lichtern. Wir aber rasten die schmale Nebenstraße weiter. Ein schwarzer See tauchte auf, in dem die treibenden Schneeflocken versanken wie in einem Abgrund aus Teer.

Dann sah ich das Hotel, ein langgestreckter Bau mit vielen Dachgauben, aus dessen Fenstern beruhigendes Licht drang.

Frank fuhr direkt vor die Eingangstür und stellte den Motor ab. Ich sah, wie er den Kopf auf das Steuerrad sinken ließ und hörte, wie er zu weinen begann. Seine breiten Schultern bebten. »Du bist großartig«, sagte Christine. Diesmal war er es, den sie streichelte. Wahrlich, du bist ein leichtsinniges Mädchen, dachte ich, wie geschaffen als Opfer des dreifach gehörnten Stieres.

Wir stiegen aus, als sich Frank beruhigt hatte. Drinnen in der Lounge war es gemütlich warm. Der langgestreckte Raum war festlich geschmückt, wobei Weihnachts- und Silvesterdekorationen sich die Waage hielten und eine bemerkenswert unfeierliche Fusion miteinander eingegangen waren.

Kaum standen wir an der Theke, landeten drei frisch gezapfte Guinness vor uns. »Die sind umsonst«, sagte der Mann hinter der Bar. Während wir tranken, fotografierte er jeden einzelnen von uns mit einer Sofortbildkamera. Anschließend gab er uns die Bilder, und wir mußten sie mit Namen und Adresse versehen. »Eine Werbeaktion der Brauerei«, sagte der Barmann. »Für das süffigste Foto gibt es eine Reise in die Südsee.«

Alle drei Bilder waren unscharf und zeigten Geisterwesen mit roten Nasen und aufgerissenen Augen, denen vor einer ekelerregenden Giftbrühe schaudert.

Frank schien völlig erledigt. Er trank nicht einmal sein Bier ganz aus. Die Hetzjagd mußte ihn viel Kraft gekostet haben. Wir ließen uns zwei Zimmer geben. Während Frank und Christine nach oben verschwanden, trank ich noch einen Famous Grouse, jene Sorte billigen Whiskys, die offenbar alle Einheimischen bevorzugten, vielleicht weil sie am wenigsten originell schmeckte. Ähnlich pflegen wir Holländer den jungen Genever dem würzigen alten vorzuziehen, was natürlich kein Tourist versteht.

Später ging ich noch einmal vor die Tür. Es war dunkel inzwischen, aber der Rover war noch zu erkennen. Er stand ein Stückchen die Straße hoch in Richtung Glencoe. Gerade als ich mich umdrehen wollte, um wieder hineinzugehen, sah ich im Inneren des Wagens eine Flamme aufspringen und dann das Glühen einer Zigarette. Ich hatte ein Männergesicht unter einer Hutkrempe gesehen. Es kam mir bekannt vor. Der Mann aus dem Zug. Täuschte ich mich? Nur zu gut wußte ich, wie stark ein Bild von Vermutungen retuschiert werden kann. Wie gebannt starrte ich auf diesen roten Punkt, der wieder und wieder aufleuchtete wie ein Glühwürmchen in einer Sommernacht. Dabei war es kalt und tiefer Winter.

Warum fürchtete der Kerl nicht, daß wir die Polizei rufen könnten, um ihn wegen Nötigung im Verkehr zu belangen? Die Sachlage ergab kein klares Bild. Um Mackay anzurufen, war es zu spät. Außerdem, was konnte uns schon passieren, solange wir im Hotel waren?

Ich ging wieder hinein an die Bar, ließ mein Glas füllen und begann mit dem Barkeeper ein Gespräch übers Wetter. Er versicherte, daß es heute nacht noch einen echten Blizzard geben würde, einen von der harten Sorte. »Du verlierst dein Gesicht, wenn du bei einem solchen Schneesturm draußen bist. Es wird dir von den Eiskristallen einfach wegpoliert, glaub mir. Hier in der Gegend laufen einige Leute mit künstlichen Nasen und Ohren herum, die in solch einen Blizzard geraten sind. Ich bezweifle, ob ihr morgen weiterkommt, bleibt lieber noch ein bißchen hier.«

Keine schlechte Entwicklung, dachte ich, wir würden Zeit gewinnen.

Die Tür zu einem Nebenzimmer ging auf, und ein Mann erschien. Er trug Kilt, Plaid, Kniestrümpfe und an der Seite gegürtet ein kurzes Schwert. In stolzer Haltung kam er auf mich zu und sah mir fest in die Augen. »Ich rechne schon lange mit Ihrer Rückkehr, Hoheit. Mit allem Respekt, Billy MacDonald, ein treuer Diener unserer Sache.« Er verneigte sich tief vor mir, die eine Hand am Griff der Waffe, die andere streckte er mir zum Gruß entgegen. Ich nahm sie und erwiderte seinen martialischen Händedruck.

»Keine Angst«, rief der Barkeeper aus dem Hintergrund. »Billy ist absolut harmlos. Außerdem hat er recht. Du siehst wirklich ein bißchen wie unser schottischer Messias aus. Bonnie Prince Charlie. Der war auch fast so groß wie du.«

Billy MacDonald hielt immer noch meine Hand und zog mich zu einem Tisch. »Setzt Euch, mein Prinz, Ihr müßt müde sein von der Flucht. Von Cullodden bis hierher sind es viele Meilen übers Moor. Hier seid Ihr sicher. Kommt, trinkt etwas mit mir. Hey, Jerry, wie wär es mit einem Schluck Brose, der die Seele wärmt und den Geschmack vom Blut der Niederlage von unseren Lippen wäscht.«

Der Barkeeper machte sich am Tresen zu schaffen und brachte zwei dampfende Gläser. Brose war, wie er mir erklärte, heißer Whisky mit Honig und süßer Sahne, in der richtigen Reihenfolge ins Glas gefüllt und sorgfältig ineinandergerührt. Ich hatte kaum je etwas so Wohlschmeckendes getrunken.

»Bonnie Prince Charlie, das war ein Kerl, Mister! Das einzige Wort Gälisch, das er sprach, war ›Slanche‹. Aber sein Englisch war so schlecht, daß wir ihn dafür liebten. Es gibt nicht wenige hier, die an seine Rückkehr glauben. Dazu muß man nicht mal verrückt sein.«

Er zwinkerte mir zu, während mein Tischnachbar mit dröhnender Stimme verkündete: »Ja, und er ist wiedergekehrt, um uns von John Bull zu befreien, das ist so sicher wie der Tod! Hoheit, ich bin mir sicher, Ihr hättet die Schlacht nicht verloren, wenn diese Campbellverräter nicht auf seiten der englischen Ratten und der Hannoveraner Hunde mitgekämpft hätten. Auch wenn die Campbells Schufte sind, es sind immerhin Landsleute, und sie können deshalb mit der Waffe umgehen. Aber wir werden die Toten rächen, jetzt, da Bonnie Prince Charlie wiedergekommen ist.«

Er sprang auf und machte den Versuch, sein Schwert zu ziehen, aber der Barmann legte ihm beruhigend die Hand auf die Schulter. »Du hast vollkommen recht, Billy, die Campbells waren Schuld an der ganzen Sache.«

Billy MacDonald ließ sich auf seinen Stuhl fallen. Er saß

aufrecht da, und seine blauen Augen füllten sich mit Tränen. Sie kullerten ihm die Wange herab. Auch wenn er verrückt sein mochte, sein Schmerz war so echt wie nur irgendein Gefühl auf dieser Welt echt sein konnte.

»Sie haben keine Gefangenen gemacht. Tausende massakriert, auch die Verwundeten, ihnen die Geschlechtsteile abgeschnitten und in den Mund gestopft, die Ohren abgeschnitten und die Augen ausgestochen. Ströme von Blut sind in die Heide geflossen und haben sie rot gefärbt. Dann sind sie ausgeschwärmt und haben weitergemordet, Frauen und Kinder, unschuldige Lämmer, alle abgeschlachtet. Die Sonne ist untergegangen in einer einzigen roten Lache von Blut. Man hat die Schreie der Sterbenden noch tagelang gehört, weil sie sich in den Bergen verirrt hatten, Echos, die überall waren, Schreie, die tote Lippen verlassen hatten und weiterirrten durch die Nacht. Und dann war plötzlich eine Stille überall wie ein tiefes, schwarzes Moor, in dem alles versank.«

Billy MacDonald holte ein offenbar in seinem Tartan gemustertes Taschentuch heraus und schneuzte sich. Er blickte mich so hoffnungsvoll an, wie es nur ein Kind vermag. »Der Tod ist ein grausamer Mann«, sagte er mit weinerlicher Stimme. »Er holt am liebsten die, die ihn nicht fürchten.«

Ich fragte mich, wie ich mich gegenüber diesem offenbar geistig verwirrten Mann, der dennoch ein Poet war, verhalten sollte. Die meisten Menschen mit Wahnideen, das wußte ich aus meiner Berufserfahrung, sind extrem leicht zu verletzen, mißtrauisch, als trauten sie ihrem eigenen Wahnsinn nicht über den Weg. Aber dieser Fall hier schien untypisch zu sein. Billy MacDonald glaubte an sich und seine Wahnideen. Er lebte im achtzehnten Jahrhundert. Soviel ich wußte, hatte die Schlacht von Cullodden 1746 stattgefunden. Sie stellte das Ende der letzten Freiheitsbewegung des einst jakobitischen Schottlands dar. Für Billy war die Uhr damals im wahrsten Sinne des Wortes stehengeblieben.

Der Barkeeper kam mit neuen Gläsern Brose. Ein unscheinbarer Mann. Einer jener Typen, deren Gesicht man schon hundertmal gesehen zu haben glaubt und sich deshalb nicht merken kann. »Ich heiße Jerry. Ich vertrete den Chef hier im Winter, wenn wenig los ist. Billy ist mein Bruder. Er war lange in Lochboisdale im Heim. Aber jetzt wohnt er bei uns im Hotel. Er hilft bei der Arbeit, macht das Holz, räumt Schnee und sammelt alte Sachen. Er ist ein gutherziger Kerl und ein großer Patriot.«

In diesem Augenblick kam Christine die Treppe herab. Und fast war es wieder wie damals. Sie schwebte. Ihre Haare waren offen. Und sie trug ein karmesinrotes Kleid. Wir starrten sie an wie ein Weltwunder. Vor allem Billy geriet völlig aus dem Häuschen. »Flora«, stammelte er immer wieder. »Flora MacDonald. Du bist es, die unseren Bonnie Prince Charlie durch die feindlichen Linien in Sicherheit gebracht hat! Flora, die schönste Blume der Highlands.«

Christine setzte sich lächelnd zu uns. »Flora war eine tapfere Frau«, sagte sie. »Und sie war wirklich schön. Es ist zu schade, daß aus ihr und Bonnei Prince Charlie kein Paar geworden ist.«

Jerry brachte auch ihr ein Glas mit Brose. Dann wandte er sich an mich: »Wir alle hier oben lieben den unglücklichen letzten Stuart und gescheiterten Freiheitskämpfer Charles Edward Stuart, unseren Bonnie Prince. Und das, obwohl er nur ein Mischling war. Er hatte zur Hälfte polnisches Blut in den Adern, aber er war trotzdem der letzte wahre Highlander, ein tapferes Herz, kühn bis zur Selbstaufgabe. Es hat für unsere Sache geschlagen und uns fast die Freiheit zurückgewonnen, damals, als er hier plötzlich auftauchte wie ein Geist und zum Kampf gegen die Engländer aufrief. Es war wie ein Wunder, mit dem damals niemand gerechnet hat. Wir Jakobiten waren schon lange machtlos, waren unterdrückt, seitdem Mary Stuart, unsere Königin, ermordet worden war. Mit ihrem Kopf war auch unser Mut abgeschlagen worden. Und dann, eines Tages, kam dieser junge, schöne, schlanke, große Mann zu uns. Ein französisches Schiff hat ihn auf Eriskay abgesetzt. Das ist eine kleine Insel draußen bei South Uist. Ein nackter Felsen, der damals die Hoffnung Schottlands trug. Das war am 23. Juli 1745, für manche von uns so gut wie gestern. Er hatte kaum Leute dabei und kaum Geld. Nur ein paar Schmuckstücke. Ein anderes Schiff mit viel Gold und Edelsteinen war untergegangen. Der Prinz hat versucht, Gefolgsleute für den Kampf gegen England zu gewinnen. Aber nur wenige haben mitgemacht. Viele hier oben schämen sich bis heute, daß sie ihn nicht genügend unterstützt haben. Wir haben ein schlechtes Gewissen deswegen. Deshalb braucht ihr auch nicht die Zimmer bezahlen. Ich gebe sie dir und deinen Begleitern aus, im Andenken an Bonnie Prince Charlie.«

Er reichte mir die Hand. »Jerry MacDonald. Du kannst Jerry zu mir sagen.«

Christine saß dicht neben mir. Unsere Schenkel berührten sich mit sanftem Druck. Sie sprach kein Wort, aber sie schien aufgeregt zu sein. Die rote Narbe um ihren Hals war deutlicher als sonst. Dieses Teufelszeug von Getränk, das sie Brose nannten, versetzte mich mehr und mehr in eine euphorische Stimmung.

Die ganze Zeit über hatte Billy MacDonald mit bekümmertem Gesicht vor sich hingestarrt. Jetzt strahlte er, hob sein Glas ebenfalls und stieß mit mir an. »Schön, daß du zurückgekommen bist. Sag, wann es wieder losgehen soll. Diesmal werden wir keine Verräter in den eigenen Reihen haben. Keine Campbells, keine MacDonalds von Boisdale.«

Jerry ergriff das Wort. »Der Prinz schaffte es fast bis London mit einer kleinen Schar Mitstreiter. Aber dann hielten sie nicht durch. Unsere guten Landsleute hier sind sehr begeisterungsfähig, aber auch sehr ungeduldig. England war zu groß und zu flach für echte Highländer und den Highlandcharge.«

Jerry hatte sein eigenes Glas Brose mitgebracht und hob es jetzt und stieß mit uns an. »Slanche. Auf die Unabhängigkeit, auf die Freiheit. Und auf den Highlandcharge.«

Auch er schien zu träumen. Seine Augen funkelten, als er im typisch harten und dennoch melodiösen Akzent der Einheimischen fortfuhr: »Wenn ihr nicht wißt, was der Highlandcharge ist, dann wißt ihr weder was Leben noch was Sterben ist. Der Highlandcharge ist beides in einem. Es ist der plötzliche Angriff aus heiterem Himmel, ein Schrei, ein wildes Vorwärtsstürmen, die Geburt und das Ende des Sieges in einem einzigen Rausch. Kein einziger Feind vermag dem Highlandcharge standzuhalten. So mußt du ein Land erobern wie auch eine Frau. Anders geht es nicht.«

Billy hatte sich erhoben und die Hand auf den Griff seines Schwertes gelegt. Ich fürchtete, er würde jeden Moment den Highlandcharge an uns ausprobieren. Doch er ging nur zum Fenster und öffnete es. Der Himmel war verändert, schwefelgelb, dort wo der Mond hinter den Wolken stand. Von den östlichen Bergen war ein merkwürdig hohles Geräusch zu hören. Ein Winseln wie von einem verletzten Tier. Billy drehte sich zu uns um und legte einen

Finger an die Lippen. »Er ist nicht mehr weit«, flüsterte er, »und er ist stark wie selten.«

Jerry hatte sich erhoben. »Zeig sie uns, die Hoffnung Schottlands, Billy. Komm, zeig sie uns.« Billy schloß das Fenster wieder. Er ging zu einem Vorhang an der Querwand der Kneipe und zog ihn beiseite. Man konnte in eine Art Glaskasten sehen, der dort eingelassen war. Billy drückte einen Schalter. Eine Lampe ging an und beleuchtete den linken Teil des Schaubildes. In ihm hockte ein grauhaariger Mann, den Blick auf den Boden gesenkt. Vor ihm ein Topf mit Wasser und ein verschimmeltes Stückchen Brot. Zwei große Ratten krochen, von einem Mechanismus bewegt, über eine Strohmatte hin und her. »Das ist die Hoffnung Schottlands, je wieder selbständig zu werden«, erklärte Billy MacDonald mit weinerlicher Stimme. Dann schaltete er das Licht in der anderen Hälfte des Schaukastens an. Die dort aufgebaute Szene war grauenerregend. Der kopflose Körper einer rotgekleideten Frau kniete vor einem Holzblock, neben ihr ein muskulöser Mann, der eine blutbeschmierte Perücke in der Hand hielt. Aus dem Halsstumpf quoll Blut. Der Kopf aber lag ein Stück entfernt. Graue kurze Haare, die kantigen Züge eines Mannes. Die Augen offen, die Lippen bewegten sich. Man hörte eine leise Stimme, die aus einem Lautsprecher im Kopf zu kommen schien: »Mein Ende wird mein Anfang sein.« Immer wieder dieser gleiche Satz.

»Als Maria Stuart geköpft wurde«, erklärte Billy, »war sie nicht sogleich tot. Dies ist von Augen- und Ohrenzeugen bestätigt worden. Ihre Lippen bewegten sich, sie sprach diesen letzten Satz, flüsterte ihn: ›Mein Ende wird mein Anfang sein.‹ Und noch etwas: Viele haben es damals wahrgenommen – Maria sah plötzlich völlig anders aus. Sie war grauhaarig, und sie war ein Mann. Dieser

Mann war immer in ihrem weiblichen Körper verborgen gewesen. Jetzt war er endlich frei. Und er versprach mit jenem geflüsterten Satz, Schottland in einer neuen Gestalt zu befreien. Viele hofften damals, in Bonnie Prince Charlie sei Maria Stuart wiederauferstanden. Aber das war eine Illusion. Doch wir werden die Hoffnung niemals aufgeben. Die Hoffnung Schottlands ist zwar eingesperrt und lebt von Wasser und Brot, aber sie wird sich befreien aus ihrem Gefängnis, und wir werden ihr folgen, so wahr ich ein MacDonald bin.«

Ich drehte mich um, suchte meine Freunde. Christine lehnte an der Wand, weiß im Gesicht, Entsetzen in ihrem Blick. Ihre Lippen bewegten sich mechanisch. Ich ging zu ihr, nahm ihre Hand und zog sie mit mir, während wir hinausgingen. Billy folgte uns. Er hatte plötzlich Tränen in den Augen und umarmte Christine und mich. »Ich weiß, daß ich verrückt bin«, sagte er. »Aber das macht nichts. Alle sind verrückt. Man braucht in Schottland nur zu existieren, das genügt, um verrückt zu werden. Kommt, wir trinken noch einen auf die alten Tage.«

Er packte meine Hand und zog mich mit ungeheurer Kraft zur Theke. Christine verschwand im Treppenhaus. Während Jerry uns noch eine Brose kredenzte, hörten wir den Sturm. Er rüttelte an den Läden, pfiff ums Dach. Graupelschauer prasselten gegen die Fenster. Ich ging zur Tür und öffnete sie einen Spalt. Die Landschaft war verändert. Ein weißes Tuch überzog alles. Der Himmel hatte einen prallen grauen Bauch, aus dem Schneeflocken wirbelten. Der Rover war verschwunden. Auch Billy war fort, als ich zur Theke zurückkam.

»Hast du eine Garage?« fragte ich Jerry. Er bejahte meine Frage. »Kannst du sie für mich frei machen, für eine Nacht? Ich fürchte, unser Wagen springt morgen nicht an, wenn wir ihn im Freien stehen lassen. Außerdem gibt es da draußen ein paar unangenehme Leute, die uns auf der Pelle hängen.«

»Ich habe es schon bemerkt. Komm, ihr sollt eine Chance haben. Wir versorgen deine Karre.«

Jerry und ich gingen hinaus. Das Schneetreiben wurde von Minute zu Minute stärker. Ich fuhr den Morris in die Garage hinter dem Haus und nahm meinen Koffer heraus.

»Du trinkst noch einen letzten mit mir«, sagte Jerry.

So geschah es. Jerry machte noch zwei Gläser Teufelsbrose und setzte sich zu mir. »Solltest du in den Westen gehen, dann frage nach Callum MacPherson. Er ist einer der letzten wahren Grand Old Men. Er wohnt auf Mull, in Bunessan. Er wird euch helfen, wenn ihr in Schwierigkeiten seid.«

Er reichte mir zum dritten Mal die Hand. Wie ein Verschwörer, der etwas Entscheidendes nicht sagen will. »Und schließ dein Zimmer besser ab. Billy hat die dumme Angewohnheit, nachts im Hotel herumzulaufen und einfach in fremde Zimmer einzudringen.«

Ich schwankte hinaus und suchte mein Zimmer. Ein kalter Raum, dürftig eingerichtet, doch dank des Brose kam er mir wie eine Fürstensuite vor. Mein Bett hatte einen Baldachin aus goldenen Wolken. Die Nachttischlampe verströmte gleißendes Licht. Nebenan hörte ich die Stimmen von Frank und Christine. Es klang nach einer Auseinandersetzung, was mir sehr gefiel. Ich holte das Halsband aus dem Innenfutter meiner Jacke. Es sah plötzlich echt aus. Nur zu verständlich, daß es jemand mit Gewalt an sich bringen wollte.

Ich lauschte. Weinte da jemand nebenan? Oder war es nur der immer stärker aufbrisende Wind, der diese winselnden Töne erzeugte. Ich machte das Licht aus und trat ans Gaubenfenster. Da war er tatsächlich wieder, der Rover. Ein schwarzer, böser Schatten, der sich gegen den milchig schimmernden Schnee abhob.

Ich verriegelte die Tür von innen, holte die Pistole aus meinem Koffer, lud sie und legte sie unter mein Kopfkissen. Während erneut Graupelschauer gegen die Scheiben zu prasseln begannen, schlief ich endlich ein.

Einmal wachte ich auf. Ein Mensch saß in dem einzigen Sessel und starrte mich an. In Panik packte ich meine Waffe, aber dann begriff ich, daß es nur meine eigenen Kleider waren, die ich über die Sessellehne geworfen hatte.

Ich stand auf, trat ans Fenster. Dicke Flocken wirbelten draußen durch die Luft, eiskalte Motten im Licht der Lampe über dem Eingang. Das Auto war immer noch da, inzwischen mit einem dicken Dach aus Schnee versehen.

9. DIE FLUCHT

Als ich das Fenster öffnete, war die Welt gründlich verändert. Das ganze Land war versunken im weißen Moor des Schnees, der Landrover zu einer Schneewehe geworden am Rande einer unsichtbaren Straße.

Ich ging hinunter. Jerry war schon da. Er wusch Gläser. »Kann ich telefonieren?« fragte ich. »Kein Problem«, sagte er und reichte mir ein Handy über den Tresen.

Ich rief das Headquarter der Polizei in Inverness an und verlangte Inspector Mackay. »Habt ihr auch so viel Schnee?« war seine erste Frage. Ich nickte und merkte erst dann, daß er das nicht sehen konnte. »Ja«, sagte ich, »sehr viel Schnee. Die ganze Welt begraben darunter. Der Sturm hat nachgelassen. Jetzt fallen die Flocken wie Konfetti.«

Ich vermutete, auch Inspector Mackay nickte in diesem Moment. Dann, nach einer kleinen Pause, sagte er: »Sind Sie schon weitergekommen? Oder haben Sie sich inzwischen in unserem unsichtbaren Wald verirrt?« Er lachte. Der Klang seiner Stimme tat mir gut. Er war trocken und klar. Ein schottischer Akzent, der mir über die Maßen gefiel. Irgendwo zwischen Musikalität und Nüchternheit. Ich versuchte wieder, mir den Mann am anderen Ende der Leitung vorzustellen und kam zu einem ähnlichen Bild wie beim ersten Mal. Jovial, massig, ein breites Kinn, helle Augen, rotblonde Haare.

»Unsichtbarer Wald? Wie meinen Sie das?«

»Früher waren die ganzen Highlands bewaldet. Sensible Naturen spüren das noch immer. Ein imaginärer Wald aus gläsernen Bäumen. Alles für den Schiffbau gefällt. Was meinen Sie, wieviel schottische Eiche am Grunde des Mittelmeeres liegt! Wir haben zwar ein Aufforstungsprogramm, aber das ist etwa so, wie wenn man an die Saharabewohner Sandschaufeln verteilte mit der Aufforderung, die Wüste damit urbar zu machen. Was machen die Diatomeen?«

»Ich bin noch nicht an der Küste. Der Schnee hat es verhindert. Ich bin in einem Hotel bei der Bridge of Orchy.«

»Allein?«

»Ja«, log ich.

»Es geht mich ja nichts an, aber Ihre Stimme klingt verändert. Wie bei Verliebten. Melden Sie sich trotzdem ab und zu, Mister Hieronymus.«

Er legte auf. Ich preßte das Handy an mein Ohr und lauschte eine Weile dem Rauschen. Es kam mir vor wie ein Chor von zahllosen Stimmen, die sich bis zur Unkenntlichkeit vermischt hatten.

Christine und Frank saßen bereits beim Frühstück. Sie wirkten bedrückt. »Frank wollte nicht mehr mitspielen bei unserem Mörderspiel«, sagte Christine. »Aber ich habe ihn überredet.«

Frank wirkte verlegen. »Weißt du, ich bin nicht feige, aber ich sehe auch keinen Sinn darin, mich Mordanschlägen auszusetzen. Und daß das einer war, steht fest.«

»Die Gefahr ist vorerst gebannt«, sagte ich. »Der Kerl da draußen ist eingeschneit.«

»Warum lassen wir ihn nicht einfach festnehmen?«

»Das bringt nichts. Er würde alles abstreiten. Nötigung im Straßenverkehr, mehr könnten wir ihm nicht anhängen. Ich finde es besser, wir machen weiter wie bisher.«

»Und spielen den Fuchs für die Meute.«

»Ein schöner Vergleich, Frank«, sagte ich.

Er hielt mir die Hand hin. »Komm, schlag ein, ihr habt gewonnen!«

Jerry kam an unseren Tisch. »Ich habe mit Fort William telefoniert. Es wird eine Weile dauern, bis die Schneefräse hier ist. Tut mir leid, daß ihr nicht wegkommt. Wo wolltet ihr hin?«

Wir blickten uns an. Bisher hatten wir über Ziele kaum gesprochen. »An die Küste, nach Oban, dann weiter auf die Hebriden«, sagte ich.

Jerry strahlte: »Bonnie Prince Charlies Weg.« Er trat ans Fenster und sah zur Straße hinüber, die nicht mehr war als eine langgezogene Senke im Schnee. »Der Mann da draußen in dem eingeschneiten Auto. Was ist mit ihm?«

»Ein Verrückter«, sagte Frank. »Und nicht so harmlos wie Billy. Der da draußen hat versucht, uns mit seinem Rover von der Straße zu drängen.«

»Gibt es überhaupt keine Möglichkeit, hier wegzukommen?« fragte ich.

Jerry kratzte sich am Kopf und sah mich an. »Doch. Wenn ich es mir recht überlege, gibt es eine. Die Straßen sind nicht frei und werden auch nicht so schnell wieder frei sein, aber mit dem Boot dürfte es gehen.«

»Mit dem Boot?« Mir kamen Zweifel am Verstand auch dieses Mannes.

»Ja. Mit dem Boot. Durch das Glen Etive. Ich habe da einen Kahn liegen. Zum Fischen. Es sind nicht mehr als sieben Meilen bis dorthin.«

»Durch diesen tiefen Schnee? Wie sollen wir das denn schaffen?«

»Ich habe ein Schneemobil. So ein Ding ist ziemlich wichtig, wenn man so einsam liegt. Man kann einen Schlitten dranhängen. Da paßt ihr mit eurem Gepäck hinein. Das Auto könnt ihr hierlassen und später holen.«

»Und der Mann da draußen?«

»Der muß hilflos bei eurem Abgang zusehen. Wenn er ihn überhaupt mitbekommt.«

Jerry verschwand. Kurz danach hörten wir einen Motor aufjaulen. Wir holten unsere Koffer und luden sie auf den Schlitten, den Jerry hinter dem Haus geparkt hatte. Dann stiegen wir ein, Christine und ich in den Schlitten und Frank auf den Sitz neben Jerry.

Wir fuhren los. Die Welt war blendend weiß. So weiß, daß sie fast aufhörte zu existieren. Dann aber gewöhnten sich meine Augen an das Licht, und ich nahm wahr, wie farbenprächtig dem Winter dieses Gemälde gelungen war. Man sagt, daß sich Schnee schwer fotografieren, schwer malen läßt, er läßt sich auch schwer beschreiben. Weiß ist keine Farbe. Weiß ist ein Zustand. Er bedeutet vielerlei. Unschuld, Reinheit, Neubeginn, bei manchen Völkern auch Trauer und Tod. Die scheinbare Monotonie dieser Unfarbe ist in Wahrheit extrem reich an Facetten. Weiß ist nicht nur die Summe aller Spektralfarben, es ist auch die ideale Grundierung für feine Schatten, kaum wahrnehmbare Blautönungen, Schraffuren des Nichts. Nur das Meer bei Windstille kommt diesem Reichtum an Nuancen nahe.

Jetzt, da ich neben Christine saß, mit einer schweren Pferdedecke auf den Knien, und durch diese Zauberwelt gefahren wurde, glaubte ich, mitten in einer jener Spielzeugwelten zu sein, die Schneetreiben simulieren, einem

»Schneegestöber«. Der Himmel war aus Glas, die Luft farbloses Öl, in dem weiße Flocken schwebten und zu Boden sanken, nachdem ein kindlicher Gott diese Welt geschüttelt hat.

Der Schnee hatte die Formen der Landschaft nicht nur gerundet. Er hatte sie an manchen Stellen auch schärfer herausmodelliert. Kohlschwarze Steinwände zerrissen die pastellfarbenen Partien des Bildes. Wir fuhren jetzt auf einer Straße, die nur an den Spitzen von Schneestangen zu erkennen war, an einem moorwasserbraunen See vorbei. »Loch Tulla«, erklärte Jerry. Dann folgten wir einem reißenden Fluß, der einen tiefen Canyon in den Schnee gefräst hatte. Der Himmel schimmerte in Lasuren von rosa, grünen und gelben Tönen.

Wir passierten einen zweiten, kleineren See, Loch Dochard, wie unser Fahrer erläuterte. Dann ging es über einen Hang hinüber in ein enges Tal. Zwei mächtige Berge flankierten es, über tausend Meter hoch. An den Rändern gefrorene Wasserfälle, die Eisbärte von Riesen. Gelbe Moorwasserzungen leckten Steilwände herab, Wind wirbelte Schwärme von Kristallen auf wie tiefgefrorene Mücken.

Das Schneetreiben hatte inzwischen ganz aufgehört. In der leicht verschleierten Luft trieb eine kalte Sonne wie eine Eisscholle, der nicht zu trauen war.

Christine lehnte sich an mich. Ich spürte die Wärme ihres Pelzes und glaubte darin eingeschlossen die Temperatur ihres Körpers zu fühlen. So konnte es ewig weitergehen! Was kümmerte mich noch mein Auftrag. Was war schon Kriminalität. Ein Vorurteil der Ängstlichen. Nein, das alles war nicht meine Sache mehr. Meine Sache war die Liebe, die nun einmal aus verdammt empfindlichem Material bestand, wie der Flügelstaub von Schmetterlingen, der das Geheimnis des Schwebens enthält. Faßt man einen Schmetterling an, verliert er bekanntlich die Fähigkeit zu fliegen.

»Christine«, flüsterte jemand in mir, »ich bin ein Gauklers des Lebens, ich bin bereit, alles zu verlassen, was uns trennt.« Das war nicht die Stimme der Vernunft. Das was die Stimme eines Teils von mir, den ich um kleiner Erfolge willen vernachlässigt hatte. Oder war es die Stimme eines Narren? Ich wollte nicht unterscheiden müssen, was Christines und was mein Leben war. Wir waren wie siamesische Zwillinge an unseren Seiten aneinandergewachsen, und es war ihr Blut, das durch meine Herzkammern strömte.

Loch Etive gilt als das schönste Loch Schottlands. Im Sommer fahren hier Touristenschiffe, jetzt lag es einsam da, ein tiefes Tal, gefüllt mit grünem Meerwasser. Keine Straße begleitet seine steilen Ufer. Die eisige Einsamkeit um uns gaukelte eine unbeschädigte Welt ohne Menschen vor. Ohne Menschen heißt ohne Zeit, ohne Absichten, ohne Gründe und ohne Ziele. Und dennoch beschlich mich ganz plötzlich ein unheimliches Gefühl des Verlorenseins, kaum hatte Christine meine Hand losgelassen.

Wir standen am Ufer des Lochs. Jerry MacDonald zeigte uns ein Boot. Ein flacher Kahn, voll mit Schnee. Er half uns, ihn freizuschaufeln. Dann schoben wir ihn das Geröll hinunter ins Wasser. »Der Wind ist günstig für euch«, sagte unser Freund. »Nordost. Der wird euch helfen, schneller voranzukommen. Nach ungefähr fünf Meilen erreicht ihr eine Bucht. Airds Bay. Dort trifft die Straße auf Loch Etive, und hier könnt ihr das Boot verlassen. Zieht es auf den Strand. Ich hole es mir später. In der Nähe gibt es eine Bushaltestelle, und falls die Busse nicht fahren, könnt ihr es mit dem Zug versuchen, der dort, wenn auch selten, hält. Das hier habe ich euch eingepackt. Es wird euch warm halten.«

Er reichte uns eine Plastiktüte. Ich sah hinein und erkannte eine Flasche Famous Grouse und ein Stück Schinkenspeck. Ehe wir noch viel sagen konnten, bedeutete er uns mit einer Handbewegung einzusteigen. Er hielt das Boot fest, während Frank die Ruder ergriff und Christine und ich uns auf die hintere Bank setzten. Dann stieß uns Jerry ab. Er winkte und rief: »Viel Glück zusammen. Und denkt an meinen Rat. Wenn ihr Hilfe braucht, wendet euch an Cullum MacPherson!«

Frank warf sich in die Riemen und während wir schnell Fahrt aufnahmen, sahen wir, wie Jerry MacDonald seinen Motorschlitten wendete und auf der eigenen Spur zurückfuhr.

Je weiter wir nach Westen kamen, desto dünner wurde die Schneedecke. Schließlich waren die Berge nackt, braun und behaart mit moorigen Wiesen. Sie glichen gewaltigen Schwämmen, die die Schwerkraft ausdrückte, so daß überall Bäche herabrieselten. Auch der Wind schwang um. Er war jetzt feucht und warm und roch nach Seetang. Ich glaubte, Möwenstimmen zu hören, tauchte eine Hand in das kalte, flaschengrüne Wasser und leckte am Finger. Kein Zweifel, es war salzig.

Christine kniff mich in den Arm. »Laß das lieber«, sagte sie. »Du weißt nicht, was da unten für Wesen sind. Fomóri vielleicht, schwarze Männer mit Haifischzähnen. Sie könnten dir die Hand abbeißen.«

Ich beugte mich hinaus und blickte ins Wasser. Es wirkte unergründlich tief. Ein Abgrund, dessen Sog gewaltig war.

Glitten uns da nicht tatsächlich schwarze Schatten nach? Die Seelen der Toten, fischschwänzig, lüstern nach der Wärme lebender Körper?

»Du siehst sie auch, nicht wahr, Piet?« flüsterte Christine. »Sie folgen uns schon die ganze Zeit.«

»Ja, ich sehe sie. Oder sind es vielleicht nur die Schatten des Bootes und der Ruder?« Meine Stimme klang fremd. Ich hatte das Gefühl, daß mir Mackay soufflierte, um mich aus dem Bann der Magie zu befreien. Aber Christine drückte meinen Arm, und wieder war es, als wüchsen wir zusammen.

»Nein Piet, das sind Fomóri. Ich weiß es. Du mußt mir glauben.«

Der Wind wurde jetzt immer stärker, und die kurzen Wellen mit ihren feinen Gischtfahnen zerstörten den Spiegel des Wassers, machten ihn undurchsichtig.

Ich bat Frank, mich ein Stück rudern zu lassen, obwohl mir die Knochen noch wehtaten. Aber aus irgendeinem Grund wollte er schuften, und er tat es wie ein Berserker, riß an den Riemen, als seien es die Stäbe eines Gitters, hinter dem seine Seele eingesperrt war.

Als es immer milder wurde, öffnete Christine den Kragen ihres Pelzmantels. Ich sah die Narbe und ein wenig schwarz verschorftes Blut – die Stelle, wo die Haut verletzt war – und überlegte schon, ob ich ihr nicht den Schmuck zurückgeben sollte. Aber irgend etwas hielt mich davon ab. Besser, Frank und sie blieben im Glauben, daß der Schmuck auf Paddys Market gestohlen worden war. War es wieder Mackay, der mir diese Überlegung einflüsterte, weil er mich davor bewahren wollte, meinen Verstand allzusehr an die Welt der Gefühle und Träume zu verlieren, die diese Schottin mit den roten Haaren für mich verkörperte?

Endlich kam der Fährenanleger in Sicht. Wir machten alles so, wie Jerry MacDonald es gesagt hatte, zogen das Boot an Land, gingen zur Bushaltestelle und brauchten nicht lange zu warten.

Eine halbe Stunde später waren wir in Oban. Wir suchten ein Hotel und fanden eines am Hafen. Ein schwärzliches Gebäude mit abgewetzten Treppenläufern, einem uralten Fahrstuhl und Zimmern, in denen es nach Staub und Vergänglichkeit roch.

10. DAS SINGSONG

Oban ist absurd. Kulissenhaft. Es gibt zwei Hügel über der Stadt. Auf dem einen liegen die Bauruinen ausgedehnter Kneippanlagen aus dem 19. Jahrhundert, auf dem anderen befindet sich das Kolosseum von Rom. Ein Nachbau natürlich. MacCaigs Folly, was soviel wie MacCaigs Verrücktheit bedeutet, eine leere Fassade, durch deren hohe Bogenfenster der Wind pfeift. In der Mitte der gewaltigen Arena des Rundbaus kämpfen die Gladiatoren der Windböen um eine Abfalltonne, der sie hin und wieder Zeitungen und Bierdosen entreißen. Der Bankier MacCaig hat diese Arena im letzten Jahrhundert errichten lassen, angeblich als Arbeitsbeschaffungsmaßnahme, in Wirklichkeit, weil er verrückt war und sich für Cäsar hielt. Das jedenfalls behauptete Archibald MacAllister, der in der Hotelbar saß und Frank und mich ansprach, als habe er sein bisheriges Leben lang ausschließlich auf unser Erscheinen gewartet. »Hallo, Freunde!« sagte er, wobei er vom Barhocker hüpfte und uns eine kleine, kalte Fischflosse von Hand reichte. »Schön, daß ihr da seid. Es gibt heute abend nämlich ein Singsong, da werden wir hingehen, meint ihr nicht?«

MacAllister trug eine jener braunen Nylonhäute mit seitlichen Schlitzen für die Arme, wie sie in den sechziger Jahren modern waren und die man sich wie eine große Kapuze überstreifte. Das Regencape fiel über den Sitz des Barhockers, so daß MacAllister an eines der monströsen Wesen aus ›Alice im Wunderland‹ erinnerte, mit vier Stelzenbeinen und einer Haut aus Schokolade.

»Ihr kommt aus den Highlands? Dann seid ihr Gespenster, so wahr ich Archibald heiße, denn dort ist alles eingeschneit und niemand kommt durch. Man mußte etliche Autofahrer erfroren ausgraben und in der Badewanne wieder auftauen, sagt das Radio. So viel Schnee hat es seit der vergeblichen Christianisierung dieses Heidenvolks unverbesserlicher Querköpfe noch nicht gegeben.«

Er schnappte nach Luft, wahrscheinlich, um seinen Monolog fortzusetzen. In diesem Moment schwebte Christine die Treppe herab und brachte MacAllisters Redefluß zum Stillstand.

Sie hatte das gleiche rote Samtkleid an wie vor zehn Jahren. Ihre Haare waren offen. Um den Hals trug sie ein schwarzes Samtband mit einem Medaillon, einer Miniatur aus Elfenbein.

Als MacAllister seine Sprache wiedergefunden hatte, kicherte er: »Jesus, die Dame sieht ja aus wie Mary Stuart persönlich. Wie schön, ich bin noch nie mit der schottischen Königin auf ein Singsong gegangen.«

Frank wirkte ungehalten: »Übertreibst du nicht ein bißchen? Wir haben noch zwei Tage bis Weihnachten, Christine.« Sie aber legte die Arme um seinen Hals und zog ihn vom Barhocker herunter. »Mein Guter, bist du immer noch müde?«

»Allerdings, und ich gedenke auch nicht mitzukommen, wenn ihr noch einen Kneipenbummel vorhaben solltet.«

»Soll ich lieber bei dir bleiben?«

Er schüttelte den Kopf, und mein Herz schlug schneller. Warum protestierte er nicht? Warum verhielt er sich so passiv? Warum kämpfte er nicht um Christine? Er schien sich seiner Sache sehr sicher zu sein. »Du bist alt genug, um zu wissen, was du tust. Außerdem glaube ich, daß du bei Piet in guten Händen bist.« Er schlug mir auf die Schulter. Ich empfand es als unangenehm. Frank war auf eine undurchsichtige Weise theatralisch, und das gab mir neue Rätsel auf.

Während Christine ihren Mantel holte, betrat ich die hölzerne Telefonzelle neben dem Fahrstuhl und rief Mackay an. Der Inspector sei zu Hause, hieß es. Man gab mir Mackays Privatnummer, und ich wählte sie. Ein Kind war dran, der Stimme nach ein kleiner, gewitzter Junge. »Kann ich Inspector Mackay sprechen«, sagte ich. »Sitzt in der Badewanne«, sagte der Junge. »Jetzt regt sich bestimmt gleich meine Mutter auf, weil es wieder Pfützen gibt.«

Dann war Mackay dran.

»Was sind Fomóri?« fragte ich.

Ich hörte sein angenehmes, tiefes Lachen. »So etwas wie ich im Augenblick, Piet. Meerungeheuer. Sie hinterlassen überall nasse Spuren, wenn sie an Land steigen. Scherz beiseite, soweit ich aus der Schulzeit noch weiß, sind Fomóri böse Dämonen, Meermänner, schwarz und potent und gewalttätig. Das haben die Kelten so geglaubt. Man könnte vielleicht sagen, es ist das dunkle Prinzip, mitunter auch das Fremde schlechthin. Fomóri sind die, die von außen kommen, vom Rand der Welt. Möglicherweise verbirgt sich dahinter die böse Erfahrung der Kelten, von anderen Stämmen immer weiter nach Westen gedrängt worden zu sein. Warum fragen Sie? Ist Ihnen etwa ein Fomóri begegnet? Wo sind Sie überhaupt?«

»In Oban. Ich bin offengestanden dabei, mich in ziemlich geheimnisvolle Verhältnisse zu verwickeln.«

»Wie ein Wollknäuel, mit dem die Katze spielt.«

»Ich möchte weiter nach Mull. Es gibt dort jemanden, den ich gerne kennenlernen möchte.«

»Sein Name?«

»Cullum MacPherson.«

»Kommt mir irgendwie bekannt vor. Ich glaube, ich habe schon in der Zeitung über ihn gelesen. Ein berühmter Mann offenbar.«

»Ein Grand Old Man.«

»Mister Hieronymus. Ich spüre förmlich, wie wenig mitteilsam Sie mir gegenüber sind. Im Inneren eines Wollknäuels ist übrigens nichts anderes verborgen als der Anfang des Fadens. Sagen Sie, hat die Katze in diesem Fall vielleicht die Gestalt einer Frau?«

»Vielleicht ist es eher umgekehrt. Die Frau ist eine Katze. Geben Sie mir noch ein wenig Zeit, Mackay.«

»Verstehe. Sie wollen die Kreativität des Chaos nutzen. Und Sie haben damit völlig recht, denn sie steht am Anfang jeder kleinen oder großen Welt. Wirf ein paar lange Schnüre in eine Schublade, und du wirst sehen, daß sie sich wie von geheimnisvoller Hand auf höchst komplizierte Weise selbst ineinander verknoten. Das mühsame Auseinanderwickeln der einzelnen Stränge kommt erst später. Vielleicht kann ich Ihnen bei dieser mühseligen Prozedur zur Seite stehen. Mach's gut, Piet, und melde dich bald wieder.«

Obwohl die englische Sprache bekanntlich kein ›Sie‹ kennt, hatten wir uns bisher immer förmlich-distanziert angesprochen. Erst im letzten Satz war Mackay zum persönlich gemeinten Du übergegangen. Es war eine Frage der Klangfarbe. Ich freute mich darüber. Vielleicht bahnte sich da so etwas wie eine Männerfreundschaft an.

Kurze Zeit später zogen wir zu dritt durch die regennassen Straßen von Oban. MacAllister wußte lauter Abkürzungen hinter Bauzäunen, durch Schlamm und Pfützen. Vor jeder Kneipe beteuerte er, daß dort gleich ein Singsong stattfände, und immer war es dann ähnlich: gelangweilte Einheimische in trüber Beleuchtung, hingelümmelt in schwarzen Skailedersesseln, das Glas mit schalem Bier vor sich.

Die vierte Bar gehörte zu einem Hotel. Einige besser gekleidete Herrschaften saßen dort und starrten in ein Holzfeuer. Offenbar Engländer. Sie benahmen sich übertrieben dezent wie zivile Mitglieder einer Besatzungsmacht. »Ich glaube, hier findet gleich ein Singsong statt«, sagte MacAllister. Er schob sich in seinem braunen Nylonmantel auf einen Barhocker und kippte einen Famous Grouse. Christine steuerte zu einem der freien Tische, und ich setzte mich neben sie. Am liebsten hätte ich wieder ihre Hand genommen. Aber Christine wirkte abweisend. Vielleicht weil Frank nicht da war.

Eine Weile sahen wir schweigend dem Feuer zu. Das Knistern der Scheite kam mir wie eine Geheimsprache vor, die von Schmerz und Lust redete. Christine lag halb in ihrem Sessel. Ihr wächsernes Gesicht wurde vom Flackern der Flammen geschminkt. Rouge, dann wieder fahles Gelb. Eine Tote voller Leben, oder eine Lebende voller Tod. Ihre Lippen bewegten sich. Sie sprach so leise, daß ich mich zu ihr beugen mußte. »Das Halsband war nichts wert. Der Kerl wird keine Freude daran haben.« Sie blickte zur Decke mit diesem somnambulen Blick, der zuweilen typisch für sie war. Vorsichtig tastete ich nach ihrer Hand.

Ihre Finger fühlten sich kalt an. Sie ließ es zu, daß ich sie zwischen meine Handflächen nahm.

»He da, ihr beiden Turteltäubchen, trinkt mal euer Glas aus!« rief MacAllister. »Slanche.«

Wir hoben die Gläser und prosteten ihm zu. Auch bei den Engländern hob jemand sein Glas und sagte »Cheers«.

»Das Singsong beginnt in wenigen Minuten«, rief Mac-Allister begeistert. »Bin gespannt, wer heute abend spielt.«

Der Barkeeper mischte sich ein. Er wüßte von keiner Livemusik. »Piet spielt sehr gut Querflöte«, rief Christine dazwischen, »und Klavier auch.«

Die Flöte hatte ich nicht dabei, und ich sah auch zu meiner Erleichterung kein Klavier. Der Barkeeper kam hinter seinem Arbeitsplatz hervor, ging in die Küche und kam mit einem vierschrötigen Mann zurück. Beide verschwanden im Nebenzimmer. Kurze Zeit später kamen sie zurück, mit einem Klavier zwischen sich. Als sei es leicht wie eine Gitarre, brachten sie es an unseren Tisch und stellten es mir direkt vor die Füße.

Ich war so verblüfft, daß ich etwas zu sagen vergaß, meinen Sessel umdrehte, mich auf die Lehne setzte und zu spielen begann. Und ich spielte den Blues, und das besser als sonst. Vielleicht lag es an der Situation, an Christine, an der Art, wie man mir ein schweres Klavier serviert hatte. Das war Anarchie auf Schottisch. Ein kleiner Triumph über die glotzenden Engländer, die dies natürlich als Gag mißverstanden. Erst später begriff ich, daß diese Aktion eher der typisch schottischen Schüchternheit entsprach. In jedem anderen Land der Welt hätte man mich in den Nebenraum an das dort stehende Instrument komplimentiert, in der Erwartung einer musikalischen Leistung, die mich unter Druck gesetzt hätte. Die Situation wäre unweigerlich verkrampft gewesen, während sie jetzt im wahrsten Sinne des Wortes spielerisch war. Mit der Folge, daß ich mich überzeugender als sonst in jene einfachen, archaischen Strukturen des Blues hineinzuversetzen vermochte. Ich hatte wirklich den Groove, vielleicht zum ersten Mal in meinem Leben.

Der Mann aus der Küche trat neben mich, legte die Unterarme auf das Klavier und begann zu singen. Einen endlosen Blues, zu dem er den Text extemporierte. Es ging, soweit ich ihn verstand, um schottische Geschichte, um Siege gegen England, um Schande, die die Leute aus dem Süden über das Land gebracht hatten, um die Steifheit der Sitten dort. Die Engländer aber saßen da und gaben sich Mühe, in Stimmung zu sein. Christine sah mich mit Wärme und Bewunderung an, während Archibald MacAllister den Barhocker zur Trommel machte und den Rhythmus mitklopfte. Es war eben ein richtiges Singsong.

Es war weit nach Mitternacht, als Christine und ich wieder im Hotel waren. Ohne Archibald MacAllister, der in der Kneipe unter seinem Nyloncape eingeschlafen war.

Im Foyer war es dunkel. Nur die Notbeleuchtung brannte. Wir hielten uns an der Hand, während wir auf den Fahrstuhl warteten. Ich drückte den dritten Stock. Klappernd schloß sich die Tür, summend fuhr dieser alte Käfig los, doch dann ein Ruck und Stille. Wir standen.

Plötzlich hörte ich ein Rauschen, wie von einem anschwellenden Fluß. Es war das Blut in meinem Kopf, bewegt vom Mühlrad einer Angst, in die sich Lust mischte. Der Traum von damals war ganz nahe. Hornig rauh und weich. Noch nie war ich so nahe dem Glück gewesen, noch nie so nahe dem Abgrund.

Christine drückte auf die rötlich schimmernde Notruftaste. Ein fernes Klingeln erscholl, doch nichts rührte sich. Ich hämmerte mit der Faust gegen die Tür. Nichts. Wir steckten in einer Taucherglocke am Grund des Meeres. Ich spürte den Druck als Knacken in den Ohren, geriet in Panik, aber Christines Nähe verschaffte mir zugleich ein Gefühl der Gelassenheit.

Sie breitete ihren Pelz auf dem Boden aus. Er bedeckte ihn völlig. Dann legte wir uns auf den Mantel. In der Diagonale konnte ich sogar die Beine ausstrecken. Christine schob ein Bein über mich und schlang den Arm um meine Brust. Ihr Kopf ruhte in meiner Halsbeuge. Es war beinahe wie damals vor zehn Jahren in Glasgow in ihrem Bett. Nur diesmal wies sie meine Hand nicht zurück. Und sie sagte nicht: »No sex, Piet.«

Irgendwann mußte ich eingeschlafen sein. Ich erwachte tief unter Wasser. In den Zweigen von Korallenbäumen funkelten seltsame Vögel, fliegende Fische, Kolibris mit Flossen. Das Wasser war warm und grün. Ich schwamm mit der Strömung, ein eleganter Hai dicht neben mir. Wir berührten uns zuweilen, und jedesmal spürte ich es wie einen elektrischen Schlag. Die Luft wurde mir knapp, und ich öffnete meinen Mund und trank das grüne Wasser in tiefen Zügen. Es tat mir wohl, und ich konnte atmen wie ein Fisch. Weiter ging es durch Korallenwälder, mit den sich in der Strömung wiegenden Strudelhaaren der Polypen, den Unterwasserwiesen von Seetang, in denen bunte Schnecken und blauschwarze Hummer weideten. Der Hai blieb neben mir, während wir hinausflohen in die unendlichen Abgründe des Ozeans.

11. BOBBY MACLEOD

Jemand leuchtete mir mit einer großen Taschenlampe ins Gesicht. Die Fahrstuhltür stand offen, und ich sah Schuhe und Hosenbeine von zwei Männern. Halb ausgezogen lagen wir da, die Kleider um uns verstreut.

Die vier Beine traten einen Schritt zurück, und die Fahrstuhltür schloß sich wieder. Es wurde jedoch nicht dunkel, weil man die Taschenlampe im Fahrstuhl zurückgelassen hatte. Christine lag da wie tot. Auf ihrem nackten Oberkörper Blut. Ihre Halswunde schien wieder aufgegangen zu sein.

Ich schob meinen Arm unter sie und hob ihren Oberkörper an. Sie schien ohnmächtig zu sein. Ihre Augendeckel klappten auf und schlossen sich wieder, als ich sie vorsichtig niederlegte. Als seien kleine Gewichte hinter ihnen wie bei einer Puppe. Ich legte den Mund auf ihre Lippen und hauchte ihr meinen Atem ein. Wieder und wieder, so wie ich es im Erste-Hilfe-Kurs gelernt hatte.

Ganz allmählich kam sie zu sich. Sie seufzte tief und bewegte Arme und Hände. Als sie die Augen aufschlug, war es, als ob es heller um mich wurde. Eine Einbildung natürlich, gewiß. Aber typisch für meine exaltierte Verfassung.

»Wo bin ich?« flüsterte sie.

»Bei mir«, sagte ich mit der Naivität des Verliebten.

Sie stand auf. Während sie sich anzog, hatte ich das Gefühl, überhaupt nicht anwesend zu sein. Sie sah mich nicht an, sprach nicht mit mir, als sei ich ein Geist.

Ich drückte den Knopf für den dritten Stock. Und tatsächlich fuhr der alte Fahrstuhl rumpelnd an. »Wir waren betrunken«, sagte sie plötzlich. »Hoffentlich siehst du das auch so.« Dann verließ sie den Lift und verschwand in dem auf dem Flur gelegenen Duschraum.

Eine Weile wartete ich unschlüssig vor der Tür. Ich hörte drinnen das Wasser rauschen. Wenn sie jetzt als Meerjungfrau herauskäme mit grünen Haaren und einem Fischschwanz, würde es mich kaum wundern, dachte ich.

Dann ging ich den Flur entlang zu meinem Zimmer. Ich wollte aufschließen, doch dies erwies sich als überflüssig. Die Tür war angelehnt. Ich trat ein und befand mich in einem Chaos. Alles zerwühlt, der Koffer leer, die Sachen auf dem Boden verstreut, die Zahnpasta ausgedrückt, die Betten aus den Überzügen gerissen, die Matratzen hochgestellt. Meine Waffe hatten sie übersehen. Ich hatte sie, bevor wir gingen, mit Klebeband hinter dem Spiegel der Waschkommode befestigt, schon wegen der Putzfrauen. Ein gutes Versteck, denn ich hatte bereits die Erfahrung gemacht, daß Menschen von ihrem eigenen Spiegelbild abgeschreckt werden und dort weniger genau suchen. Das einzige, was zu fehlen schien, waren die Unterlagen, die mir mein Chef mitgegeben hatte.

Plötzlich hörte ich jemand kommen. Es war Christine. »Komm schnell«, sagte sie. »Bei uns sieht es noch schlimmer aus. Und Frank, der arme Kerl, sie haben...« Ich rannte hinüber, Christine mir nach.

Auch hier war alles zerwühlt. Frank saß geknebelt und wie ein Paket verschnürt am Boden, mit einem Seil an die Rippen des Heizungskörpers gefesselt.

Ich löste den Knebel und die Schnüre und legte Frank, der reichlich mitgenommen wirkte, mit Christines Hilfe aufs Bett. Christine hob seinen Kopf und flößte ihm kühles Wasser ein, knöpfte sein Hemd auf und rieb ihm die breite, behaarte Brust mit einem nassen Handtuch ab.

Frank erholte sich zusehends. »Sie haben mich im Schlaf überrascht. Ich hatte keine Chance«, sagte er schließlich.

»Wie viele waren es?« fragte ich.

»Ich glaube zwei. Wo wart ihr? Warum seid ihr erst jetzt gekommen?«

»Wir haben ein paar Stunden im Fahrstuhl gesteckt«, sagte ich. »Das haben die Kerle bestimmt so arrangiert. Sie müssen uns abgepaßt haben. Dann haben sie den Fahrstuhl irgendwie blockiert.«

Frank stand auf und steckte den Kopf ins Waschbecken. Er drehte beide Hähne voll auf, den heißen und den kalten. Dann rubbelte er seine kurzen Haare mit dem Handtuch ab und setzte sich aufs Bett. »Und was jetzt? Ich finde, es reicht! Wir müssen die Polizei verständigen. Das ist kein Spiel mehr, die meinen es verdammt ernst. Was mögen sie nur gesucht haben?«

»Meine Unterlagen sind verschwunden. Irgend jemand muß wissen, weshalb ich eigentlich hier bin und das scheint ihm gar nicht zu passen.«

»Und weshalb bist du hier?«

»Frank«, sagte ich ruhig. »Ich werde euch das nicht auf die Nase binden, weil ich euch dadurch nur in weitere Gefahr bringen würde. Mitwisserschaft ist in diesem Fall lebensgefährlich. Für euch wäre es wahrscheinlich das beste, jetzt auszusteigen.«

»Nein«, sagte Christine. »Wir machen weiter.« Ihre Stimme klang scharf, ihre Wangen glühten. Frank sah sie verwundert an. »Ich glaube«, fuhr sie fort, »daß mehr hinter der Sache steckt. Die Leute, die hier eingedrungen sind und das alles angerichtet haben, waren bestimmt nicht nur hinter Piets Unterlagen her. Sonst hätten sie unser Zimmer nicht auch noch gefilzt. Es geht um mehr. Vielleicht ist es das Halsband.«

»Das ist doch auf Paddys Market gestohlen worden. Oder etwa nicht?« Er sah mich mit einem merkwürdigen Blick an.

»Und wenn sie das nicht wissen? Vielleicht glauben sie immer noch, daß wir es haben.«

Hatte sie etwas gemerkt, als wir im Fahrstuhl lagen? Ich entsann mich, daß meine Jacke neben ihr gelegen hatte mit dem Schmuck im Innenfutter.

»Das Halsband ist doch überhaupt nichts wert, wie du immer behauptest«, sagte Frank. »Abgesehen vom ideellen Wert natürlich.«

Christine schnitt ihm das Wort ab. »Meines Erachtens kannst du gar nicht wissen, was ein ideeller Wert ist, mein Lieber. Du kennst nur materielle Werte. Natürlich, es ist billiges Gold. Und die Steine sind nicht echt. Aber meine Mutter hat es als kleines Mädchen getragen und meine Großmutter auch schon.«

Ich mußte an Willems Bemerkung denken: ›Dem Design nach Modeschmuck aus den fünfziger Jahren.‹ Irgend jemand log.

Christine sah mich an mit einem Blick, in dem ich so etwas wie Angst zu lesen meinte, und ich beschloß, zunächst nicht weiter nachzufragen. Eine Spur zu früh verfolgen, kann bedeuten, sie zu zertrampeln, weil sie noch zu schwach ist.

»Und wie soll es jetzt weitergehen?« fragte Frank.

»Wir informieren jedenfalls nicht die hiesige Polizei.

Das hieße, einen Elefanten zu bitten, in einem Porzellanladen aufzuräumen. Ich werde mit meinem Kontaktmann in Inverness sprechen und mich mit ihm beraten. Aber ich denke, ich fahre zunächst nach Mull. Ihr könnt mitkommen oder nicht. Auf jeden Fall räumen wir erst einmal unsere Zimmer auf.«

Frank hatte sich erstaunlich schnell erholt. Die beiden machten sich sofort an die Arbeit, und ich ging in mein Zimmer und brachte es, so gut es ging, in Ordnung. Dann fuhr ich hinunter ins Foyer.

Der Portier sah mich neugierig an. »Ich habe gehört, der Fahrstuhl ist defekt gewesen. Waren Sie mit der Lady drin?«

»Wer hat Ihnen das gesagt?«

»Zwei Gäste. Sie sind heute morgen ganz früh gefahren.«

»Können Sie sie beschreiben?«

»Warum sollte ich.«

Ich gab ihm eine Zwanzig-Pfund-Note und zeigte ihm meinen Dienstausweis. Ich nehme an, nur das erstere tat seine Wirkung. »Sie sahen aus wie zwei Missionare. Wie Mormonen. Sie hatten schwarze Anzüge an. Der eine war blond, der andere dunkel. Beide glattrasiert.«

»Hatten sie Gepäck dabei?«

»Zwei Lederkoffer.«

»Haben sie gesagt, wohin sie wollten?«

»Nein. Das nicht. Aber sie haben ein Taxi bestellt. Ich glaube, sie sind die A 816 Richtung Kilmore gefahren.«

»Das haben Sie gesehen?«

»Ich habe so etwas gehört, als ich half, die Koffer rauszubringen.«

»Kannten Sie den Taxifahrer?«

Sein ›Nein‹ kam zögernd. Ich wußte, daß die klassische

Verhörmethode wieder einmal an ihre Grenze gelangt war: Der Verhörte begann, seine Abwehrkräfte zu sammeln.

Ich ging in die Telefonzelle und rief Inverness-Headquarter an. Zu meiner Enttäuschung, aber auch Erleichterung, meldete sich eine fremde Stimme. »Inspector Mackay ist unterwegs. Sind Sie der Holländer? Ich soll Ihnen schöne Grüße ausrichten. Der Inspector ist dabei, sich um gewisse Bücher zu kümmern.«

Ich bedankte mich und legte auf. Mackay hätte ich die Vorfälle der Nacht kaum verheimlichen können. Jedenfalls solange sie noch so frisch in meinem Gedächtnis waren.

Im Frühstücksraum traf ich Frank und Christine. Sie sahen mich erwartungsvoll an wie Kinder, die einen Ausflug machen sollen und das Ziel nicht kennen. Es gab keine andere Möglichkeit, ich mußte jetzt die Rolle des Leitwolfs übernehmen, so unangenehm sie mir auch war.

Während ich das Frühstück hastig verschlang, hielt ich eine kleine Rede. »Ihr wißt, wie es ist, wenn man bei Wind in ein Kornfeld starrt. Man sieht einzelne Halme, die sich hierhin und dorthin beugen, sich aufrichten und wieder vom Wind niedergedrückt werden. Jeder Halm verhält sich dabei anders als seine Nachbarn. Es geht nach den Regeln des Chaos, des Zufalls zu, so jedenfalls scheint es, wenn du mitten im Kornfeld stehst und die Halme als Einzelwesen wahrnimmst. Blickst du jedoch aus einer gewissen Entfernung auf das gleiche Feld, erkennst du deutliche Strukturen, Wellenbewegungen zum Beispiel, Muster, für die du mit Recht den Wind verantwortlich machst und gewisse Gesetzmäßigkeiten in der Elastizität der Halme. Was will ich damit sagen? Nun...« Ich blickte meine Freunde an. Sie wirkten immer noch wie Kinder in der Schulbank, naiv und vertrauensvoll. »... will man ein Verbrechen, eine kriminelle Handlung interpretieren, untersuchen, aufklä-

121

ren, dann ist man in einer durchaus vergleichbaren Situation. Man ist *im* Kornfeld und nimmt nur das Chaos wahr, möchte aber lieber *außerhalb* stehen, um gewisse Muster zu erkennen, die eine Deutung nach den Regeln der Logik und Psychologie überhaupt erst zulassen. Anders gesagt, der einzelne Halm hat kein Motiv, aber das gesamte Feld eventuell.« Ich schwieg einen Moment, wohl wissend, daß die Rhetorik solche Kunstpausen als Verständnishilfe empfiehlt, aber der eigentliche Grund war, daß ich nicht so recht weiterwußte.

»Nun gibt es irgendwo einen Übergang zwischen den beiden beschriebenen Perspektiven, irgendwo eine Stelle, wo man beides, das Chaos und die Ordnung gleichermaßen wahrnimmt. Übrigens, die sogenannte Chaosforschung untersucht genau diese Übergänge, dieses für den gesunden Menschenverstand so rätselhafte Umklappen von Unordnung in Ordnung. Vom Halm zum Feld sozusagen, vom Wassertröpfchen zur Wolke, versteht ihr? Genau das ist der wunderbare, rätselhafte Schritt, der so schwer zu verstehen ist. Hier liegen alle Geheimnisse verborgen, auch das der Liebe zum Beispiel. Für den naiven Verstand haben da zuweilen Geister, magische Kräfte die Hände im Spiel. Der Zufall wirkt plötzlich nicht mehr kühl und demokratisch, sondern wie ein Hexenmeister, wie ein geschickter Zauberer, der inmitten lauter Banalitäten eine besondere Form, ein Schicksal wie ein Kaninchen aus seinem Hut zu zaubern versteht.«

Herrgott, ich mußte es endlich aufgeben, den Versuch zu unternehmen, an der Polizeiakademie einen Vortrag vor jungen Polizisten zu halten. Christine sah mich fast mitleidig an. Frank war dabei, den angebrannten Speck auf seinem Teller mit Ketchup genießbar zu machen.

»In diesem Fall ist es so: Vor kurzem sind einige Taucher

aus meinem Heimatland in Schottland zu Tode gekommen. Einzelheiten kann ich euch ersparen. Angeblich waren die Taucher auf der Suche nach Nessi, der bekanntlich größten Zeitungsente der Welt. Die Tatsache, daß man ihre von Messern zerfetzten Anzüge gefunden hat, aber nur eine Leiche, legt den Schluß nahe, daß es kein Unfall war, etwa bedingt durch eine Schiffsschraube.«

Frank unterbrach meinen Vortrag abrupt durch eine Frage: »Warum haben sie nicht gewartet, bis ihr vom Singsong zurück wart? Sie hätten euch dann doch auch fesseln und durchsuchen können!« Die Eifersucht in seiner Stimme war nicht zu überhören.

»Sie waren zu zweit, und sie wollten wahrscheinlich keinen Krieg. So war es viel bequemer für sie. Sie gingen vermutlich davon aus, daß ich eine Dienstwaffe habe. Und damit hatten sie recht.« Ich öffnete meine Jacke und zeigte auf den Pistolenhalfter.

»Demnach wissen sie auch, daß du Polizist bist?« sagte Frank.

»Davon gehe ich aus. Man hat mich wahrscheinlich bereits auf der Fähre nach England beschattet.«

»Woher konnten sie wissen, daß du auf dem Weg hierher warst? Eine undichte Stelle bei eurer Polizei?«

»Vielleicht.«

Ich zögerte. Außer unseren Leuten in Holland hatten nur Christine und Mackays Dienststelle wissen können, daß ich unterwegs nach Schottland war.

»Ich finde es immer noch am besten, wir melden den Überfall der hiesigen Polizei. Wir machen uns sonst der Vertuschung einer Straftat schuldig.«

»Nein, Frank. Ich bin Polizist und mit der Aufklärung einer Straftat beauftragt. Das gibt mir die Freiheit zu entscheiden, ob es nicht sinnvoll für die Sache ist, gewisse

Informationen vorerst zurückzuhalten. Die hiesige Polizei würde im Augenblick nur das Kornfeld zertrampeln, und zwar Halm für Halm. Wir sollten noch eine Weile in jener unklaren Zone bleiben, in dem unerklärlichen Bereich zwischen Chaos und Ordnung. Wir sind inzwischen aus der Rolle des Jägers in die der Gejagten geraten. Das hat den Vorteil, daß wir selber mitentscheiden können, wie und wann wir uns stellen. Vom Standpunkt der Chaosforschung aus befinden wir uns dadurch in der besseren Position. Der Verfolgte hat die größere Freiheit als der Verfolger. Er ist *weniger definiert*, wie man so schön sagt, während der Verfolger durch seine Funktion Gefahr läuft, sich irgendwann dem Verfolgten auf dem Präsentierteller zu zeigen, versteht ihr?«

Frank starrte mich wie jemand an, der nicht begriff und daraus sein Mißtrauen nährte. Und er hatte ja Grund zur Skepsis, denn in Wahrheit ging es mir nur um eines: meine eigentliche Arbeit so lange wie möglich hinauszuschieben, um in Christines Nähe zu bleiben. Die ganzen kriminologischen Theorien dienten nur dazu, diese Tatsache zu kaschieren.

»Solange wir uns jagen lassen, sind wir auf Seiten der Ordnung«, fuhr ich fort. »Denn wir können den Weg bestimmen. Die anderen aber sind auf seiten der Unordnung. Sie sind auf Spekulationen angewiesen, auf die Mithilfe des Zufalls.«

»Und wie gedenkst du, Cullum aufzusuchen? Als Jäger oder als Gejagter? Wie willst du verhindern, daß auch dieser alte Mann mit in die Sache hineingezogen wird? Die werden uns doch sicher auch weiter beschatten, wie du selber sagst!«

»Natürlich werden sie das. Es wird uns kaum gelingen, sie abzuschütteln. Alles, was wir tun können, ist uns in Si-

124

tuationen zu begeben, die uns gewissermaßen unangreifbar machen. Also möglichst keine fast leeren Hotels mehr. Was unsere Fahrt nach Mull angeht, so gedenke ich, gleich jemanden anzurufen, der uns den richtigen Geleitschutz geben kann. Archibald MacAllister. Ich werde ihn fragen, ob es nicht ein Singsong auf Mull gibt. Du wirst sehen, daß dann alles wie von alleine geht.«

Frank war immer noch skeptisch. »Wie sind die Kerle überhaupt reingekommen?« fragte er.

»Nichts einfacher als das, vor allem bei einem alten Hotel mit simplen Schlössern und ohne Nachtportier.«

Es war kein Problem, Archibald MacAllister ausfindig zu machen. »Gibt es gute Musiker auf Mull?« fragte ich scheinheilig.

»Gute Musiker? Die besten, du Banause. Zum Beispiel den ersten und zweiten Weltmeister im Akkordeon.«

»Und wie steht es mit Singsongs?«

»Bei Bobby MacLeod im *Mishnish* gibt es jede Nacht ein Singsong. Er ist der Zweitbeste am Akkordeon, und er wäre der Beste, wären da nicht die Weiber und Whisky.«

»Willst du uns nicht begleiten? Mit ein paar Freunden? Ich bezahle die Fahrt und das Hotel.« Er starrte mich an. Offenbar war ich mit meinem Vorschlag zu weit gegangen.

»Ich zahle für mich selbst«, sagte er stolz. »Seid um zehn an der Abendfähre.«

Unsere Leibgarde bestand aus ungefähr einem Dutzend krakeelender Männer. Die meisten hatten ihre New Year Bottles dabei, halbvolle Whiskyflaschen, die sie jedem anboten. Sie abzuweisen, war eine Beleidigung. Die große Neujahrsparty beginnt in dieser Gegend der Welt am Tag vor Weihnachten und endet am zweiten oder dritten Januar.

Unser Unternehmen wirkte wie eine Prozession. Archibald MacAllister war der Kardinal, sein wehender Nylonmantel seine Robe, und seine christliche Botschaft faßte er ungefähr folgendermaßen zusammen: »Wenn du so betrunken bist, daß du nicht mehr merkst, daß du betrunken bist, dann bist du so gut wie nüchtern.«

Am Anleger von Craignure stand der leere Bus nach Tobermory. Wie die Lemminge stürzten sich Archibald und seine Mannen hinein in diesen rollenden Abgrund. Der Fahrer schien die suizide Lebenslust seiner Kunden auf die Probe stellen zu wollen. Er hatte seinen Führerschein offenbar in der Hölle gemacht, so wie er auf der engen Straße am Sund entlangraste. Ein kleiner Mann neben mir zerrte an meiner Jacke, bis ich mich zu ihm hinabneigte: »Sie sehen, Sir, es gibt keine Autofahrer in Schottland«, quäkte er wie ein Frosch. »Nur an Land verirrte Seeleute.« Er sah auf die Uhr, während er sich an meinem Hosenbein festklammerte. »In siebzehn Minuten macht die Bar im ›Mishnisch‹ auf.« Zeitangaben dieser Art machte er die ganze Fahrt über wie ein Matrose, der das Lot auswirft und die Wassertiefe aussingt.

Wir hielten vor dem ›Mishnisch‹. Im Eingang stand Bobby MacLeod, ein grauhaariger Mann mit dem Gesicht und der Haltung eines Börsenmaklers. Er begrüßte die Gesellschaft mit einer segnenden Gebärde und hielt die Tür auf, während sich Archibalds Sauflemminge wahllos im Foyer des Hotels und im Restaurant verteilten, auf Sesseln, Stühlen und Hockern nisteten und wie Säuglinge nach Trinkbarem schrien.

Zwei Stunden später ging das Singsong los. Es fand in einem schlauchähnlichen Keller statt, mit einer Bühne an der Schmalseite und einer Reihe harter Holzbänke, die bis auf den letzten Platz besetzt waren. Zunächst spielte eine Kapelle aus Edinburgh. Gegen zwei Uhr nachts verschwand die Band von der Bühne. In ihre leere Mitte wurde ein einfacher Holzschemel gestellt. Die Menge begann zu rufen und rhythmisch zu klatschen: »Bobby, Bobby, Bobby.«

Die Tür öffnete sich, und MacLeod betrat den Raum mit einem großen Akkordeonkoffer in der Hand. Er trug einen eleganten Tweedanzug, nahm auf dem Hocker Platz und hörte sich mit eisiger Miene die Ovationen des Publikums an. Schließlich hatte er die Gnade, den Koffer zu öffnen und ihm ein gewaltiges, kostbar verziertes Diskantakkordeon zu entnehmen. Die Prozedur des Umschnallens geschah langsam und feierlich. Immer lauter wurden die Bobbyrufe. Jemand brachte ein großes, bis zum Rand gefülltes Whiskyglas und stellte es neben den Musiker auf den Boden. Bobby MacLeod betrachtete es eine Weile gedankenverloren. Dann plötzlich, ohne die kleinste Ankündigung, begann er zu spielen. Eine Reihe von schnellen Reels, die ineinander übergingen. Seine Finger zuckten über Knöpfe und Tasten, die Rolls, diese keltische Klangseele der schottischen und irischen Musik, kamen mit größter Präzision. Die Augen MacLeods waren geschlossen, seine glänzenden schwarzweißen Lederschuhe federten im Takt.

Als er mit einem vollen Durakkord endete und wie zur Belohnung zum Glas griff, brach ein Orkan der Begeisterung los.

Etwa eine Stunde spielte Bobby MacLeod bereits. Sein Glas wurde immer wieder nachgefüllt, aber seine Finger wirkten dennoch stocknüchtern. Plötzlich, mitten in einem besonders schnellen Reel, ging die Tür auf. Alle Köpfe drehten sich dem Neuankömmling zu, während er durch den schmalen Mittelgang zur Bühne ging und dabei ebenfalls einen großen Koffer schleppte. Es war ein schmächtiger Mann, zierlich gebaut, mit vollem Haar, fast italienisch wirkend. Der Weltmeister.

Ein Raunen ging durch den Keller. »Er war noch nie hier«, flüsterte der kleine Mann vom Bus, der neben mir saß. »Die beiden meiden sich gewöhnlich wie der Teufel das Weihwasser.«

Bobby MacLeod spielte den Reel zu Ende. Wir klatschten minutenlang. Auch der Neuankömmling, der direkt an der Bühne stand, klatschte dezent. MacLeod erhob sich, verbeugte sich, die Begeisterung dadurch noch einmal anfachend wie ein Windstoß, der ins Feuer fährt. Dann nahm er sein Akkordeon und verließ die Bühne. Nur ein geübtes Auge vermochte zu sehen, daß er dabei ein wenig schwankte.

Der Weltmeister wischte den Hocker mit einem großen Taschentuch ab, öffnete seinen Instrumentenkasten und schlüpfte gewandt in die Schulterriemen. Es war totenstill geworden. Sein Akkordeon war schwarz, und es war noch größer als das von MacLeod, aber es war weniger reichhaltig mit Perlmuttintarsien verziert.

Der Weltmeister nahm Platz. Sein Oberkörper verschwand fast vollständig hinter dem Instrument, das ihm bis zum Kinn reichte. Er warf den Kopf zurück und blickte zur Decke, als blätterte er im Gedächtnis sein Repertoire durch. Dann begann er zu spielen. Zunächst waren es nur einzelne, langgezogene Töne, dann Akkorde, volltönend wie von einer Orgel. Offenbart testete er die Akustik des Raumes.

Im Publikum wurde es unruhig, jemand besaß die Frechheit zu klatschen. Ungerührt verschob der Weltmeister ein paarmal den Hocker, bis er offensichtlich zufrieden war.

Schließlich fing er an, leise erst, fast zögernd, doch mehr und mehr an Tempo und Intensität gewinnend. Auch er begann mit einem Potpourri von Reels, Jigs und Hornpipes. Auch er wurde beklatscht, es gab sogar einzelne Bravorufe, aber die Begeisterung schien mir dennoch gedämpfter zu sein. Und mir war auch klar, woran dies lag. Der Weltmeister spielte noch exakter, noch virtuoser als Bobby MacLeod, aber seinem Vortrag fehlte genau jenes Quentchen an Wärme, an Fehlern auch, das den Funken überspringen ließ. Als Musiker mochte er besser sein, seine Rolls waren noch perfekter, aber sie waren weniger keltisch.

In einer Pause fragte ich MacAllister, ob er alle hier im Raume kennen würde. Er nickte spontan, sah sich aber dann sorgfältig um. »Das da sind meine Leute«, sagte er und wies auf die vordersten Reihen. »Das da sind Leute aus Tobermory. Die Anhänger von Bobby. Sein Clan. Schau dir die Frauen an. Alles seine Weiber. Aber den da, den kenne ich nicht.«

Ich folgte der Linie seines Blicks und sah in der letzten Reihe ganz in der Ecke einen Mann sitzen, der sich offenbar wenig von der allgemeinen Begeisterung anstecken ließ. Er blickte kühl. In mich aber fuhr es wie ein Blitz: Er sah aus wie ein Missionar, ohne daß ich genau wußte, weshalb er diesen Eindruck erweckte. Sein Gesicht war blaß, mit einem frommen Ausdruck. In den Augen lag etwas Fanatisches.

Das Singsong dauerte bis zum Morgengrauen. Der Weltmeister packte schließlich sein Akkordeon ein und ging, mit Ehrfurcht beklatscht. Viele schrien jetzt wieder nach Bobby MacLeod. Man holte ihn und half ihm auf die Bühne. Zwei Mann zogen ihm das Akkordeon an wie eine überdimensionale Serviette. Bobby leerte ein Glas Whisky nach dem anderen und spielte dazwischen wie der Teufel. So betrunken er auch war, die Tasten traf er immer noch erstaunlich sicher. Mitten in einem Hornpipe fiel er schließlich vom Hocker. Das Instrument gab einen langen, tiefen, disharmonischen Seufzer von sich, und Bobby MacLeod rührte sich nicht mehr. Seine Fans trugen ihn hinaus.

Archibald MacAllister hatte sich inzwischen nüchtern getrunken, das heißt, er war so betrunken, daß er nicht mehr betrunken war. Ich saß neben ihm und flüsterte: »Dieser Mann da hinter uns, den du nicht kennst, der mit dem frommen Gesicht, er ist hinter uns her.«

MacAllister besaß die Geistesgegenwart, sich nicht umzusehen. Er legte den Finger an den Mund, und dann sagte er, ebenfalls dabei flüsternd: »Ich mache das schon. Paß auf, mein kleiner Club und ich, wir werden diesen Bösewicht jetzt in ein kleines Singsong verwickeln. Wir Schotten haben es immer schon verstanden, aus der Musik einen militärischen Nutzen zu ziehen. Wolltest du nicht zu Cullum MacPherson? Soweit ich weiß, steht morgens immer ein Taxi am Hafen. Für den Fall, daß sich jemand für halb betrunken hält, so daß er meint, nicht mehr fahren zu können. Soviel ich weiß, ist es noch nie benutzt worden.«

Er erhob sich und winkte seine Kumpane heran. Dann stimmte er ein Lied an. Es war sehr berühmt, und es gab niemanden, der es hier nicht mit Inbrunst und Wut zu singen verstand. Es war die heimliche Nationalhymne der Highlands, in der das Massaker von Glencoe besungen wird: »They came from Fort William with murder in mind...« Archibald schritt an der Spitze seiner Gesangsarmee voran. Schwankend und singend gingen sie auf jenen Mann in der Ecke zu, den ich bei mir den Missionar nannte. Als er nicht mehr zu sehen war hinter ihren Rücken, gab ich Christine und Frank ein Zeichen. Wir gingen in den Vorraum, schnappten unser Gepäck und verschwanden in das kalte Morgenlicht.

Am Hafen stand tatsächlich ein Taxi. Der Mann auf dem Fahrersitz schlief, neben sich auf dem Beifahrersitz eine halbvolle Flasche Whisky. Als wir gegen die Scheibe klopften, wachte er auf, rieb sich die Augen, nahm einen Schluck und öffnete die Türen und den Kofferraum. »Nach Bunessan«, sagte ich. Er nickte. »Die westliche Route? Sie ist schöner, aber auch länger und viel, viel langsamer«, sagte er grinsend.

»Ja, die westliche Route.«

Wir stiegen ein. Zuerst Christine, dann ich. Auch Frank quetschte sich zu uns auf die Rücksitze. Dann ging es los. Eine kleine einspurige Gebirgsstraße mit wenigen Überholstellen. Wir fuhren über Dervaig, Calgary, um das Loch na Keal herum. Ben More, der Hauptberg der Insel, kam immer näher. Sein Gipfel lag in Wolken.

Der Fahrer nahm die halsbrecherischen Kurven der in die Steilwände am Loch na Keal geschlagenen Straße zu Franks offenbarer Freude mit Bravour und Gelassenheit. Dann machte die Straße einen scharfen Knick. Sie verlief jetzt nach Südwesten ins Landesinnere hinein, um nach kurzer Zeit am Loch Scridain wieder das Wasser zu erreichen. Im Bogen ging es um Loch Beg und schließlich an der Nordküste der Ross of Mull entlang genau nach Westen.

Der Fahrer schaltete die Scheibenwischer ein, weil die Gischt von Wellen über die Uferböschung jagte. Die Landschaft begann sich zu verändern. Sie wurde rauher und schwermütiger. Statt Gras und Heide roter, buckliger Granit, dessen prähistorisches Alter sich uns mitteilte wie eine schwer zu erklärende Traurigkeit.

Christine preßte sich an mich, und wir berührten uns fast an den Händen. »Das hier ist Balfourland«, sagte sie. »Der Vater von Robert Louis Stevenson hat draußen vor den Klippen einst einen Leuchtturm gebaut. Der Sohn war damals hier. In der ›Entführung‹ läßt er seinen Helden auf der kleinen Insel Erraid stranden und dann über die Ross of Mull wandern. Ich habe oft davon geträumt, es ihm gleichzutun.« Es begann in Strömen zu regnen, so daß wir nur schemenhaft etwas sahen. Plötzlich bremste der Fahrer und fuhr ganz langsam. Ein Schwall Wasser prasselte auf das Wagendach. Schaum und Seetang bedeckten den Asphalt. Dann tauchten wenige graue Häuser auf. Vor einem von ihnen hielten wir. »Bunessan«, sagte der Fahrer. »Die einzige Kneipe des Ortes. Sie macht um elf Uhr auf, aber der Wirt läßt euch vielleicht früher hinein.«

Ich zahlte. Dann war der Wagen in einer Wolke von Wasserdampf und Dieselabgasen verschwunden, und wir flüchteten in den Windschatten des Hauses. Es war zehn Uhr. Die Fahrt hatte über zwei Stunden gedauert.

Frank klopfte gegen die verschlossene Tür. Nach einer Weile hörten wir trotz des heulenden Windes, wie sich drinnen jemand am Schloß zu schaffen machte.

Ich habe immer eine Art anonymer Grundangst, wenn sich eine Tür auf einen Raum öffnet, der mir unbekannt ist. Diese Angst muß sehr frühe Wurzeln in meiner Kindheit haben. Vielleicht ist es sogar eine Art von Geburtstrauma. Eine Tür öffnet sich auf eine kalte Welt voller rätselhafter Wesen.

Auch diese Tür führte in eine kalte Welt. Der große Winddruck schob uns hinein. Ein fleischiger, stumpfnasiger Mensch begrüßte uns.

»Draußen ist es verdammt naß und kalt«, sagte er. »Hier drinnen ist es nicht besser. Verdammt naß und kalt.« Wir sahen uns um, und es stimmte, was er sagte. Auf dem Boden Pfützen von Wasser, das der Wind unter der Tür hindurchgedrückt hatte.

»Was ihr jetzt braucht, ist ...«

»Eine Brose!« fiel ich ihm ins Wort.

Er sah mich neugierig an. »Wohl schon mal hiergewesen, junger Mann«, brummte er.

Er stellte einen Topf auf eine Kochplatte, schüttete Sahne aus einer Tüte hinein, gab Honig hinzu und rührte um. Dann goß er vorsichtig am Rand des Topfes eine ganze Flasche Whisky nach. Genug Brose für uns alle.

Zwischendurch machte er sich am Kamin zu schaffen. Mit ziemlicher Mühe gelang es ihm endlich, ein Feuer anzuzünden, das mehr qualmte als brannte. Der Wind drückte in den Schornstein, und bald nebelte uns beißender Qualm ein. Die Situation war von anheimelnder Ungemütlichkeit.

Um Punkt elf ging der Wirt an die Tür und zog sie vorsichtig einen Spalt auf. Eine schwarze Katze schlüpfte herein, stolzierte durch den Kneipenraum und sprang mit einem Satz auf den Barhocker, wo sie begann, sich die weiß gezeichneten Pfoten zu lecken. »Nicki ist schon da«, sagte der Wirt. »Die anderen werden auch gleich kommen.«

Und tatsächlich erschienen innerhalb der nächsten Minuten fünf pudelnasse Männer, die meisten in dunklen Anzügen und Westen. Alle taten sie das gleiche: Sie stellten sich für wenige Sekunden mit dem Rücken zum inzwischen prasselnden Feuer, wobei ihrer Kleidung ein paar Dampfschlieren entwichen. Dann gingen sie an die Bar und erhielten sofort ein kaltes Bier, während sich um ihre Schuhe herum eine Pfütze bildete. Es war eben doch gemütlich am Ende der Welt im Sturm, der kräftig aus dem Nichts über den Rand der Erdscheibe blies.

Ich ging ebenfalls zur Theke. Ehe ich noch etwas gesagt hatte, stand ein Gläschen Schwarzer Rum vor mir. Mein Nachbar hatte es mir ausgegeben. Ich bedankte mich, sagte Slanche und neigte den Kopf gegenüber dem in dieser Region allgegenwärtigen halbnackten Erdnußmädchen, dessen Blöße übereinanderhängende Tütchen bedeckten, wodurch offenbar ein Kaufanreiz geschaffen werden sollte. Neben der Schönen hing ein Kingkong-Plakat.

Ich verlangte eine Tüte Erdnüsse. Der Wirt riß sie ab, und von der linken Brust des Mädchens wurden ein paar neue Quadratzentimeter sichtbar. Sie schien noch mehr zu frösteln, aber lächelte weiter unbeirrt die vor ihr zechenden Männer an.

Mein Nachbar war ein kleiner, weißhaariger Mann. Er sah ein bißchen wie die Schnittmenge aller englischen Premierminister aus, und er war als einziger der Einheimischen hier einigermaßen wettergerecht in einen Dufflecoat gekleidet. »Kennen Sie zufällig einen gewissen Cullum MacPherson?« fragte ich ihn. Er nickte.

»Er soll hier in Bunessan wohnen.« Wieder nickte er.

»Wissen Sie, wo ich ihn finden kann?« Er nickte zum dritten Mal. Die Katze strich um seine Beine und blickte mich aus meergrünen Augen böse an. »Du kannst ihn hier finden. Er steht neben dir.«

Dies also war der viel gerühmte Grand Old Man Cullum MacPherson! Er schien meine Enttäuschung, die ich so gut es ging zu verbergen suchte, sehr wohl zu bemerken, denn dem Ausdruck seiner Augen nach belustigte ihn die Situation. »Was verschlägt euch denn hierher ans Ende der Welt?« fragte er freundlich.

»Wir sind in Schwierigkeiten. Wir wollen ein paar Tage irgendwo unterkommen, wo wir ungestört sind.«

Er sah mich prüfend an, ein Blick, der mir nicht unangenehm war, obwohl er äußerst genau zu sein schien. Als ich später erfuhr, daß Cullum eigentlich Kunsttischler war, und zwar einer, der sein Handwerk nicht nur sehr erfolgreich, sondern sogar fast mit philosophischem Anspruch ausgeübt hatte, wurde mir im Nachhinein klar, was dies für ein Blick war. So prüft ein Fachmann Holz auf seine Qualität, auf seine Schnitzbarkeit, auf seine Maserung, wie fest, wie haltbar, wie grün oder abgelagert es ist. Der unbestechliche Blick eines Mannes, der weiß, daß ein Irrtum mit viel Ärger und zusätzlicher Arbeit verbunden ist.

Die Prüfung schien zu seiner Zufriedenheit verlaufen zu sein. Er bestellte noch einen Dark Rum für mich und sagte: »Ihr könnt wahrscheinlich bei Jane wohnen. Sie vermietet ihren Campingwagen. Gewöhnlich zwar nur im Sommer, aber warum sollte sie es nicht auch im Winter tun. Jane wohnt so weit abgelegen, daß sich dort niemand so leicht hinverirrt. Ihr Hof liegt gegenüber von Erraid.«

»Wie kommen wir da unbemerkt hin? Ich möchte nicht gerne ein Taxi nehmen. Dann weiß jeder, wo wir sind.«

»Ihr könnt mein Auto haben. Ich brauche es nicht. Am besten kommt ihr gleich mit.«

Und so landeten wir zum ersten Mal in Cullums kleiner Kate. Ein jämmerliches, feuchtes, kleines Häuschen direkt am Fluß, der den Ort in zwei Hälften teilt. Unterhalb einer Ruine gelegen, die früher einmal die Mühle gewesen war, schien es mit seinen grünen Schimmelflecken direkt dem Moorboden entwachsen zu sein. Um diese Bruchbude herum standen fünf Autos, alle vom Typ Morris, alle verrostet, vier davon ohne Räder, also offensichtlich im Ruhestand. Eines jedoch, ein Caravan, war anscheinend fahrbereit, obwohl es nicht viel besser aussah als die anderen. Dies also war Cullums sichtbare Geschichte als Autofahrer. Er hatte sie alle eines nach dem anderen liebevoll und konsequent zugrunde gefahren. Jedes hatte, wie er sagte, mindestens siebzigtausend Meilen auf dem Tacho. Wo war er, der die Insel Mull nie verlassen hatte, nur diese über 350 000 Meilen gefahren, fünfzehnmal um den Erdball oder weiter als bis zum Mond?

Die Katze, die uns aus der Bar gefolgt war, hatte sich vor der niedrigen Holztür, dem einzigen Bestandteil des Hauses, der in hervorragendem Zustand war, aufgebaut und schien uns mit Buckel und aufgestelltem Schwanz den Eintritt verweigern zu wollen.

»Nicki«, sagte Cullum. »Laß uns durch. Es sind Freunde.« Zum erstenmal hörte ich dieses so abgegriffene, so häufig denunzierte und mißbrauchte Wort ›Freund‹ richtig, als sei ihm durch Cullum seine ursprüngliche Bedeutung wiederverliehen worden. Freund bedeutete nicht Bekannter oder Kumpel, sondern schlicht und einfach ›Mensch‹.

Nach mehreren dringlichen Appellen gab Nicki schließlich nach und ließ uns eintreten. »Nicki ist im Alter ein schwieriges Frauenzimmer geworden«, sagte Cullum. »Sie lebt schon zu lange mit mir und versucht, mich völlig unter ihre Fuchtel zu bekommen. So ist es mit Ehefrauen immer. Deshalb habe ich auch nie geheiratet.«

Wir betraten Cullums Wohnzimmer. Ein dunkles Loch von einem Raum. Wände und Decke fast schwarz von Ruß und Fett. »Der Kamin zieht nicht ordentlich«, sagte Cullum. Er fachte mit einiger Mühe das Feuer an und ließ sich in einem Schaukelstuhl nieder. Wir nahmen auf Stühlen Platz.

Eine Weile schwiegen wir alle. Es war das erste Mal, daß ich jenes besondere Schweigen in Cullums Haus erlebte. Ein Schweigen, wie ich es nirgendwo sonst je erlebt hatte, ein Schweigen wie eine Predigt vom Sinn des Lebens. Keine simple Stille. Waren es nicht Worte, die wir schwiegen? Worte, die die Hülse ihrer üblichen Bedeutung abgestreift hatten?

Schließlich sagte Cullum: »Ich habe ein gutes Leben gehabt.« Ich hatte diesen Satz schon des öfteren aus dem Munde alter Menschen gehört, aber jedesmal hatte er wie eine Beschwichtigung, eine hohle Phrase geklungen. Diesmal nicht. Es war ein absolut glaubhaftes Fazit.

Cullum erhob sich, ging zur Anrichte und holte eine Flasche und vier Gläser. Er schenkte ein und reichte jedem von uns sein Glas. Eine rituelle Handlung wie bei einem Abendmahl. Als er ›Slanche‹ sagte, tranken wir gleichzeitig.

Dann setzte sich Cullum wieder, schaukelte, schwieg und starrte ins Feuer. Nicki ruhte in seinem Schoß und starrte uns aus grünen Hexenaugen an, während die Flammen wie Derwische tanzten und der Rauch in undeutbaren Zeichen kleiner Wolken am Kaminsims aufstieg.

Später redete Cullum. So nach und nach erfuhren wir etwas von seinem Leben. Ich hätte eigentlich erwartet, daß er uns ausfragen würde, nach unserer Geschichte, unseren Problemen. Nein, er war es, der erzählte. Offenbar ging er davon aus, daß es ein Element der Gastfreundschaft ist, wenn sich zuerst der Gastgeber offenbart.

Wir erfuhren, daß Cullum ursprünglich Schiffbauer an den berühmten Werften des Clyde gewesen war, daß die neuen Innenausbauten der beiden schönsten Ozeanriesen aller Zeiten, der Queen Mary und der Queen Elizabeth, nach dem Kriege unter seiner Leitung entstanden waren. Die alten waren während des Krieges ruiniert worden, als die Schiffe als Truppentransporter dienten und die Soldaten ihre Ängste, Namen und Wünsche in die kostbare Täfelung geritzt hatten.

Auch das Gestühl und die Decke der berühmten Abbey von Iona waren Cullums Werk. Von dieser Kirche war die Christianisierung Europas ausgegangen. Der heilige Columban hatte hier 563 ein Kloster gegründet. Cullum hatte ihm sein letztes Dach geschaffen. Er wies auf ein signiertes Foto an der Wand. Es zeigte einen freundlichen weißhaarigen Herrn und eine Frau. »Der englische Premierminister MacMillan und seine Gattin. Er ist schottischer Herkunft. Sie waren bei der Einweihung der Abbey da, und sie haben mich hier besucht. Aber sie mochten keinen Whisky. Im Jahr darauf hat MacMillan die Wahl verloren.«

Cullum erhob sich. »Ihr werdet Hunger haben. Ich werde etwas machen.«

Kaum war er draußen, war die Stille verändert. Sie war wieder wortlos geworden. Zwar hörten wir den Wind, das Rauschen des Flusses, Nickis ungnädige Laute, aber es gab nicht mehr diese stumme Rede, der zu lauschen Friede brachte. Wir wagten nicht, miteinander zu sprechen, vielleicht, weil wir fürchteten, nur Lärm dabei zu machen.

Cullum kam mit einem Tablett zurück. Ein Stapel Fischdosen darauf und Geschirr. Er öffnete Dose um Dose und kippte den Inhalt auf vier ungewaschene Teller. Jeder von uns bekam seine Portion und einen Löffel. Dazu gab es Flaschenbier. Es schmeckte köstlich; kein Menu hätte in diesem Augenblick raffinierter sein können.

Dann brachte Cullum uns hinaus und zeigte uns sein Auto. Frank setzte sich ans Steuer und drehte den Schlüssel. Was keiner von uns erwartet hatte: der Wagen sprang an. »Ihr fahrt bis nach Fionnport, dem Fährenanleger nach Iona. Dann nach links in den Schotterweg und den bis zum Ende. Dort seht ihr einen Hof liegen. Es ist der einzige da draußen. Und es lebt nur noch Jane dort. Grüßt sie von Cullum. Dann wird sie euch bei sich wohnen lassen.«

12. JANE

Es war dunkel inzwischen, und im Scheinwerferlicht jagte mit Schnee gemischter Regen waagerecht über die kaum zu erkennende Trasse. Endlich tauchte etwas auf, das wie ein Bauernhof aussah. Eine dunkle Masse nassen Mauerwerks am Rande des Weges. Wir hielten. Als ich ausstieg, erfaßte mich eine Windböe, die mich fast in den Schlamm geworfen hätte. Ich schlug den Jackenkragen hoch und ließ mich vom Wind in Richtung Haustür treiben. Ich fand die Klingel.

Die Tür ging erst nur einen Spalt auf. Dann aber öffnete sie sich ganz. Vor mir stand eine Frau in Lockenwicklern und einem Bademantel. Ein gewaltiger Busen, halb verhüllt von geblümtem Stoff. Eine freundliche Maske von Gesicht, ein Lächeln, das im dicken Make-up erstarrt zu sein schien. Sie schien mich für einen Geist zu halten, denn sie kniff mich in den Arm. »Was treibt dich an diesem scheußlichen Abend hierher in mein Castle, Love«, sagte sie.

»Cullum schickt uns. Wir suchen eine Bleibe für ein paar Tage, meine beiden Freunde und ich.«

Ihr Blick ruhte eine Weile auf Christine. »Mein Schätzchen, du hast schwere Tage hinter dir. Zeit, daß du dein Gefieder trocknest. Kommt rein. Der weiße Hai läuft gerade. Ich will nichts verpassen.«

Wir folgten ihr ins Wohnzimmer, das von den bunten Reflexen eines Fernsehbildes illuminiert wurde. Jane plazierte uns in abgrundtief weichen Sesseln mit Blick auf das Geschehen. Wir saßen so selbstverständlich da wie Familienangehörige, die häufig zu Besuch sind. »Ihr könnt euch da drüben was zu trinken holen«, sagte Jane, »Gläser sind im Schrank.«

Auf ihrem Sideboard war eine Armee von Flaschen angetreten, eine fulminante Auswahl verschiedenster Alkoholika, Tequila, Grappa, Aquavit, Marc, Calvados, Arrak, sogar Sake, die ganze Geographie des Trinkens. »Da staunt ihr«, sagte Jane, »ich bin lange genug Bardame gewesen, um zu wissen, daß es noch etwas anderes als Whisky gibt.«

Der weiße Hai zog währenddessen blutvergießend seine Kreise im engen Aquarium von Janes Fernseher, auf dem ein Kaktus stand.

Als der Film endlich zu Ende war, legte Jane ihre fleischige Hand auf mein Knie und meinte: »Der nächste Katastrophenfilm fängt erst in einer halben Stunde an. ›Earthquake‹. Kennst du den, Love? Ich glaube, er ist ziemlich langweilig. Da macht es nichts, wenn ich mal schnell in die Küche gehe und euch was zurechtmache. Ihr seht ziemlich verhungert aus.«

Sie verschwand nach nebenan und machte sich am Herd zu schaffen. Die Tür hatte sie offen gelassen, so daß wir uns weiter unterhalten konnten. »Ja, der gute alte Cullum«, rief sie. »Ich hatte mal 'ne Affäre mit ihm. Das ist jetzt vierzig Jahre her. Ich war damals ein junges Ding. Ziemlich unerfahren. Cullum war ein ganz Wilder. Er hatte Frauen auf der ganzen Insel. Was der mit seinem Auto zusammengefahren ist, um es allen recht zu machen! Wie habt ihr ihn kennengelernt?«

Während Christine berichtete, kam Jane mit einem

Tablett herein. Stapel von mit Käse überbackenen Toasts lagen darauf. »Bedient euch, meine Lieben. Auch an der Bar, wenn ihr möchtet.«

Dann sank sie wieder in ihren Sessel und verfolgte das Erdbeben, das Menschen scharenweise in Erdspalten verschlang und Hochhäuser attraktiv zum Einsturz brachte. Eine fette Katze ruhte in Janes Schoß und sah ebenfalls gelangweilt zu. Jane stellte den Ton leiser und während sie kopfschüttelnd verfolgte, wie die Feuerwehr die Brände vergeblich bekämpfte und der Held seine Geliebte aus dem Schutt ausgrub, setzte sie das Gespräch mit uns fort.

Einmal wandte sie sich an Christine. »Zwei Männer, Love, das ist oft weniger als einer. Du solltest dich bald entscheiden, findest du nicht? Als ich so jung war wie du, hab ich die gleichen Fehler gemacht. Es geht nichts über einen treuen, soliden, braven Mann, der dir hin und wieder die Füße massiert. Glaub mir, Love.« Mit einem Blick auf Frank fügte sie noch hinzu: »Und er darf ruhig langweilig sein.«

Es gab noch einen dritten Katastrophenfilm an diesem Abend. Diesmal ging es um einen Schiffsuntergang. In einer Werbepause erhob sich Jane. »Ihr könnt im Campingwagen wohnen. Ich mach eben die Heizung an, damit ihr nachher nicht so friert. Und ich gebe euch gute Kissen und Decken. Saubermachen müßt ihr selber.«

»Darf ich kurz telefonieren?« fragte ich. »Natürlich, Love. Ich habe einen Gebührenzähler. Daneben liegt ein Zettel. Du kannst die letzte Nummer aufschreiben.«

Sie verschwand, während ich in den Flur ging und Mackays Privatnummer wählte. Es war eigentlich viel zu spät für einen Anruf, aber der Inspektor war freundlich wie immer. »Gut, daß du dich meldest. Ich habe mir inzwischen die Bücher in der Druckkammer angesehen. Das wenigste ist interessant. Ein paar holländische Pornos. Fachliteratur über Sättigungstauchen. Eher ungewöhnlich sind nur zwei Bücher. Die Lebenserinnerungen von Aleister Crowley, dem berüchtigten schottischen Hexenmeister, angeblichen Kinderschänder und Prediger der Reinkarnation. Und eine Biographie. *Leben und Sterben der Maria Stuart.* Von einer Amerikanerin geschrieben. Außerdem Tarotkarten nach dem Buch der Wandlungen, I Ging, ebenfalls von Crowley. Und was ist bei dir los? Bist du immer noch mit diesem Pärchen unterwegs?«

Er hatte es herausbekommen. Wahrscheinlich hatte er seine Informanten in Oban. »Ja«, sagte ich. »Es sind alte Bekannte von mir. Ich habe sie zufällig getroffen.«

»Piet, ich weiß, was Zufälle sind. Es sind besonders unscheinbare Maskierungen einer geheimnisvollen Logik, nicht wahr?«

Um den Dialog in andere Bahnen zu lenken, schilderte ich Mackay kurz unseren Besuch bei Cullum MacPherson und dann Jane und ihre Gastfreundschaft.

»Sei vorsichtig«, sagte Mackays schöne, ruhige Stimme, der ich am liebsten ewig gelauscht hätte. »Ihr habt es mit geschickten Verfolgern zu tun. Ich sollte meinen Kollegen John MacFadzean informieren. Er ist der für Mull zuständige Chief Inspector der Lochaber Command Area. Damit ist er auch für Mull zuständig. Vielleicht kann er etwas für eure Sicherheit tun.«

»Nein«, sagte ich. »Du fängst keine Vögel, indem du sie verscheuchst.«

»Vielleicht hast du recht«, sagte die Stimme am anderen Ende der Leitung. »Aber ruf wenigstens regelmäßig an. Du weißt, daß der Taucheranzug ganz in eurer Nähe gefunden wurde? In der Balfourbay auf Erraid. Ich nehme an, du wirst dort auf Spurensuche gehen. Übrigens noch etwas.

Ich habe Nachforschungen wegen der polnischen Fernseh-
anstalt gemacht. Die Adresse, die wir haben, ist falsch. Ich
habe mit Warschau telefoniert, mit dem staatlichen Fernsehen dort. Niemand kennt eine Firma des Namens.«

»Wie heißt sie überhaupt? Ich habe nichts in den Unterlagen gefunden.«

»Sobieski-Television.«

»Sobieski? Irgendwo hab ich diesen Namen schon einmal gehört. Habt ihr diesbezüglich schon etwas herausgefunden?«

»Bisher leider nicht. Wir überprüfen die Sache.«

In diesem Augenblick kam Jane zurück. Sie hatte die
Lockenwickler entfernt, und ihre dichten, blondgefärbten
Haare verliehen ihr eine immer noch große Attraktivität.
Statt des Bademantels trug sie eine Art Kimono, der ihre
Leibesfülle vorteilhaft kaschierte. »Na, Love, hast du etwa
noch einen Schatz?« fragte sie.

Ich hörte Dale Mackay lachen. »Grüß Jane«, sagte er.
»Ich wäre jetzt gerne auf einen Drink bei euch.« Dann legte
er auf.

Es war fast Mitternacht, als endlich das seit zwei Stunden sinkende Schiff untergegangen war und Janes Geplau-
der und das Schnurren der Katze verebbten und nur noch
das Heulen des Sturmes und das Dröhnen einer nicht all-
zuweit entfernten Brandung zu hören waren.

Jane warf sich einen Wettermantel über und ging mit
einer starken Taschenlampe voran. Am Ende des Weges
stand der Campingwagen. Er war mit schweren Seilen im
Boden verankert. Dennoch schaukelte er wie ein Boot in
stürmischer See.

13. BALFOUR BAY

Schon einmal hatte ich in einem Campingwagen am Meer gewohnt. Das war in einem Indianerreservat in Nordamerika gewesen. In La Push. Auch jener hatte im Sturm geschaukelt, auch seine Fenster waren undurchsichtig von Salzwassergischt gewesen. Selbst die Inneneinrichtung, die Gasheizung, die Möblierung glichen einander. Eine Wachsblumenwelt, in der ich automatisch in eine wohlig depressive Verfassung gerate. Ein solches aufgebocktes Gefährt ist ein stationäres Bewegungsmittel, also ein Widerspruch in sich. Und selbst wenn man mit ihm reisen könnte, so wäre dies ebenso sinnlos wie die Umdrehungen eines Tretrades für die Maus, weil man seinen Wohnkosmos immer dabei hätte.

Auch in La Push hatte ich mit einer Frau zusammengewohnt, die ich zu lieben meinte. Sie hieß Samantha und war sehr schön. Aber wir hatten nicht zusammengepaßt. Damals waren wir allerdings allein gewesen, während diesmal Christine mit Frank nach oben in die Schlafkabine kletterte und ich auf der schmalen Streckbank neben dem Eßtisch von Ängsten, Sehnsüchten und Hoffnungen gefoltert wurde. In den Pausen zwischen den Sturmböen hörte ich, wie die beiden erregt miteinander flüsterten.

Irgendwann muß ich endlich eingeschlafen sein. Ich

träumte von Mary Stuart, wie sie auf dem Richtblock liegt. Ich war Mary Stuart, und ich sah in den Korb hinab, in den gleich mein Kopf fallen würde. Im Korb krabbelte ein wunderschöner, geheimnisvoll leuchtender Käfer mit einem roten, durchsichtigen Leib, in dem ein winziges Herz pulsierte. Gleich würde ich ihn erschlagen mit dem Gewicht meines abgetrennten Hauptes. Ich hörte den Henker hinter mir atmen, hörte sein Schnaufen, wie er das schwere Beil hob und die Muskeln zum Schlag anspannte. Ich schrie »Nein...« Da erwachte ich, offenbar von einem Motorengeräusch. Christine saß mit aufgelösten Haaren direkt vor mir am Eßtisch. »Frank fährt eben weg«, sagte sie. »Er hat den Morris genommen. Ich glaube, es geht ihm nicht gut wegen uns, Piet. Jane hat recht, die Situation ist schrecklich.«

»Schrecklichschön« sagte ich gedehnt.

Christine sah mich mit diesem geistesabwesenden Blick an, den ich schon öfters an ihr bemerkt hatte. »Ich liebe Frank. Wir müssen beide darauf Rücksicht nehmen«, sagte sie.

Dann redete sie von ihrer Beziehung zu Frank, Dinge, die ich schon wußte. Er gebe ihr Halt, sei ein guter Kumpel. Sie redete wie ein trotziges Schulmädchen, und ich spielte den Empörten. »Du verfügst wie alle Lebenstüchtigen anscheinend über eine Vergangenheit, die wie eine große Kommode mit vielen Schubladen konstruiert ist. Ich glaube, du machst dir etwas vor. Zumindest, was deine Liebe zu Frank anbelangt.«

»Und wenn schon«, sagte sie. »Tun wir nicht alle das gleiche? Heißt Leben nicht überhaupt, sich etwas vormachen? Du bist ein lieber Junge, Piet, aber viel zu chaotisch. Außerdem trinkst du zuviel.«

Ich war auf einen solchen Vorwurf nicht gefaßt, saß da

wie ein gescholtener Junge, versuchte ihre Hand zu nehmen, aber sie zog sie zurück.

»Entschuldige, aber Frank ist ein Trottel. Er sollte nicht
so allein da draußen herumfahren, das ist viel zu gefährlich. Er bringt dadurch noch unsere Verfolger auf unsere
Spur!«

Ich versuchte, mich in Zorn zu reden, aber gleichzeitig
war mir Christines Nähe noch nie so aufregend vorgekommen. Sie war nicht einmal auf die Idee gekommen, ihren
Bademantel richtig zuzumachen. Ich sah ihre Brustwarzen,
und mir fiel jene schrecklich verstümmelte Taucherin ein.
»Woher hast du eigentlich die Narbe an deinem Hals?«

»Eine Allergie. Ich vertrage kein Metall auf der Haut.
Früher habe ich das Halsband sehr oft getragen. Das war
sicher ein Fehler. Aber immer wenn ich es trug, fühlte ich
mich meiner Mutter nahe.«

Ich glaubte ihr kein Wort. Mehr denn je kam sie mir wie
eine Hexe vor, doch zugleich wurde der Sog ihrer Nähe
immer stärker.

»Geh schon vor, ich will mich anziehen«, sagte sie
schließlich, und brav wie ein Schuljunge gehorchte ich.

Wir frühstückten in Janes Küche. Christine machte mich
durch ein Handzeichen auf eine große Holzpuppe aufmerksam, die in der Ecke lehnte. Das rissige Holz war
meerblau gestrichen, die Augen der Figur waren weißum-
randete, ausgebohrte Löcher. »Sie hat den bösen Blick«,
sagte Christine.

Jane stellte eine große Blechkanne mit dampfendem Tee
auf den Tisch: »Das ist eine Galionsfigur, Love. Sie wurde
in der Bucht von Erraid angetrieben. Ich finde, die Dame
sieht ziemlich gut aus.«

»Ich möchte mir Erraid ansehen. Hast du Lust mitzukommen?« fragte ich Christine. Mein Herz klopfte, als

hätte ich ihr mit dieser Frage einen Heiratsantrag gemacht. Statt einer Antwort erhob sie sich.

»Ich hole meine Jacke«, sagte sie.

Ich wandte mich an Jane. »Stevenson schreibt, daß man nur bei Ebbe auf die Insel kann. Wann haben wir Niedrigwasser, Jane?«

Jane lachte. »Stevenson war ein echter Barde, schon als er Daumen lutschte, sog er Whisky aus dem Nagel. Barden übertreiben, das ist ihr Geschäft. Die Wahrheit ist, man kann auch bei Flut über den Sund, es sei denn, es ist Sturmflut und Springzeit. Übrigens hat ein Filmteam hier im letzten Sommer gedreht, und auch vor kurzem waren sie wieder da, um Aufnahmen von Erraid bei Sturm zu machen. Sie haben erzählt, daß sie das Leben Stevensons verfilmen. Aber ich sage dir, die haben gar nicht richtig gefilmt. Würde mich nicht wundern, wenn sie hier was ganz anderes im Schilde führten. Ich tippe auf Schatzsucher oder Drogenschmuggler.«

»Jane, Sie sehen zuviel Katastrophenfilme. Wie viele waren es?«

»Zwei.«

»Einer blond und einer schwarz?«

»Kann sein. Sie trugen Wollmützen.«

Christine kam zurück. In ihre Wachstuchjacke gehüllt, die Haare hochgesteckt und unter einer Mütze verborgen, wirkte sie wie in große Entschlußkraft gekleidet. Wir gingen. »Sie hat mir nachgesehen«, sagte sie und nahm meinen Arm. »Sie hat den bösen Blick.«

»Die Galionsfigur? Ach, weißt du, das ist der übliche Effekt bei solchen ausgebohrten Augen. Wenn man sich bewegt, scheinen sie einem zu folgen.«

Im Sund von Erraid war kein Wasser. Der Sand war glatt wie jungfräulicher Schnee. Wäre heute schon jemand vor uns auf der Insel gewesen, wir hätten seine Spuren bemerken müssen.

Die Insel hat einen Durchmesser von höchstens anderthalb Meilen und ist kaum höher als achtzig Meter. Dennoch hat man einen guten Blick von ihr. Nach Westen auf die offene See, nach Norden zur heiligen Insel Iona mit der Kathedrale, nach Süden auf die berüchtigten Torrain Rocks, Klippen, die selbst bei ruhigem Wetter ein Kranz schäumenden Wassers umgibt.

Das schönste an diesem Fleckchen ist eine halbmondförmige Sandbucht, die man nach dem Helden von Stevensons Roman Balfourbay genannt hat. Hier soll der Held damals an Land gespült worden sein, hier wurde der leere Taucheranzug gefunden, und hierher zog es jetzt Christine und mich.

Der Sturm hatte nachgelassen, aber noch immer schlugen große Wellen auf den Strand, der goldgelb und hart wie Marmor war. Wir standen eine Weile nahe beieinander. Ich hatte das Gefühl, jetzt wäre die beste Gelegenheit für eine Liebeserklärung, jetzt sollte ich Christine in den Arm nehmen und die Frage aller Fragen stellen, die genauso pathetisch wie lächerlich ist, denn sie ist zutiefst rhetorisch. »Liebst du mich?« Liebe kann man nicht erfragen. Es ist sprachlogischer Unsinn wie die Frage: »Bist du da?«

Christine lehnte sich an mich, und ich brachte kein Wort heraus. Woher nahm diese Frau nur die Fähigkeit, wie eine Dompteuse jedes noch so wilde Gefühl auf ein Podest zu bannen!

Sie deutete hinaus zu den Gischtfontänen, die anzeigten, wo sich die Torrain Rocks befanden. »Schau mal, die

›Tollen Männer‹. So hat Stevenson die Stelle genannt. Ein treffender Name, findest du nicht?«

Ich breitete die Arme aus, wollte sie um Christine legen, als sie aufschrie und auf einen Felsen zurannte, der schwarz wie ein fauler Zahn aus dem Sand ragte. Ich ging ihr nach.

»Da, siehst du, eine Spur«, sagte sie. »Jemand war vor uns hier!«

Und wirklich, sie hatte recht. Da waren Abdrücke, die sehr seltsam aussahen. Eine Spur nackter Füße, die plötzlich breiter wurde und sich in die eines Meeresungeheuers zu wandeln schien.

»Ein Meermann.« Christine war den Tränen nahe und preßte sich an mich. Ihr Haar hatte sich gelöst und hüllte mich ein wie ein Vorhang aus feinsten Kupferfäden. »Wenn sie an Land gehen, droht Gefahr.«

»Das sind Legenden«, sagte ich schulmeisterlich. Doch auch ich war in diesem Moment fähig, an alles Mögliche zu glauben, auch wenn ich es nicht zugeben wollte.

»Sie sind schwarz und haben einen runden Kopf, der tief zwischen den Schultern sitzt. Zwischen den Fingern und den Zehen haben sie Schwimmhäute. Sieht dich ein Meermann mit seinen großen Fischaugen an, dann mußt du binnen weniger Stunden sterben.«

Sie starrte mich an voller Angst. So blickt die Maus die Schlange an, dachte ich. Es ist eine Angst, von der eine hypnotische Kraft ausgeht. Sie zwingt die Schlange zuzubeißen.

»Sieh doch, Piet, um Gotteswillen, sieh doch.« Christine schrie dies in blankem Entsetzen, während sie auf das Wasser der Bucht deutete. Tatsächlich, dort schwamm etwas. Es war schwarz und so groß wie ein Mensch. Das Ende eines Stocks ragte übers Wasser. Dann kurz eine schwarze

Flosse, die das Wasser peitschte, und die Erscheinung war verschwunden.

»Ein Taucher, Christine. Soviel ich gehört habe, suchen sie die Felsen nach Jakobsmuscheln ab. Man soll ganz gut Geld damit machen können.«

Ich nahm sie in die Arme und streichelte sie. Es dauerte eine Weile, bis sie aufhörte zu zittern. Dann führte ich sie zum Rand der Bucht, wo sie sich ins Heidekraut setzen konnte.

Ich sah mir die Spuren am Felsen genauer an. Hier hatte offenbar jemand seine Schuhe ausgezogen und gegen Schwimmflossen getauscht. Die Person war vom Meer gekommen. Man konnte die Spur verfolgen bis zu einer Stelle, wo offenbar der Kiel eines Bootes eine Kerbe in den Sand geritzt hatte. Dem Foto aus den Unterlagen nach war dies auch die Stelle, wo man den Taucheranzug gefunden hatte. Der Stein lud gerade dazu ein, sich hier umzuziehen, ohne allzuviel Sand an Kleidung und Haut zu bekommen.

Christine machte einen so verstörten Eindruck, daß ich es für das Beste hielt, sie nach Hause zu bringen. »Was beunruhigt dich so, Christine?« fragte ich, während ich in unserem Campingwagen Tee kochte und Blechtassen hinstellte.

»Es gibt eine Geschichte von Stevenson, die an der Balfourbay spielt, auch wenn sie dort die Sandagbucht genannt wird. Sie heißt ›Die tollen Männer‹. Es geht um eine Schatzsuche. Um Mord. Ein schwarzer Meermann spielt eine Rolle, ein Neger. Ich habe diese Geschichte als Kind genauso geliebt wie gefürchtet. Piet . . .«, sie nahm hilfesuchend meine Hand. »Ich weiß nicht warum, Piet, aber ich habe vorhin in der Bucht auf einmal so Angst bekommen. Manchmal glaube ich, ich bin hysterisch. Vielleicht bin ich einfach nur unzufrieden mit mir und meinem Leben. Vielleicht rührt meine Angst daher. Was meinst du, soll ich mein Leben ändern? Frank verlassen, die Pottery aufgeben? Nach Japan gehen zu einem Meister? Nur dort kann man die höchste Kunst der Porzellantöpferei lernen!«

Ich glaube, ich war in diesem Moment bereit, auch meinen Beruf aufzugeben, mein Haus zu verkaufen, um Christine die Reise nach Japan zu ermöglichen. Ich nahm ihre Hände und drückte sie fest. »Wenn die Sache vorbei ist, ich meine, dieser Fall mit den Tauchern, dann lade ich dich ein in meine Heimat. Du kannst dir in Ruhe überlegen, was du willst. Ich habe ein großes Haus, das praktisch leer steht. Man könnte dort eine Werkstatt . . . «

Sie schnitt mir das Wort ab. »Piet, ich weiß, daß du es schwer mit mir hast. Ich möchte dir etwas sagen.« Sie machte eine Pause, wie jemand, der sich dabei ertappt, ein großes Geheimnis preiszugeben. »Ich habe meinen Vater als junges Mädchen gehaßt, heute verachte ich ihn nur noch. Er ist ein einfacher Fischer, so hat es den Anschein, aber in Wahrheit ist er ein Mörder. Er hat meine Mutter umgebracht. Er hat sie krank gemacht, so wie er mich einst krank machte. Immer wenn er von seinen langen Fahrten nach Hause kam, bekam ich Ausschlag. Überall rote Pusteln, im Gesicht und am ganzen Körper. Wir schliefen alle in einem Zimmer, das war, bevor wir das Hotel gekauft hatten. Meine arme Mutter, die seine plumpe Zärtlichkeit ertragen mußte! Mein Vater hat meiner Mutter auch jenes Halsband geschenkt, das sie geklaut haben. Sie hat es an mich weitergeschenkt. Ich habe es selten getragen, weil ich Ausschlag davon bekam.«

»Es ist also nicht so alt wie du behauptet hast? Kein Erbstück?«

»Nein. Ich habe dich angeschwindelt. Ich wollte das

Halsband wertvoller machen, als es ist. Jetzt bin ich froh, daß sie es geklaut haben.«

»Wie kommst du darauf, daß es mehrere sind?«

Sie sah mich ungnädig an. »Das habe ich nur so gesagt, ich habe mir nichts gedacht dabei.«

»Warum bist du mit Frank zusammen?«

Mein Gott, warum mußte ich diesen Augenblick der Nähe mit meinem Verhörton zerstören!

»Frank ist gut zu mir. Es geht viel Ruhe von ihm aus. Zuviel Ruhe manchmal, Piet. Er ist sehr väterlich. Ich will mit dir schlafen!«

Sie sagte es abrupt, wie eine Drohung beinahe. Ehe ich zum Nachdenken kam, begann sie sich auszuziehen. Ich stand auf, wollte etwas sagen. Sie kam und legte ihre Hand auf meinen Mund. Dann öffnete sie mein Hemd, begann meine Kleider abzustreifen.

In diesem Augenblick hörten wir draußen ein Auto. »Um Gottes willen, er ist zurück«, sagte sie und begann, ihre Kleider zusammenzuraffen. Sie kletterte die Leiter hoch und verschwand in der Schlafkabine. Ich stopfte mein Hemd in die Hose, wischte die beschlagene Scheibe frei und erkannte den Morris, sah, wie Frank ausstieg. Seine große, vertrauenerweckende Gestalt mit den ruhigen, kraftvollen Bewegungen wirkte verloren.

Kurze Zeit später saß er mir gegenüber. »Wie geht es dir«, fragte er, als sei ich ein entfernt Verwandter, den er lange nicht gesehen hatte. »Wo ist Christine?«

»Sie ist oben und schläft.«

»Ihr habt Tee getrunken?«

»Ja, sie hat gefroren. Dann hat sie sich hingelegt.«

»Ich war bei Cullum. Wir sind für morgen eingeladen. Um fünf Uhr sollen wir bei ihm sein.«

Er zog sich halb aus und kletterte die Leiter hoch. Ich

schlüpfte in Pullover und Jacke und ging hinaus ans Meer. In einer Felsennische voller Kelp fand ich eine schwarze Kinderpuppe ohne Kopf. Ich nahm sie und steckte sie in meine Jacke. Irgendeine finstere Wut in mir begann mir Vorträge zu halten über Frauen, über Mütter, über Liebe und andere Verhältnisse, in denen ich mich ganz offenbar nicht auskannte.

14. DER PIBROCH

Den ganzen nächsten Tag verbrachte ich damit, allein durch die Gegend zu streifen. Frank und Christine zogen es vor, im Campingwagen zu bleiben. Ich versuchte mir vorzustellen, was alles hinter den beschlagenen Scheiben geschah, aber das machte mich nur noch trauriger. Ich wurde das Gefühl nicht los, eine seltene Gelegenheit verpaßt zu haben, Christine so nahe zu kommen, daß keine Ausflüchte ihrerseits mehr möglich waren.

Das Wetter war besser geworden, Rückseitenwetter, aufgerissener Himmel mit blauen Stellen, kalter, böiger Wind. Mehrmals suchte ich die Insel Erraid ab, ohne etwas wirklich Interessantes zu entdecken. Ein paar Schafskadaver, Spuren von den Dreharbeiten wie eine rostige Filmdose, einen regendurchweichten, schwarzen Dreispitz aus Filz, den vermutlich einer der Schauspieler verloren hatte.

Die Sache mit der Schatzsuche ging mir nicht mehr aus dem Kopf. Ich ging zu Jane und fragte sie, ob sie die Erzählungen von Stevenson habe. Sie gab mir einen zerfledderten Band, und ich las in Janes tiefem Sessel die Geschichte von den ›Tollen Männern‹, während Ebenezar, Janes Kater, auf meinem Schoß lag und wie ein Motorrad schnurrte. Die Erzählung hatte einen historischen Hintergrund. Es ging um eine unheilvolle Schatzsuche, bei der unter dem Deckmantel historischer Forschung nach den Goldschätzen eines Schiffes der großen spanischen Armada gesucht wurde, das angeblich vor Erraid gesunken war. In der Tat war jene stolze Flotte mehr durch einen Sturm als durch den Gegner besiegt worden. Einzelne Schiffe wurden vom Orkan bis in die berüchtigten Wasserstraßen zwischen den Hebriden getrieben, um dort zu scheitern.

Jene Taucher im Loch Ness fielen mir ein. Wenn es sich in Wirklichkeit um Schatzsucher handelte? Wenn die Suche nach Nessie nur eine Tarnung war? Und der Taucher hier? Vielleicht waren auch die Filmarbeiten Camouflage. »Die Schatzinsel«, flüsterte ich. »Wer weiß, vielleicht gibt es hier irgendwo einen Ben Gun.«

Ich ging noch einmal auf die Insel Erraid, kletterte auf ihre höchste Erhebung und erwartete im nächsten Moment von einem wilden Kerl angesprochen zu werden, der mir den Schwarzen Fleck, das Symbol des Todesurteils bei den Seeräubern, bringen sollte. Aber nichts geschah.

Als ich zum Campingwagen zurückkam, war dort aufgeräumt und saubergemacht. Christine hatte sogar den Versuch von ein wenig Weihnachtsdekoration gemacht. Eine Kerze brannte neben einem Tannenzweig. Frank las und rauchte Pfeife, und Christine stopfte Strümpfe. Eine Idylle wie aus einem Trivialroman.

Am Nachmittag fuhren wir zu Cullum. Er hatte den Tisch am Fenster mit Mistelzweigen geschmückt. Auch über der Tür hing ein großer Mistelbusch. Das war jedoch das einzige, was in seinem Reich an Weihnachten erinnerte.

Ich hatte Fischdosen erwartet, aber darin täuschte ich mich. Cullum führte uns in seine winzige Küche. Auf einem Petroleumkocher stand ein großer Topf mit siedendem Wasser. Ein Fisch schwamm darin und blickte uns aus milchigen Augen an. Seine Flossen bewegten sich kaum merklich in der Konvektionsströmung des heißen Wassers. »Wildlachs aus den Highlands«, sagte Cullum stolz. »Er ist frisch.« Dann schickte er uns ins Wohnzimmer zurück mit der Aufforderung, uns vorweg einen Wee Drum zu genehmigen.

Cullum brachte den Fisch und teilte ihn in fünf Portionen. Die Farbe seines Fleisches war überzeugend. Hier hatte kein Züchter mit Karotin nachgeholfen! Dazu gab es Salzkartoffeln, Meerrettich aus dem Glas und Bier. Wir aßen schweigend. Nicki bekam den Schwanz und einen Teil des Kopfes. Der Wind entlockte dem Kamin langgezogene Töne, während der Fluß sich draußen rauschend an Steinen und Müll brach. Ich hatte das Gefühl, daß diese Sinfonie von Nebentönen mehr und mehr anschwoll, daß sie diesen stillen Raum ausfüllte wie Schwingungen den Resonanzkörper eines Instrumentes.

Dann saßen wir alle um das Feuer. Wir überließen es Cullum, ein Gespräch zu beginnen, und das tat er dann auch, nachdem er eine neue Runde Wee Drums ausgegeben hatte.

»Ich habe ein gutes Leben gehabt«, begann er, und diese Replik war immer noch nicht peinlich für meine Ohren. »So wie der kleine Fluß da draußen, that little stream of water, so kommen mir die Tage vor in meinem Leben.«

Cullum schenkte nach. Der kann es sich leisten, sentimentale Sätze zu sagen, dachte ich neidvoll.

»Du bist eine Campbell«, wandte sich Cullum an Christine. »Das ist nicht zu übersehen.« Christine errötete. »Campbellfrauen sind oft schön und gefährlich«, fuhr er fort und lächelte dabei genießerisch. »Ihr Fehler ist es, besonders gerne die falschen Männer zu heiraten.«

Ich beobachtete Frank, der in stoischer Ruhe auf seinem Stuhl saß und ins Feuer starrte. Offenbar war Cullum in der Stimmung, Urteile abzugeben. Er blickte Frank an und sagte freundlich: »Du bist kein schlechter Mann für einen Engländer. Du bist stark, aber es fehlt dir an innerer Kraft. Vielleicht solltest du auswandern, nach Amerika zum Beispiel. Da braucht man Leute wie dich.«

War es ein Kompliment? Frank nickte und sagte: »Amerika. Ich habe auch schon daran gedacht.«

Cullums Blick ruhte jetzt auf mir. Ich bemerkte, daß auch Nicki mich ansah, so wie die Katze vorher vermutlich auch erst Christine und dann Frank kritisch beäugt hatte. »Bei dir liegen die Dinge anders, du bist ein Träumer. Du schätzt die Verhältnisse selten richtig ein. Und du bist unruhig. Darin gleichst du Bonnie Prince Charlie. Du hast auch seinen Mut, aber leider habt ihr beide keine richtige Verwendung für diese Tugend. Vielleicht solltest du eine Weile hier leben. Dir fehlt solch ein Fluß wie der da draußen. Er fließt rasch und dennoch sanft. So wie mein Leben. Bald hat er die Mündung erreicht. Dann fließt er ins Meer und seine Strömung verliert sich in der sanften Bewegung der Wellen. Slanche.« Wieder schwieg er. Er warf ein paar Torfstücke aufs Feuer, dessen Flammen sich sofort an die Arbeit machten. Heute zog der Kamin.

»Der Lachs lebt im Meer«, fuhr Cullum fort mit seiner Weihnachtspredigt. »Dann ist er der Lachs des Wissens. Aber um zu laichen, zieht er die Flüsse hinauf und wird zum Lachs der Liebe. Dann wird er rot. Sein Fleisch glüht vor Lust. Der beste Lachs ist der Winterlachs, wenn er im Fluß ist, aber nicht laicht. Dies hier ist so ein Winterlachs. Er ist Liebe und Wissen zugleich.«

Er hob sein Glas und stieß mit mir an. »Du gefällst mir, mein Junge. Du mußt eine gute Mutter haben.«

Wie kam er nur darauf? An meine Mutter hatte ich seit Tagen überhaupt nicht mehr gedacht. »Dein Vater ist tot«, sagte Cullum. »Das spüre ich an deiner Unruhe. Dir fehlt ein Mann, zu dem du aufblicken kannst, trotz deiner Größe.« Ich nickte. Wahrscheinlich hatte er recht.

Und wieder schwiegen wir. Und das Schweigen wuchs um uns wie eine Hecke, die viel verbarg. Ein ganzes Schloß an Gedanken.

Christine schien die Ruhe irgendwann nicht mehr zu ertragen. Ich sah, wie der blaßrote Streifen um ihren Hals seine Farbe vertiefte. Mehrfach bewegten sich ihre Lippen, setzte sie zu einer Bemerkung an. Schließlich sagte sie: »Cullum, wir haben gehört, daß du einer der ganz großen Piper bist.«

Cullum erhob sich, um ein paar Stücke Torf nachzulegen. Er schien die Frage überhören zu wollen. Aber Christine ließ nicht locker. »Es wäre jetzt schön, ein wenig Musik zu hören. Piet, spiel du etwas. Ich weiß, daß du eine Tinwhistle dabei hast.« Sie wandte sich erneut an Cullum, der inzwischen wieder in seinem Sessel saß und zufrieden lächelte. »Piet spielt sehr gut Flöte, Cullum. Du solltest ihn hören!«

Cullum sah mich an. »Ich weiß, daß du ein guter Musiker bist. Ich habe es dir gleich angesehen. Es wäre schön, wenn du ein paar Tunes spielen würdest.«

Ich wollte mich damit herausreden, daß eigentlich die Querflöte mein Instrument sei, eigentlich die Klassik meine Musik. Aber Christine war aufgesprungen und zog mir einfach die Pennywhistle aus der Innentasche meiner Jacke. Mir blieb nicht anderes, als zu spielen.

Mein Repertoire an Tunes ist wahrlich begrenzt. Meine Ausdrucksfähigkeiten in schottischer und irischer Musik sind es ebenfalls. Ich spiele wie ein Imitator, ohne das authentische Feeling. Diesmal aber wunderte ich mich selbst, wie gut mir die Rolls gelangen, wie nahezu glaubwürdig ich die Töne verschliff, so daß tatsächlich jene akustischen Nebel und Moorlandschaften entstanden, die für diese Musik typisch sind.

Cullum hörte mir aufmerksam zu. Als ich mit meinem Lieblingsstück, dem ›Teetotaller‹ – dem ›Abstinenzler‹ – geendet hatte, klatschte Cullum Beifall, und auch Christine und Frank schlossen sich an. Cullum schenkte vier Wee Drums ein, hob sein Glas, sagte Slanche und fügte hinzu: »In dir steckt mehr als du denkst, mein Sohn. Du mußt nur die Rolls etwas deutlicher und etwas federnder spielen. Warte mal, ich zeig dir, was ich meine.«

Er erhob sich und holte ein schwarzes, längliches Ding aus einer Schublade. Es war ein Practice-Chanter, die Übungspfeife der Piper. Auf ihr übt ein Dudelsackspieler die Melodie, die dann bei dem eigentlichen Instrument, den Bagpipes, von den Drones, den großen Pfeifen, mit festliegenden Tönen untermalt wird.

Cullum zog das Rohrblatt aus dem Chanter, befeuchtete es mit den Lippen und setzte es sorgfältig wieder ein. All das wirkte wie ein sakraler Ritus. Jede Bewegung tausendmal ausgeführt in seinem Leben, nie eine winzige Abweichung dabei.

Dann begann er zu spielen. Ich sah, wie seine dicken, kurzen Finger in winzigen zuckenden Bewegungen die Löcher des Chanters abdeckten und freigaben. Die quäkende Musik, die dabei entstand, war abstoßend und faszinierend zugleich. Ich wußte, daß ich einem der größten Piper der Highlands zuhörte, aber abgesehen von einem diffusen Gefühl des Fremdartigen wollte sich bei mir keine große Begeisterung einstellen.

Cullum setzte ab und zeigte mir das Instrument. Es war

aus Ebenholz, die Schallöffnung mit einem Elfenbeinring verziert. Cullum deutete auf die sechs Löcher. Sie waren konisch aufgebohrt. »Jemand aus der Familie, ich nehme an, vielleicht mein Urgroßvater, hat die Löcher geweitet, so daß sie in der Größe denen der Melodiepfeife der Pipes entsprechen. Der Practice-Chanter hat gewöhnlich kleinere Löcher. Aber mein Urgroßvater wollte von vornherein die richtigen Verhältnisse beim Üben. Er sagte, wenn du mit leichteren Bedingungen anfängst, wirst du nie Meister. Du wirst jede Erschwerung als Erschwerung empfinden. So wie ein Kind nie richtig erwachsen wird, wenn man es ihm anfangs zu leicht gemacht hat.« Er lächelte mich an, als habe er soeben ein treffendes psychologisches Urteil über meine Person abgegeben.

»Die Regel lautet: sechs Jahre für den Chanter, sechs Jahre für den Sack und die Drones, sechs Jahre für alles zusammen. Achtzehn Jahre brauchst du, um ein Meister zu werden. Es ist also noch nicht zu spät für dich, aber es wird Zeit anzufangen.«

Ich wollte sagen, daß ich keineswegs vorhatte, Piper zu werden. Aber Cullum saß da wie ein Fels in der Brandung seines Schweigens. Unnahbar und nah zugleich.

Nach einer Weile erhob sich Cullum und ließ Nicki aus der Tür. Sie verschwand wie ein schwarzer Blitz mit einem weißen Funken. Während er mir noch den Rücken zudrehte, sagte er: »Du kannst es gleich mal probieren. Nimm deine Whistle und spiel einfach nach. Gib mir erst dein ›D‹«.

Nachdem ich den Grundton meiner D-Flöte kurz angedeutet hatte, begann Cullum zu singen oder vielmehr mit leicht zittriger Stimme zu summen. Anfangs vermochte ich keine rechte Melodie zu erkennen, doch dann, als Cullum die gleiche kurze Phrase immer wieder ertönen ließ, begann ich, ihr zu folgen, bis ich sie, für meine Ohren jedenfalls, genau nachspielte. Mein Lehrer war jedoch nicht zufrieden. »Du mußt die Länge der Noten und der Pausen genau einhalten. Darauf kommt es an. Bei einem Pibroch gelten andere Gesetze als bei der abendländischen Musik. Du mußt dein gewohntes inneres Metronom abstellen, das, was du in vielen Jahren gelernt hast, erst durch Kinderlieder, dann in der klassischen Musik. Ganze Noten, halbe Noten, punktierte Noten, all das Zeug, das den Takt ausmacht. Beim Pibroch gibt es diese feste Einteilung nicht. Es sind Kriegsgesänge aus uralten Zeiten. Wir nennen sie Pibroch genauso wie den Dudelsack selbst, denn Musik und Instrument sind beim Pibroch eine Einheit. Und ich sage dir, für einen Fremden wie dich ist ein Highlandpibroch so verdammt schwer nachzuspielen, weil ihm die exakte Einteilung des Taktes fehlt. Jede Note, jede Pause hat seit ewigen Zeiten eine eigene Länge, die niemals das Vielfache oder die Hälfte einer Achtelnote ist. Deshalb kann man Pibrochs auch nicht in Noten aufzeichnen, man muß sie vorsingen und nachspielen. Also, probier es noch mal, versuche an nichts zu denken, blicke auf den kleinen Fluß dort draußen, folge seiner Strömung in deinen Gedanken, bis du im Meer bist, dessen Wellen auch nicht einem festen Rhythmus folgen, selbst wenn es manchmal so aussieht. Versuche, dein inneres Metronom abzustellen!«

Ich ging ans Fenster und sah in den Fluß. Mein Blick glitt ein Stück mit der Strömung und kämpfte sich wieder zurück durch die Strudel, nur um erneut den Halt zu verlieren und wieder hinabzugleiten, über Steine zu springen und schließlich in einem Ozean zu enden, in dem er versank.

Als ich mich umdrehte, erkannte ich nichts. Der Raum schien angefüllt mit Wasser. Aber ich hörte um so mehr.

Das Feuer, den Atem der drei Personen, der so unterschiedlich ging. Der von Frank gemächlich wie ein Blasebalg, der Christines schnell und unregelmäßig, der Cullums mit der Kraft einzelner Böen, die aus der Tiefe seines Wesens drangen. Dann war da wieder dieser Gesang. Ich folgte ihm mit der Flöte und diesmal offenbar besser, denn Cullum sagte plötzlich: »Du bist auf dem richtigen Weg, mein Sohn, auch wenn du immer noch Angst hast, ihn wieder zu verlieren. Du mußt lernen, deinen Ohren zu vertrauen wie ein Blinder.«

Cullum war ein hervorragender Lehrer. Wie vielen Schülern mochte er schon den Pibroch beigebracht haben? Leuten aus seiner Umgebung, die es vermutlich leichter hatten als ich, sich vom Ideal symmetrischer Taktstrukturen zu lösen.

Noch einmal erscholl das abgehackte Summen von Cullums Stimme. Er stand in einer dunklen Ecke und bewegte sich in winzigen, eher nur angedeuteten Schritten hin und her. Ich schloß die Augen und tastete dieser Stimme nach mit dem Stock meiner Flöte und wieder erntete ich sein Lob. »Besser jetzt. Jetzt bist du schon mitten auf dem Weg. Nochmal von vorne. Beweg dich dabei, dann geht es leichter.«

Wieder das Summen, wieder das Tasten. Ich begann, mich ein wenig zu wiegen. Erst nur mit dem Oberkörper, dann aus den Hüften, den Knien. Ich spürte eine ganz eigenartige Spannung in meinem Körper, ein Ziehen der Glieder, ein irreguläres Auf und Ab, Hin und Her, etwas, das mich an jenes chaotische Wiegen von Halmen im Wind erinnerte, von dem ich noch vor kurzem zu Christine und Frank geredet hatte.

War auch der Pibroch ein Phänomen im Zwischenbereich von Ordnung und Chaos? Uralt, archaisch, ein Wiegengesang der Menschheit? Ich wanderte weiter, und ich begriff, der Weg, von dem Cullum geredet hatte, führte zurück in vergessene Landschaften der Vergangenheit. Und es war ein steiniger Weg. Ich spürte, wie ich ins Schwitzen kam, wie mir die irregulären Bewegungen und Melodien des Pibroch eine Körper- und Daseinserfahrung aufbürdeten, für die ich fast zu schwach gebaut war. Aber während ich Cullums Gesang auf der Flöte folgte, sah ich auch immer deutlicher einen kleinen Jungen vor mir, der dieses eigenartige, unrhythmische Pendeln seines Körpers vollführte, das von Erwachsenen als Unsicherheit interpretiert wird, jedoch in Wahrheit ein Akt der Selbstvergewisserung ist.

Noch immer sang Cullum den Pibroch, noch immer spielte ich nach. Mehr und mehr geriet ich in Trance. Diese Spannung, die beinahe schmerzte, löste sich wieder, ohne ganz zu verschwinden. Sie begann, in mir zu pulsieren, zu atmen, unregelmäßig und schwach, wie ein wiederbelebtes Herz.

Dann hörte ich Cullums Stimme. »Ja, jetzt hast du es fast. Jetzt spiel es allein.«

Und ich spielte, und meine Finger trafen die Löcher der Tinwhistle mit einer fast somnambulen Sicherheit, wie ich sie nie bisher gekannt hatte.

Erschöpft setzte ich mich. Christine und Frank klatschten, und Cullum kredenzte mir einen Whisky. »Du bist auf der richtigen Fährte«, sagte er. »Suche dir in deiner Heimat einen, der weiß, was ein Pibroch ist. Dann lerne weiter.«

Und wieder dieses Schweigen, während draußen der Fluß rauschte wie schon vor zweitausend Jahren, als Kelten an seinem Ufer lagerten.

Diesmal war es Frank, der das Schweigen brach. »Ich würde Sie wirklich gerne spielen hören, Mister MacPherson«, sagte er. Ich erschrak. Dieses ›Mister‹ wirkte wie eine Beleidigung. Cullum jedoch reagierte freundlich.

»Das ist leider nicht möglich, junger Mann. Ich habe seit zehn Jahren nicht mehr gespielt. Meine Lunge schafft den richtigen Druck nicht mehr. Ein Piper muß wissen, wann er aufzuhören hat.«

Christine stand auf, setzte sich Cullum auf den Schoß und begann, ihm die Wange zu streicheln. »Ich finde, Frank hat recht. Du mußt uns vorspielen. Bitte. Tu es für mich, als mein Weihnachtsgeschenk.«

Sie strich ihm durch die weißen Haare. Cullum schien den Moment zu genießen. »Setz dich wieder hin, Mädchen«, sagte er. »Auch in der Liebe muß ein Mann wissen, wann seine Zeit vorbei ist.«

Er strahlte. Offenbar spürte er nur zu gut, daß dieser Moment immer noch nicht gekommen war. Cullum schenkte nach. »Slanche. Auf die Liebe und auf die Musik.« Dann verschwand er nach nebenan.

Cullum blieb lange fort, und noch einmal verrann die Zeit, ohne daß ich dies spürte, denn ich hatte kein Gefühl mehr für den festen Takt der Unruhe. Das innere Metronom hatte noch nicht wieder zu pendeln begonnen.

Plötzlich war da ein fernes Brummen, ein gewaltig dröhnender Klang. Er wuchs und wuchs wie ein Baum, der, von einer wunderbaren Energie angetrieben, aus einem winzigen Keim emporschießt. Der schlanke Stamm bekam Äste, Zweige, die Zweige Blätter, die zu rauschen begannen.

Dann wurde die Tür aufgestoßen, und Cullum schritt herein. Er hatte die Tracht des Highlanders angelegt, und er trug seine Bagpipes wie ein Kind im Arm. Die Drones ragten wie die schwarzen Gliedmaßen eines brummenden Insekts über seine rechte Schulter. Den mit seinem persönlichen Tartan bezogenen prallen Ledersack unterm

Arm, die Backen aufgeblasen, die Pfeife im Mundwinkel, die Finger auf dem Chanter tanzend, so betrat der Piper den Raum. Und der Musik gewordene Lärm des Pibrochs war im wahrsten Sinne des Wortes ohrenbetäubend. Brunftgesang des Stolzes. So betrat man ein Schlachtfeld, so bewies man dem Feind die eigene Stärke.

Als Cullum die Mitte des Zimmers erreicht hatte, begann er sich in winzigen Schritten um sich selbst zu drehen, als sei er ein akustischer Leuchtturm, der alle Himmelsrichtungen beschallt. Ich wußte inzwischen, was dieser typische rituelle Tanz des Highlandpipers für eine Funktion hatte. Er half, das innere Metronom abzustellen, er gab den Fingern des Pipers die Fähigkeit, sich von festen, vorgegebenen Rhythmen zu lösen.

Hier spielte kein Mann ein Instrument. Eher schon war es umgekehrt. Das Instrument spielte den Mann. Es spielte uns, das ganze Haus. Die Wände bebten, die Gläser in der Anrichte klirrten. Nicki schlug von draußen mit der Pfote gegen das Fenster. Die Windböen kamen unregelmäßig regelmäßig. Ach, es sollte ein besonderes Wort geben für unregelregelmäßig. Es charakterisiert mehr Vorgänge des Lebens als wir denken. Aber leider ist unsere Sprache zu arm für derlei Zwischentöne.

Das an- und abschwellende Dröhnen von Cullums Dudelsack schien unersättlich. Es fraß erst die Stille, dann unsere Ohren, die Dinge, die Wände, das Dach, die Welt. Von draußen mußte es wirken, als sei Cullums Hütte ein einziger großer Resonator. Und tatsächlich, kaum hatte Cullum geendet, kaum war er, nach Atem ringend, erschöpft in seinen Sessel gesunken, kaum hatte er den Whisky, den Christine ihm reichte, ausgetrunken, um uns mit einem triumphierenden Blick anzusehen, klopfte es an das Fenster. »Kommt schon herein, Leute!« brüllte Cullum mit einer Stimme, die so kraftvoll war, als sei sie immer noch von den Tönen des Dudelsacks getragen.

Und dann kamen sie, die Leute aus dem Dorf, Piper darunter, die Cullums ehemalige Schüler sein mußten, und die das Wunder nicht fassen konnten: Cullum spielt wieder. Viele hatten es gehört. Jetzt waren sie da, um die Sensation gebührend zu feiern.

Es half nichts, daß Cullum protestierte. Wir mußten alle mit. In einer Prozession ging es über die Brücke zur Kneipe, angeführt von einem der Piper, der auf Cullums Dudelsack spielte. Eigentlich war das Pub schon geschlossen, aber nun, unter diesen Umständen, verwandelte sich das triste Lokal schnell in einen wahren Himmel des Trinkens und der Musik.

Sämtliche anderen Piper durften reihum auf dem ehrwürdigen Instrument spielen, das wie eine Reliquie von Generation zu Generation vererbt worden war, um schließlich in Cullum, der keine Kinder hatte, jedenfalls keine legalen, den letzten kongenialen Besitzer und Zeremonienmeister zu finden. Keiner spielte natürlich so gut wie er. Also mußte er noch einmal zeigen, daß er nichts verlernt hatte, mußte er noch einmal den Highlandpibroch in der Mitte des bier- und whiskynassen Schankraums zelebrieren.

Dann, irgendwann im Morgengrauen, kehrte die schmählich in die Flucht geschlagene Stille auf das Schlachtfeld zurück. Das Erdnußmädchen war inzwischen splitternackt, und Kingkong sprang aus dem Plakat heraus zwischen die Säufer und balancierte über die Dächer von Bunessan davon, dem Tag entgegen, der ehrfürchtig hinter dem Horizont das Ende von Cullums Nacht des Pibrochs abgewartet hatte.

15. DIE ADOPTION

Auf der Rückfahrt waren wir innerlich so bewegt, daß wir uns zum erstenmal, seitdem wir zusammen waren, einander wirklich nahe fühlten. Jedenfalls schien dies mir so. Frank lächelte vor sich hin, während er fuhr, Christine hatte die Hand auf seine Schulter gelegt und ließ zugleich mir durch den Druck ihres Beines ein wenig physische Nähe zukommen. Ich aber spürte in mir immer noch jene Körperspannung der gälischen Musik.

Als wir ausstiegen und auf den Campingwagen zugingen, hatte ich ein komisches Gefühl. Irgend etwas war verändert. Ich bat die beiden, innezuhalten. »Hatten wir das Fenster nicht aufgelassen, wegen der muffigen Luft?«

Frank nickte. »Du hast recht, und jetzt ist es zu.«

»Dann wartet hier«, sagte ich. Ich bemerkte sofort, daß das Schloß der Wagentür aufgebrochen war. Auch wenn ich mir dabei immer wie ein schlechter Filmschauspieler vorkomme, zog ich die Waffe und öffnete die Tür. Sofort roch ich den süßlichen Propangasgeruch. Ich hielt mir ein Tuch vor die Nase und ging hinein. Das Tohuwabohu war unbeschreiblich. Alles lag durcheinander, die Polster waren aufgeschnitten, die Betten ebenso. Eine dichte Schicht von Daunen bedeckte alles. Ich riß sämtliche Fenster auf. Dann schloß ich den Gashahn der Propanheizung.

Plötzlich kam mir ein schlimmer Gedanke. Jane hätte die Leute hören müssen, die hier gewütet hatten.

Ich ging nach draußen. »Wartet hier«, sagte ich. Aber Frank und Christine folgten mir, und ich ließ es geschehen. Die Eingangstür des Hofes stand offen. Im Flur hörte ich den Fernseher brüllen. Das Morgenprogramm des BBC. Irgendein Kinderfilm. Auf den Dielen, die Jane immer peinlich sauber zu halten pflegte, waren kleine Pfützen. Ich tauchte den Finger hinein und leckte die Kuppe ab. Eindeutig Salzwasser. Auch die Tür zum Wohnzimmer war offen. »Jane«, rief ich. »Kannst du nicht die Klappe halten«, schrie eine überschnappende Fernsehstimme.

Ich trat ein. Auf den ersten Blick schien alles normal. Doch dann sah ich, daß der Kaktus vom Fernseher gefallen war, der Topf zerbrochen. Es war ziemlich dunkel. Das meiste Licht kam von der Mattscheibe des Gerätes. In dessen Geflimmer sah ich einen Menschen liegen. So, wie nur Tote daliegen. Verrenkt, unbequem, widernatürlich und dennoch für die Ewigkeit gebettet. Eine pantomimische Demonstration der Tatsache, daß ihnen Gliederschmerzen für immer egal waren.

Ich machte Licht. Jane lag vor ihrem kleinen Biedermeiersekretär, auf den sie so stolz gewesen war. Sie trug Lockenwickler, und die Lockenwickler waren rot von Blut. Ich hielt mein Ohr an den klaffenden Mund, in dem zwei Goldzähne schimmerten. Zweifellos war da kein Leben mehr. Ihre Augen waren starr. Wenn sie etwas sahen, dann waren es Bilder, die sich in der Netzhaut verloren oder im schwarzen Fleck. Frank und Christine waren hinter mich getreten. Ich hörte, wie Christine aufschluchzte und Frank sie zu beruhigen versuchte. »Bleibt wo ihr seid, bewegt euch nicht!« fuhr ich sie an.

Es war deutlich, daß Jane nicht hier gestorben war.

Eine Blutspur führte zum Fernseher. Ich schaltete ihn ab. Bückte mich. Auf dem Teppich war ein riesiger Blutfleck. Hier mußte sie niedergeschlagen worden sein. Der Teppich war feucht. Ich prüfte mit dem Finger; auch dies war Salzwasser.

Dann suchte ich weiter. Eine Tatwaffe war nicht zu finden. Aber auf der Schreibplatte des Sekretärs lag ein blutbeschmierter Zettel. Sie mußte sich also noch hierhergeschleppt haben, als der Mörder schon fort gewesen war. Auf dem Zettel stand nur ein Wort. Trotz der Blutflecken konnte ich es lesen. »Meermann.«

Ich wußte natürlich, was ich jetzt zu tun hatte: die Polizei informieren. Die Auskunft anrufen, mich nach Tobermory oder besser nach Oban verbinden lassen. Wie hieß der zuständige Commander der Lochaber Area noch gleich? Chief Inspector John MacFadzean.

Ich griff zum Telefon, das auf dem Sekretär stand. Es war tot. Natürlich. Der Täter hatte Zeit gewinnen wollen und deshalb die Schnur abgerissen. Ich hätte mir die Mühe machen können, den Schaden zu reparieren. Aber ich entschied anders, indem ich zu Janes reichhaltiger Flaschensammlung trat, eine von ihnen öffnete – ich glaube, es war zufällig ein französischer Marc de Champagne – und einen großen Schluck nahm, der die Übelkeit in mir ebenso reduzierte wie die Vernunft. »Kommt! Wir fahren zurück zu Cullum!« sagte ich knapp.

Als wir bei Cullum eintrafen, saß er immer noch in seinem Lehnstuhl und starrte in das ausgebrannte Feuer. Neben ihm der schwarze Kasten, in dem der Dudelsack lag. »Ihr seid in Schwierigkeiten«, sagte er ruhig. »Setzt euch!«

Ich begann zu erzählen, gab einen möglichst umfassenden Bericht. Die toten Taucher, der Raub des Rubinkolliers, die Verfolgung im Moor of Rannoch, die Fahrt durchs Glen Etive, die Verwüstung des Hotelzimmers, der Taucher in der Balfourbay, der Mord an Jane, nichts ließ ich aus, außer der Tatsache, daß das Halsband immer noch in meinem Besitz war.

Cullum MacPherson hörte aufmerksam zu, scheinbar ungerührt. Selbst als ich die erschlagene Jane beschrieb, veränderte sich sein Gesichtsausdruck kaum. Dann sprach er mit monotoner Stimme, den Rücken gebeugt und ihn uns zukehrend, wie von einem schweren Leid niedergedrückt.

»Es gibt das Böse in der Welt. Das wird sich nie ändern. Das Böse ist dem Guten näher verwandt, als die meisten wahrhaben wollen. Es ist nämlich genauso herrschsüchtig, genauso arrogant, genau so eitel. Habe ich recht, Nicki, oder was denkst du darüber?«

Er beugte sich zu seiner Katze herab und kraulte sie am Hals. Nicki kniff die Augen zusammen und entblößte mit einem Gähnen die spitzen Zähne. »Wenn Nicki eine Maus töten will, dann spielt sie erst mit ihr. Das wirkt auf uns Menschen grausam, aber eine Katze denkt anders darüber. Sie würde sagen, daß sie ihr Opfer an dem Vergnügen teilhaben läßt, das sie beim Töten empfindet. Mir scheint, mit dir treibt auch so eine Katze ihr Spiel, Piet.«

Er erhob sich aus seinem Schaukelstuhl und trat ans Fenster. Seine Strickjacke war so zerschlissen, daß das wollene Unterhemd überall durchschimmerte. »Ich rate euch, möglichst schnell zu verschwinden. Geht nach Westen. So wie schon einmal ein Flüchtling namens Charles Edward, den sie Bonnie Prince Charlie nannten. Sie jagten ihn überall, auf jedem Berg, in jedem Tal, in jeder Bucht. Sie drehten jeden Stein nach ihm um, blickten in jedes Haus, in jedes Zimmer, unter jedes Bett. Aber in unsere Köpfe konnten sie nicht sehen, nicht hören, sie konnten sie nur abschlagen. Wir waren gedemütigte Verlierer damals, nach der Schlacht von Cullodden. Kilt und Dudelsack waren verboten worden, stellt euch diese Schändung unseres Volkes vor! Die Sieger hatten 30 000 Pfund Kopfgeld auf den fliehenden Charlie ausgesetzt, eine ungeheure Summe. Denn das Pfund war damals zwanzigmal soviel wert wie heute. Bonnie Prince Charlie war überall hier in der Gegend. Wir haben ihn versteckt, so gut es ging. Er soll übrigens ein gleichgroßes Kopfgeld auf seine Jäger ausgesetzt haben. Dafür brauchte er Sicherheiten. Unmöglich konnte er so viel Bargeld bei sich führen. Vielleicht hatte er Gold dabei, aber Gold ist schwer. Vielleicht war es auch Schmuck, waren es Edelsteine, es gibt jedenfalls Gerüchte bis heute. Man hört von roten Steinen, aus denen manchmal Blut fließt. Viele auf den Inseln wissen mehr aus dieser Zeit, als sie zugeben würden; wer weiß, vielleicht war Bonnie Prince Charlie damals auch in diesem Haus. Ich hätte ihn jedenfalls versteckt und dann weitergebracht nach Westen. Am liebsten würde ich euch begleiten, aber ich bin zu alt dazu.«

Er drehte sich um und ging auf Christine zu, streichelte sie an der Wange und am Hals. »Manchmal geht es nicht ohne Liebe. Ich habe es nie bereut, eine Frau zu verlassen, und die Frauen haben immer zu mir gehalten, obwohl sie wußten, daß ich sie wieder verlassen würde. Wenn Flora MacDonald nicht gewesen wäre, wäre dem Prinzen kaum die Flucht nach Frankreich gelungen. Sie hat ihm Frauenkleider besorgt und ihn an den Posten vorbeigeschmuggelt. Die Verfolger hatten keine Chance. Sie hat ihn geliebt, obwohl sie wußte, daß er nie wiederkehren würde.«

Cullum sah mich lächelnd an. »Du bist Polizist. Eigentlich müßtest du den Mord an Jane melden. Aber das kann ich für dich tun. Niemand außer mir hier weiß, daß ihr bei Jane gewohnt habt. Ich pflege häufig mit Jane zu telefonieren. Wir sind alte Freunde. Wenn sie sich heute morgen nicht meldet, rufe ich in Tobermory an und schicke die Polizei hin. Es wird kein Verdacht auf euch fallen. Ihr geht unterdessen nach Westen. Am besten nach Lochboisdale. Dort sitzen immer noch Verräter. Vielleicht findet ihr etwas Verdächtiges heraus. Nehmt mein Auto und fahrt nach Tobermory. Dort gibt es in einem der letzten Häuser direkt am Hafen eine Kneipe, in der nur Fischer verkehren. Mit absoluter Sicherheit werdet ihr dort heute einen großen Kerl antreffen. Ein Freund von mir, John Mackenzie. Er ist ein bißchen verrückt, aber er ist treuer Jakobit. Ich werde ein paar Zeilen an ihn schreiben.«

Cullum schrieb etwas auf einen Zettel, faltete ihn, steckte ihn in ein Kuvert, klebte es sorgfältig zu und reichte es mir.

Wir alle hatten das Gefühl, daß ein wortloser Abschied angemessen war. Christine und Frank waren schon draußen, als Cullum mir die Hand auf die Schulter legte: »Warte einen Moment.« Er ging an seine Anrichte, zog die Schublade auf und holte den Practice-Chanter heraus. Dann gab er ihn mir.

»Das ist jetzt dein Chanter, mein Sohn. Er soll dir Glück bringen, aber auch Mühe. Denk daran, in sechs Jahren bist du soweit, daß du dir vernünftige Pipes kaufen kannst. Laß den Chanter aus deiner Jacke schauen in der Kneipe. Sie werden dich danach fragen. Sag, daß es mein Chanter war und daß es jetzt deiner ist. Dann werden sie alles für euch tun.«

Ich war so perplex, daß ich kein Wort herausbrachte. Cullum schob mich zur Tür und schloß sie hinter mir.

Als ich neben Frank im Wagen saß, begriff ich erst richtig, was eben geschehen war. Cullum hatte mich mit diesem Geschenk adoptiert. Ich sollte sein Nachfolger werden. Er würde abwarten, ob ich spielen lernte, und mir dann seinen Dudelsack vermachen.

Eine ungeheure Welle des Stolzes durchflutete mich. Sie war so mächtig, daß sie alles andere, Ängste, Bedenken, Liebesbedürfnisse, schlechtes Gewissen, einfach wegspülte.

16. DER LACHS DES WISSENS

Wir fuhren am Sound of Mull entlang Richtung Nordwesten, als seien sämtliche Furien hinter uns her. Immer
wieder drehten wir uns um, aber außer Dreckspritzern und
Qualm war nichts zu sehen. Frank fuhr wie ein Verrückter. Der Morris jammerte und dröhnte, als sei der Geist
von Cullums Dudelsack in ihn gefahren.

Wir rasten in einen düsteren Himmel hinein mit schwarzen Wolkenbäuchen, die aussahen, als würden sie jeden
Moment platzen. Und so geschah es auch. Plötzlich regnete es so heftig, daß für uns das Gefühl entstand, in einem Boot zu sitzen. Wie eine Bugwelle spritzte das Wasser
um uns auf. An vielen Stellen glich die Straße bald einem
Fluß.

Endlich waren wir in Tobermory. Frank parkte das Auto
auf dem Kai, gegenüber dem letzten Haus des Hafens.
Die Kneipe hieß »The Anchor«, ein schmuckloser Raum,
einem Wartesaal nicht unähnlich. Halbstarke in Lederjacken mit Meßdienergesichtern saßen auf langen Bänken
an den Wänden. Der Hauptlärm ging von einer Gruppe
am Tresen aus. An der Zapfsäule stand ein Hüne, ein
wahrer Moses der Kneipengesetze: kein Alkohol an Ju-
gendliche unter sechzehn, dafür um so mehr an weitaus
ältere Kinder.

Wir setzten uns abseits an einen Tisch und erhielten unsere Getränke schnell und leise, so wie man etwa Touristen in einem Dom während der Messe behandelt, als plötzlich die Tür aufgerissen wurde und zusammen mit einer Bö aus Regen und Salzwind ein anderer Hüne von einem Kerl hereinkam – zweifellos Mackenzie. Er legte den Wettermantel ab und ging zum Tresen. Alle starrten ihn an und brachen in brüllendes Gelächter aus, was offenbar an seiner ungewöhnlichen Kleidung lag. Er trug langes, weißes, wollenes Unterzeug, das seine Muskeln, seinen gewaltigen Brustkorb, seine Genitalien betonte.

Durch diese gerade an Weihnachten höchst frivole Aufmachung war er augenblicklich Mittelpunkt des Lokals. Dem Wirt war diese Entwicklung offenbar nicht recht. Er brummte etwas von: »Geschmacklos, ausgerechnet heute«, und verschwand.

Als er zurückkam, hatte er einen roten Santa-Clause-Umhang mit Kapuze übergeworfen, der sich über seinem Bauch spannte und nicht weiter als bis zwei Hände oberhalb der Knie reichte. Beide Goliaths standen sich eine Weile drohend wie Kampfhähne gegenüber. Dann zog der Fischer im Unterzeug den Umhang seines Kontrahenten hoch, worauf sich zeigte, daß jener darunter nackt war. Dies schien so etwas wie einen Erfolg für beide darzustellen, dem daraufhin ein Waffenstillstand folgte.

Der Wirt ging hinter den Tresen und waltete weiter seines Amtes, indem er schaumloses Bier zapfte. Der Fischer erklärte unterdessen alle im Raum Anwesenden für komplette Schwachköpfe und faule Hunde. Diese feierliche Erklärung konnte der Wirt offenbar nicht unwidersprochen durchgehen lassen. Er kam hinter dem Tresen hervor. Eine Weile standen die beiden Recken Bauch an Bauch und mit geschwollener Brust voreinander und versuchten sich gegenseitig mit bohrenden Blicken zu blenden, dann, als ich schon an den Ausbruch einer wüsten Schlägerei glaubte, umschlangen sie sich mit den Armen und begannen zur Musik zu tanzen, die aus dem Automaten kam. Sie tanzten gut, fast grazil sah es aus, leicht und dennoch kraftvoll. Der Wirt spielte offenbar die Dame, hob einmal elegant ein wenig sein Kostüm, so daß seine massigen Arschbacken sichtbar wurden. Alle wieherten vor Lachen. Der Fischer verbeugte sich galant und brachte den Wirt an der Hand zu seinem Arbeitsplatz zurück. Es wurde geklatscht. Offenbar war die Meinung des Publikums auf seiner Seite. Er war der Sieger des Duells.

Doch der Wirt hatte bereits ein neues Spiel begonnen. Er stellte eine große Plastikschüssel auf den Tresen – ich glaube, es war ein Eiswürfelbehälter – und goß ihn aus unterschiedlichsten Flaschen voll. Whisky, Wodka, Cinzano, Southern Comfort, Jägermeister, alles floß hinein und ergab eine vermutlich untrinkbare, trübbraune Mischung, in der der Wirt mit einem Löffel herumrührte. Dann holte er Trinkhalme und verteilte sie an die Stammgäste. Auch wir, die wir inzwischen mutig genug waren, unsere Plätze zu verlassen, erhielten ein solch hohles Plastikröhrchen. Die Mutprobe bestand offenbar darin, aus diesem Trog zu trinken. Alle drängten die Köpfe heran, tauchten die Halme ein und saugten. Der Wirt begann jetzt, jedem Trinkenden den Halm zu knicken, so daß nichts mehr hindurchkam. Er hielt dies offenbar für einen großen Spaß und einen schlagenden Beweis seiner Macht, denn zufrieden nahm er die halbvolle Schale, setzte sie an die Lippen und schlürfte den Rest. Ich aber wurde von den kräftigen Händen des Mannes in Unterhose gepackt und zu einem Tanz abgeschleppt. Obwohl ich noch ein bißchen größer war als er, berührten meine Füße kein einziges Mal den Boden. Wie einen hölzernen Kasper wirbelte er mich herum, so daß meine Beine und Arme flogen. Dabei fühlte ich mich keineswegs aggressiv, sondern beinahe zärtlich angefaßt. Als die Musik und die Pirouetten zu Ende waren, setzte mich mein Partner behutsam auf einen Barhocker und strahlte mich an. Dabei bemerkte er den Chanter, der aus meiner Jacke ragte. Er zog ihn ein Stück heraus. »Bist du Piper?«

»Leider nicht, noch nicht. Ich habe aber vor, einer zu werden. Dies ist Cullums Chanter.«

»Dann hast du Cullum umgebracht und den Chanter gestohlen. Cullum würde sein heiliges Stück nie aus der Hand geben!«

Ich hielt den Moment für geeignet, ihm Cullums Brief zu geben. Er trat zum Fenster, riß es auf und las. Als er fertig war, kam er zu mir zurück und schüttelte mir die Hand. Er war mindestens so betrunken wie ich, doch schien er mit seiner Trunkenheit umgehen zu können wie ein Händler, der selbstgefällig seine Ware trägt. Er taumelte ein wenig unter der Schwere der Last, aber ansonsten war er vollkommen Herr der Lage.

»Cullum hat dir den Chanter geschenkt. Das ist mehr als ein neues Leben.«

Er hob mich vom Barhocker herunter und trug mich durch den Raum. »Dies ist der Mann, dem Cullum seinen Chanter geschenkt hat. Merkt es euch, ihr Banausen. Wer ihm ein Haar krümmt, stirbt durch meine Hand.«

Dann setzte er mich ab.

»Holt euer Gepäck«, sagte er kurz und verließ das Lokal. Wir gingen zum Auto und nahmen unsere Koffer. Ich sah, wie unser Beschützer an Bord eines Fischerbootes sprang, das an der Hafenmole dümpelte. Der Sprung war sehr tief und dennoch traf der schwere, betrunkene

Mann mit nachtwandlerischer Sicherheit das Deck. Wir kletterten mühsam mit unseren Koffern hinterher.

Das Boot hieß »Salmon«. Es war silbrig grün, mit einem gelben Streifen über der Wasserlinie, hatte ein weißes Ruderhaus und machte den Eindruck, daß es von seinem Besitzer sehr geliebt wurde. Nirgendwo gab es einen Rostfleck, einen Farbklecks, ein Stück Holz oder Metall, das nicht trefflich gelackt, geölt oder sonst gegen die Unbilden des Wetters und die Gefräßigkeit des Salzwassers geschützt war. Jedes Teil aus Messing war blitzblank, jedes Tauende sorgfältig versorgt, jeder Spleiß ein Meisterwerk.

Ich merkte, wie die Spannung von mir abfiel, die der Mord an Jane, mein irrationales Verhalten, die ständige Flucht vor unseren mysteriösen Verfolgern in mir ausgelöst hatten. Ja, sogar Christine sah ich plötzlich wie einen normalen Menschen, der an Deck stand und sich an der Reling festhielt. All das Geheimnisvolle, das mich verwirrte, schien von ihr abgefallen. Immer noch meinte ich, sie zu lieben, aber jetzt war es eher eine zärtliche Sympathie, in die sich einiges an Väterlichkeit mischte.

Wir legten ab. Cullums Wagen blieb einsam auf dem Kai zurück. Mackenzie forderte uns auf, unter Deck zu gehen. »Sicherheitsmaßnahme«, sagte er lakonisch. »Cullum möchte, daß ich euch heil nach Lochboisdale bringe. Wir nehmen nicht den normalen Weg, also durch den Sund hinaus, den Point of Ardnamurchan an Steuerbord, und dann fünfzig Meilen über die offene See. Sollte es neugierige Augen an Land geben, dann würden sie auf diesem Kurs sofort unser Ziel kennen. Also werden wir sie narren und andersherum fahren, durch den ganzen Sound of Mull Richtung Oban, dann durch den Firth of Lorn an der Ross of Mull entlang weiter nach Tiree und dann Kurs

Nord nach South Uist. Das ist rund doppelt so weit. Da wir bei diesem Wetter kaum mehr als acht Knoten schaffen, werden wir je nach Wind zwölf bis vierzehn Stunden brauchen. Also los, unter Deck mit euch.«

Wir gehorchten, gingen das Treppchen hinab und machten es uns in der Kajüte bequem. Sie hatte Bullaugen, kreisförmige Ausschnitte der Welt. Die Hügel von Aros und Morvern zogen vorbei. Sie waren bewaldet, ein Anblick, den meine Augen inzwischen als Wohltat empfanden.

Plötzlich hörten wir Mackenzies Stimme. Sie war ganz nahe und kam aus einem kleinen kupfernen Trichter an der Kajütenwand. Ein Sprechrohr, wie es einst auf alten Schiffen üblich war, vor dem Zeitalter der Elektronik. Das Rohr, durch das Mackenzies Stimme zu uns kam, verzerrte ihren Klang, machte ihn hohl und pathetisch zugleich, es klang, als spräche er aus einer anderen Welt zu uns. »Sagt mal, was hat MacPherson euch eigentlich als Weihnachtsessen serviert? Einen Lachs?«

Ich ging nahe an den Trichter: »Ja. Woher weißt du das?«

»Es ist typisch Cullum. Alles hat eine Bedeutung bei ihm. Wenn ihr den Fisch alle vier gemeinsam verspeist habt und die Katze auch noch den Kopf gekriegt hat, dann seid ihr Teilnehmer eines uralten keltischen Rituals geworden. Ihr habt den ›Lachs des Wissens‹ verzehrt. Ihr müßt wissen, daß der Lachs das älteste Tier der Schöpfungsgeschichte ist. Ich sage euch, Cullum ist mehr als ein Grand Old Man, er ist Druide, auch wenn er es nie zugeben wird.«

»Er hat auf mich eher einen zurückhaltenden, vernünftigen Eindruck gemacht«, rief ich in den Trichter. »Ein bißchen erinnert er mich an einen englischen Professor für Numismatik.«

Mackenzie lachte dröhnend. Es klang wie eine Gewehrsalve. »Habt ihr seine Katze beobachtet? Sie verhält sich doch wie ein Mensch, nicht wahr? Und ich sage, sie ist einer. Sie hat übrigens Schuppen unter dem Fell, einen Fischleib. Sie ist nämlich eine Meerkatze. Und noch etwas: Ihr habt doch sicher auch viel getrunken mit Cullum? Wee Drums? Wieder und wieder? Damit habt ihr ein zweites uraltes Keltenritual begangen: das Trankopfer, das dazu dient, die Götter gnädig zu stimmen. Cullum ist Druide, ich sag es euch. Er hat Macht über Seelen und Dinge. Wollt ihr einen Beweis? Cullum hat nie geheiratet, obwohl er bestimmt der attraktivste Mann von ganz Mull war. Ein Druide hat ehelos zu sein. Höchstens mit seiner Katze darf er verheiratet sein. Und einen Sohn darf er haben. Einen, der sein Geheimnis weiterträgt.« Ich hörte ihn lachen, kleine, kurze Fanfarenstöße aus dem Schalltrichter.

Es war gemütlich hier unten im Zwielicht der Kajüte. Eine kleine Welt mit vielen Requisiten, die mich an Willems Werkstatt erinnerte. Nautische Instrumente, aufgerollte Flaggen und Seekarten in offenen Fächern, eine präparierte Seespinne, ein Chronometer im Mahagonikasten, sogar ein Sextant, der eigentlich nur Sinn machte, wenn das Boot die Küstengewässer hin und wieder verließ.

Christine hatte sich auf eine der Bänke gelegt, die an den Kajütenwänden entlangliefen. Frank saß zu ihren Füßen und massierte ihr die Zehen. Ich hing am Bullauge und sah hinaus.

Wir hatten offenbar Rückenwind und kamen schnell voran. Irgendwann weitete sich der Sund; an Backbord öffnete er sich in das Loch Linnhe. Wir hielten Kurs auf Oban. Mackenzie rief wieder etwas durch die Sprechanlage: »Wir ändern jetzt den Kurs, gehen auf Südsüdwest. Haltet euch gut fest, es wird bald ein bißchen rauh.«

Immer noch fuhren wir in Landabdeckung die Ross entlang. Dennoch nahm die Bewegung des Meeres deutlich zu. Die Wellen waren kurz und steil und kamen aus verschiedenen Richtungen, so daß sie unangenehme Kreuzseen bildeten, die das Boot heftig schüttelten. Ich spürte einen leichten Druck in der Zwerchfellgegend, eine Vorankündigung der Seekrankheit, wie ich wußte. Christine und Frank schien es ähnlich zu gehen. Auch Frank legte sich jetzt hin. Ich ging zum Schalltrichter und blies hinein. Ich wußte, daß am anderen Ende eine Pfeife angebracht war, durch die ich mich beim Kapitän bemerkbar machen konnte. Seine Stimme meldete sich.

»Habt ihr Probleme da unten?«

»Ich möchte hochkommen.«

»Verstehe. Dann zieh dir meine Jacke und den Südwester an. Beides hängt im vorderen Spind auf der Backbordseite.«

Die Jacke war viel zu weit für mich, aber sie würde zusammen mit der Kopfbedeckung eine perfekte Tarnung abgeben.

Mackenzie stand am Steuer, die Augen nahe an der rotierenden Klarsichtscheibe, deren Zentrifugalkräfte die Gischttropfen wegfegten, so daß man trotz der überkommenden Seen und den verwehten Kämmen der Bugwelle etwas sehen konnte. Ohne den Blick nach vorne aufzugeben, griff er in ein Schapp neben der Steuersäule und holte eine Flasche heraus. »Komm, trink das. Es hilft besser als alles andere.«

Der Whisky brannte, und tatsächlich ließ meine Übelkeit nach. Ich verkeilte mich mit auseinandergegrätschten Beinen in der Ecke des Ruderhauses. Die harten Schläge und Stöße, die das Boot von den kurzen Seen einstecken mußte, setzten sich bis in meine Eingeweide fort. »Wir bekommen ganz schön Prügel«, sagte Mackenzie. »Und es wird bei den Torran Rocks noch übler werden. Gott sei Dank haben wir auflaufendes Wasser. Dadurch müssen wir zwar gegen die Strömung halten, aber wir können dichter unter Land bleiben. Zwischen Erraid und den Torrans gibt es eine Fahrrinne, die bei Flut genug Wasser unter den Kiel bringt. Aber wehe, man kennt sich da nicht genau genug aus. Ich sage dir, die Ecke ist mit Schiffsgerippen gepflastert. Da gibt es unter Wasser so viele tote Männer, daß die Krebse dort einen ganz anderen Geschmack haben.«

Ich nahm schnell noch einen Schluck. Mackenzie versuchte, mit kleinen Korrekturbewegungen am Steuerrad den Tanz seines Schiffes mit den Wogen so harmonisch wie möglich zu gestalten, aber immer wieder knallte der bauchige Bug so in die Wellen, daß ich meinte, wir seien auf eine Klippe gerannt.

»Die Kleine da unten, in die du verliebt bist, ist eine Hexe, eine Zauberin. Solchen Damen hat man einst nicht nur den Kopf abgeschlagen, sondern auch den Unterkiefer entfernt, sicherheitshalber. Damit sie nicht mehr beißen konnten. Wer weiß, vielleicht ist sie sogar eine Meerkatze. Das sind die schlimmsten. Hast du die Narbe bemerkt an ihrem Hals? Ich möchte wetten, sie kann ihren Kopf einfach abnehmen und einen Katzenkopf an seine Stelle setzen. Sei bloß vorsichtig bei ihr. Gib mir auch mal einen Schluck.« Ich reichte ihm die Flasche. »Was ist los mit euch, warum seid ihr auf der Flucht? Ach, erzähl es mir lieber nicht. Es reicht, daß Cullum gesagt hat, ich soll euch nach Lochboisdale bringen. In Lochboisdale gibt es eine Menge Verrückte, sag ich dir, wegen der Inzucht. Übrigens, du hast zwei verschiedene Augen. Das eine ist weitsichtig, das andere kurzsichtig. Hast du das gewußt?« Er begann zu kichern wie ein Irrer und legte eine Hand auf meine Schulter. »Ich weiß, was du denkst. Du hältst mich auch für verrückt. Und damit hast du gar nicht so unrecht. Es ist der einzige Weg, es mit dieser verrückten Welt aufzunehmen.«

Eine Weile blieb er stumm. Vor uns schien die See zu kochen. Einzelne Gischtfontänen schossen viele Meter empor, wie die Ausbrüche von Geysiren.

»Da sind sie, die berüchtigten Torran Rocks«, sagte er. »Man nennt sie auch die Tollen Männer. Hörst du sie?«

Und wirklich, es war wie ein schrecklicher Chor, ein mißtönender Gesang aus schrillen Stimmen und dröhnenden Bässen. »Diese Stimmen sind schon vielen Seeleuten zur letzten Predigt geworden«, brüllte Mackenzie.

»Und da sollen wir durch?« brüllte ich zurück durch den mörderischen Lärm, den der Sturm, die Torran Rocks und verschiedene im Ruderhaus herumfliegende Gegenstände machten. Ich klammerte mich so gut es ging an der Kante des kleinen Kartentisches fest und versuchte, mit den Beinen die heftigen Rollbewegungen aufzufangen. Sie waren so stark, daß mein Körpergewicht sich von Sekunde zu Sekunde zu ändern schien. Mal glaubte ich, leicht wie eine Feder zu sein, mal schwer wie Blei.

»Wer sich hier nicht auskennt, ist verloren!« schrie Mackenzie. »Hauptsache, die Maschine hält durch.«

Das klang nicht gerade beruhigend. Ich sah, wie die Knöchel meiner Hände weiß hervortraten. Mackenzie schien mit den Füßen am Boden festgeschraubt. Er bewegte sich organisch mit den Schiffsbewegungen mit. »Das ist wie Tanzen«, brüllte er. »Man muß nur aufpassen, daß man dem Meer nicht auf die nassen Füße tritt. Reichst du mir noch mal die Flasche?«

Er war wahnsinnig geworden, das schien jetzt sicher.

Dennoch gehorchte ich. Ich zog sie mit einer Hand aus der Schublade heraus. Um sie zu öffnen, mußte ich den Kartentisch für einen Augenblick loslassen. Sofort verlor ich den Halt und flog gegen Mackenzie. »Hoppla«, lachte er. »Als Kellner mußt du noch einiges lernen.«

Ich klammerte mich an seinem Wettermantel fest und reichte ihm die Flasche. Er trank und gab sie mir zurück. Ich nützte eine Krängung des Bootes, um in einer Art gezieltem Fall meinen alten Platz zurückzuerobern. Wir wurden jetzt so geschüttelt, daß ich mir nicht vorstellen konnte, daß die Planken und Verbände der »Salmon« noch lange halten würden. Die Wellen griffen uns von allen Seiten an wie ein Rudel tollwütiger Hunde. Gischt drang durch die Ritzen des Ruderhauses. Seine Scheiben waren grün, als seien wir bereits unter Wasser. Vom Vordeck war nichts mehr zu sehen, es lag vollständig unter den schäumenden Kaskaden eines waagerechten Wasserfalls. Ich glaubte zu bemerken, daß Mackenzie beunruhigt war, und dies ließ Todesangst in mir entstehen. Doch plötzlich hörte der Taumel auf. Die »Salmon« glitt in ruhigeres Wasser. Die Reißzähne der Torran Rocks lagen hinter uns.

»Wir sind jetzt bereits in der Landabdeckung von Iona«, sagte Mackenzie, »schade, daß der Schwoof schon vorbei ist. Ich hatte mich gerade eingetanzt. Schau mal, was da drüben los ist«. Er wies mit der Hand nach Steuerbord. »Nimm das Glas.«

Der Sund von Erraid lag jetzt querab und man konnte bis zum Haus von Jane sehen. Mehrere Wagen standen davor. Ich erkannte ein Polizeiauto und eine schwarze Limousine, ein Leichenwagen vermutlich. Im auf- und abspringenden Bild erkannte ich, wie ein Sarg herausgetragen wurde.

»Sie ist tot.«

»Wer?« kam es zurück.

»Jane. Sie haben eben den Sarg in den Leichenwagen geschoben.«

Mackenzie bekreuzigte sich und bewies damit, daß er trotz aller keltischer Wurzeln ein guter katholischer Jakobit war. »Arme Jane. Ich kannte sie noch aus der Zeit, als sie in einer Bar in Tobermory bediente. Da war ich ein kleiner rotznäsiger Junge, der heimlich die Reste aus den Schnaps- und Biergläsern sammelte. Jane war eine von Cullums Weibern. Eine gute Person. Geld hatte sie keines. Und gesund war sie auch!«

Er nahm mir das Glas aus der Hand.

»Polizei? Dann war es kein natürliches Ende.«

»Sie ist von einem Meermann getötet worden.«

»Jane? Du meinst, sie hat einen Meermann gesehen?«

»Ja. Einen Fomóri.«

Mackenzie schien unseren Dialog für völlig normal zu halten.

»Ich weiß nicht, woher du deine Informationen hast. Aber ich weiß, daß die wieder häufiger in unseren Gewässern auftauchen. Ich habe in letzter Zeit einen Fomóri im Lochboisdale gesehen. Er war schwarz, einäugig und hatte drei Reihen Zähne im Maul, stell dir das nur mal vor. Zwei Reihen zum Beißen und eine, um dabei zu lachen.«

Er lachte selbst und drehte am Ruder. Das Boot rollte schwer zur Seite. Eine riesige Wasserzunge leckte über das Deck. Gleich würden wir kentern, dachte ich. Und ich würde vielleicht nicht das Glück haben, wie David Balfour auf einer abgebrochenen Spiere an Land getrieben zu werden.

»Wir fahren jetzt durch den Sound of Iona. An Backbord siehst du die Abbey. Sie ist ziemlich häßlich, findest du nicht? Von hier aus hat sich das Heidentum über ganz Europa ausgebreitet. Columban hieß der Kerl, der im 6. Jahrhundert mit irischen Mönchen auf Iona gelandet ist. Sie haben erst Schottland, dann den Rest der Welt christianisiert. Wenn du so willst, haben wir jetzt den ursprünglichen Seuchenherd dieser Pestilenz querab an Backbord. Weißt du, was ich an diesem Christengott nicht leiden kann? Ganz einfach: daß er sich für den Größten hält. Ich könnte auch dich nicht leiden, wenn du dich für den Größten halten würdest. Das ist immer ein Zeichen von Dummheit, mein Lieber. Selbstüberschätzung ist eine beliebte Form von Schwachsinn, sage ich dir. Und aus diesem Grund ist der Gott der Christen in meinen Augen nicht gerade das hellste Kerlchen. Auch wenn ich an ihn glaube, genauso wie an die Wiederkehr unserer schottischen Königin Mary Stuart.« Er hob die Flasche und trank. »Aber eines muß man doch sagen«, fuhr er fort. »Katholiken sind nicht ganz so schlimm. Ihr Gott läßt wenigstens dem Teufel ein wenig Gerechtigkeit widerfahren. Die Protestanten sind viel ärger. Sie tun so, als sei der Teufel eine Art arbeitsloser Theologe.«

Ich sah plötzlich die Tätowierung auf seiner Hand, die jetzt, wo die See ruhig geworden war, sehr entspannt auf einer der Speichen des Steuerruders lag. Ein Katzenkörper mit einem schuppigen Fischschwanz. Er bemerkte meinen Blick.

»Eine Meerkatze«, sagte er. »Sie tötet nicht durch den Blick, wie der Fomóri, sondern durch Zärtlichkeit.«

Ich dachte an Christine. Wie sehr wünschte ich mir, von ihr im Arm gehalten zu werden.

»Mit den Tätowierungen ist es schon eine komische Sache«, fuhr Mackenzie fort. »Sie entspringen dem Wunsch, unsterblich zu sein. Die Haut verfault vom Körper zuletzt. Wenn man Glück hat, wird sie wie bei Mumien zu Leder gegerbt. Meine Vorfahren, die Pikten, haben das schon gewußt. Ihre Sucht, sich am ganzen Körper tätowieren zu lassen, entsprang dem verständlichen Bedürfnis nach wenigstens einem bißchen Unsterblichkeit. Aber es gibt auch Nachahmer, die das nicht verdient haben. Zum Beispiel der komische Kerl, den ich im Hotel von Lochboisdale in der Sauna gesehen habe. Er hatte ein großes Tattoo auf dem Rücken, eine Maschinenpistole. Ich mochte ihn nicht. Die Knarre schien geladen.«

Kaum hatten wir den Landschutz von Iona verlassen, begann die Schaukelei wieder. Diesmal war es lange Dünung, die uns rollen ließ wie eine Blechbüchse auf Kopfsteinpflaster.

»Willst du Fingals Höhle sehen?« fragte er. Natürlich blieb mir nichts anderes, als zu nicken. Er hielt mich für einen Touristen und irgendwie hatte er recht damit.

»Du hast sicher schon von Fingal gehört. Das war Ossians Vater. Ossian ist ein großer keltischer Dichter. Unser Homer. MacPherson hat seine Texte entdeckt. Ich meine nicht Cullum. Es muß irgendein Urgroßvater von ihm gewesen sein. Die Engländer sagen, diese Songs seien Fälschungen. Ich sage dir, sie sind echt. Weißt du, was die Wahrheit ist? Ossians Lieder sind gefälschte Fälschungen. Verstehst du, was ich meine? MacPherson hat die echten Texte 1760 entdeckt und so verändert, daß sie wie Fälschungen aussahen. Dadurch hat er ihre Heiligkeit bewahrt. Jeder kann sie lesen, kann sie laut aufsagen, aber keiner kann sie mißbrauchen. Weißt du, was uns Ossians Gesänge sagen? Ihre wichtigste Botschaft: Fingal, mein Vater, ist stark, weil er nicht denkt, weil er nicht singt. Er vertraut nur dem Schwert und der Liebe. Ich aber, ich, Ossian, sein Sohn, ich bin gespalten vom Schwert des

188

Bewußtseins. Meine Kraft muß sich teilen in die des Armes und die der Stimme, das macht mich so schwach und empfindlich.«

Ich spürte, wie mein Magen genauso zu rollen begann wie die Wellen draußen. Gleich würde ich hinaus an Deck müssen. Da hörte ich Mackenzies Stimme. Laut und tremolierend rezitierte er wie ein wahrer Meister seines Fachs:

> Rollt hin ihr schwarzbraunen Jahre
> Ihr bringt keine Freude in eurem Lauf!
> Lasset das Grab für Ossian sich öffnen,
> Denn seine Kraft ist dahin.
> Die Söhne des Lieds sind zur Ruhe gegangen,
> Nur meine Stimme ist übrig geblieben,
> Gleich einem Windhauch, der einsam
> Einen meerumfluteten Felsen umfächelt,
> Wenn vertobt der Stürme Gewalt ist.
> Im Winde lispelt das dunkle Moos
> Und der ferne Schiffer sieht die wogenden Bäume.

Die letzten Worte hörte ich nur noch schwach, denn ich stürzte hinaus. An Deck war es kalt, und peitschende Salzschauer durchnäßten mich, während ich an der Reling kniete und Fingal meine Reverenz erwies.

17. DIE FREAKS VON LOCHBOISDALE

Fingals Cave auf der kleinen Insel Staffa soll durch die regelmäßigen Basaltsäulen wie ein Haifischmaul aussehen, andere Betrachter sollen eher vaginale Assoziationen gehabt haben. Der deutsche Komponist Mendelssohn war seekrank beim Besuch dieses Naturwunders. Angeblich hört man das seiner Hebridenouvertüre an.

Für mich aber war dies alles im wahrsten Sinne dunkel. Nicht nur brach die Nacht herein. Es war vor allem die Seekrankheit, die meine sämtlichen Rezeptoren und Sinnesorgane schloß und dafür andere Schleusentore öffnete. Da half auch das Angebot Mackenzies nicht, es mit einem neuen Schluck Famous Grouse zu versuchen. Schon das Wort allein jagte mich an die Reling zurück. Überkommende Seen wuschen mir das Gesicht. Ich schluckte Salzwasser, das ich gleich wieder erbrach. »Am besten, du gehst in den Laderaum und legst dich auf die Netze«, sagte Mackenzie. »Ich schicke deine beiden Freunde auch dort hin. Da habt ihr es einigermaßen bequem. Und Eimer, in die ihr kotzen könnt, gibt es auch genug. Hier, nimm die Taschenlampe mit.«

Ich öffnete eine Luke an Deck. Aus der Finsternis des Laderaums quoll mir warme, teerige Luft entgegen. Ich stieg die kurze Leiter hinab, orientierte mich dabei mit der

Taschenlampe und erkannte schemenhaft Berge von Tauwerk, Netzen, Fischerkugeln, Persenninge. Dorthin kroch ich und legte mich hinein. Irgendwie fühlte ich mich geborgen wie Jonas im Bauch des Wals. Vor allem die Vorstellung von Mackenzie im Ruderhaus beruhigte mich. Er war Gottvater in Unterhosen, und er würde meine kurze Schöpfungsgeschichte bestimmt nicht ausgerechnet jetzt scheitern lassen, wo ich in diesen seltsamen Sog eines Mahlstroms aus Magie und Ernüchterung geraten war.

Ich lag noch nicht lange, als ich die beiden anderen kommen hörte. Ich knipste die Lampe an und sah zuerst Christine, wie sie die Leiter hinabstieg. Sie sah ziemlich kläglich und zerzaust aus, ein kleines Kätzchen, das jemand im letzten Moment vor dem Ertrinken bewahrt hatte. Sie stolperte auf mich zu und ließ sich neben mich fallen.

Frank folgte kurz danach, und auch er sah nicht gerade taufrisch aus. Er legte sich auf die andere Seite von Christine. Ich sah, wie ihre Augen meergrün leuchteten im Licht der Lampe. Als ich sie ausknipste, irisierten sie immer noch, ein kurzes Nachleuchten wie von phosphoreszierenden Ziffern und Zeigern einer Uhr.

Dann war es stockfinster. Christines Hand griff nach mir, einmal spürte ich ihren Mund. Er roch nach Erbrochenem. Wieder kam dieses Gefühl über mich, daß dies eigentlich die Frau war, die ich immer gesucht hatte. Daß ihre körperliche Nähe zugleich aber eine große Entfernung bedeutete, ein Phänomen, das irgendwie mit den Verrücktheiten des Riemannschen Raumes in der Relativitätstheorie zu vergleichen war.

Frank schlief ein. Ich hörte sein Schnarchen. Christine drängte sich immer mehr an mich. Einmal hörte ich sie direkt in mein Ohr flüstern: »Piet, ich habe keine Angst, wenn du bei mir bist.«

Ich mußte an Mackay denken. Wäre er hier gewesen, hätte ich mich vielleicht aus diesem Traum befreien können wie eine Fliege, der es gelingt, ein Spinnennetz zu zerreißen. Leider gibt es solche Fliegen nicht. Je mehr sie zappeln, um so mehr verknotet sich das Netz um sie.

Mir war immer noch übel, und diese Übelkeit vermischte sich mit der Lust, die mir Christines Nähe und Zärtlichkeit bereitete. Beide Gefühle wurden ununterscheidbar. Und das verlieh ihnen eine überraschende Kraft. Christine schob sich halb auf mich, und während das Rollen der Schiffes uns auf- und abbewegte, strömte die Zeit aus mir heraus und ließ mich zeitlos zurück.

Plötzlich war es still. Jetzt erst wurde mir bewußt, daß die Vibrationen und das sonore Dröhnen der Maschine allgegenwärtig gewesen waren. Etwas klatschte ins Wasser. Dann wurde die Luke geöffnet, und gegen einen wunderbaren Sternenhimmel wurde die Silhouette Mackenzies sichtbar. »Wir sind da«, sagte er. »Wir haben im Wind und Sichtschatten der kleinen Insel Gasay geankert. Von hier bis zum Ort Lochboisdale ist es nur eine Meile. Sie werden von dort unseren Mast sehen können, aber nicht den Schiffsnamen. Morgen früh bring ich euch an Land. Bis dahin könnt ihr ausschlafen.«

Dies war ein frommer Wunsch, der sich natürlich nicht erfüllte. Wir saßen auf den Netzen und fühlten uns wie in ihnen gefangene Fische. Vielleicht empfanden wir deshalb so etwas wie Zusammengehörigkeit. Wir sprachen kaum, aber wir fühlten uns einander nahe, als Geiseln der Situation. Von der Außenwelt drang nichts in unsere fischstinkende Finsternis, in der es warm war wie im Bauch eines Wales.

Irgendwann holte uns Mackenzie hoch. Er hatte heißen Kaffee gemacht. Dann schickte er Frank nach vorne, um den Anker zu lichten. Wir tuckerten langsam tiefer in den Fjord hinein. Vor uns lag Lochboisdale, eine unansehnliche Ansammlung grauer Häuser. Mackenzie deutete hinaus: »Das Hotel, die Polizeistation, der Rundfunk. Alles, was man braucht für eine Zivilisation am Ende der Welt.«

Der Ort hatte etwas vom Charme eines russischen Straflagers an sich. Mackenzie schien meine Gedanken lesen zu können. »Ich sage dir, ein Jahr an diesem Platz leben, und du hast dich verändert. Du wirst innerlich grau dabei. Und doch gibt es hier jede Menge Patrioten. Außerdem zieht es jeden Sommer die Sportangler scharenweise hierher. Es gibt bestimmt zweihundert Süßwasserseen voller Lachsforellen in der Umgebung. Schaut mal, was da los ist!«

Er nahm das Glas und ließ seinen Blick über die Hügel schweifen. »Sie kommen«, sagte er. »Das Gewürm kriecht herbei. Demnach haben wir gleich elf Uhr, und die Hotelbar öffnet. Es ist Sonntag, und alle Pubs haben geschlossen. Die Hotelbar von Lochboisdale ist wegen einer Sonderkonzession der einzige Fleck auf dieser katholischen Insel, wo es heute etwas zu saufen gibt.«

Mackenzie reichte mir das Fernglas. Ich ließ das runde Blickfeld über die flachen Hügel streichen, ohne daß mir etwas Besonderes auffiel. Gelbliches, tausendmal vom Regen ausgewaschenes Grasland, moorige Hänge mit schwarzbraunen Reliefs, Felsen, die unecht wirkten, weil sie schamhaft in Flechten gekleidet waren. Die Straße mit den Telegrafenmasten voller Seevögel, die auf den Isolatoren hockten, nirgendwo jedoch auf Drähten, weil die nicht mehr vorhanden waren. Offenbar war inzwischen eine unterirdische Stromleitung verlegt worden. Neben einzelnen Häusern hing Wäsche im Garten und wehte wie weiße Parlamentärsflaggen im Wind, mit denen die Inselbewohner für alle Zeiten Unterwerfung unter die ewigen Westwinde mit ihren Regenfronten erklärten. Kaum vorstellbar, daß diese Bettlaken, Hemden und Unterhosen je ganz trocken wurden.

»Siehst du sie nicht?« fragte Mackenzie. »Auf den Hügeln, überall, wie sie konzentrisch auf das Hotel zukriechen? Halbtotes Gewürm, das an die Tränke will.«

Ich hatte sie für Schafe gehalten, jetzt sah ich, daß es Menschen waren. Selbst aus dieser Entfernung war zu erkennen, daß sie auf die eine oder andere Weise verunstaltet waren. Einige bewegten sich schwankend wie Betrunkene, doch lag dies wohl eher an der Mühsal, mit Krücken einen morastigen Boden zu bezwingen. Einer robbte wie ein Tier, weil ihm die Beine fehlten, ein anderer hatte ein riesiges Feuermal. Es gab Kerle mit gewaltigen Kröpfen, mit offenen Geschwüren. Einarmige, Blinde, Taube, Einäugige, Verrenkte, Epileptiker, Spitzköpfe. Diese ungeheure Vielfalt möglicher Deformationen nahmen wir erst später wahr, als wir mitten unter ihnen in der Hotelbar standen, einem rundherum verspiegelten Raum, in dem sich diese Breughelschen Gestalten vervielfältigt hatten.

»Die Freaks von Lochboisdale«, sagte Mackenzie mit ehrfürchtiger Stimme. »Sie kommen aus einem Heim in der Nähe. All die armen Teufel aus Großbritannien, die man hier versteckt, weil die Gesellschaft ihren Anblick nicht ertragen mag. Mischt euch unter sie, dann seid ihr vorerst sicher. Bessere Bodyguards könnt ihr euch nicht wünschen.«

Er hatte uns an der Pier abgesetzt, und wir waren seinem Rat gefolgt und standen jetzt in einer dichtgedrängten Menge Behinderter, von Geburt an Entstellter und von Krankheiten Gezeichneter. Das Merkwürdige war, daß ich mich nach kurzer Zeit viel verunstalteter fühlte als diese Leute. Gewiß, ich war groß, überragte alle um mindestens einen Kopf, aber das war es nicht allein. Im Kreise dieser Menschen herrschten andere Regeln der Schönheit, des Ebenmaßes. Mindestens so richtige Regeln wie in einer Ballettschule oder unter Mannequins. Christine kam mir zum erstenmal fast häßlich vor, ganz zu schweigen von Frank, der mit seiner intakten Physis grob und primitiv wirkte.

Eine der Schönheitsregeln, die hier zu gelten schienen, bestand offenbar darin, daß sich bei diesen Leuten die Fröhlichkeit alle möglichen Ausdrucksformen ohne die gängigen Klischees suchen durfte. So viele Arten von Lächeln hatte ich noch nie erlebt. Hasenscharten, Zahnlosigkeit oder andere Defekte waren fähig, Signale der Lebensfreude und Sympathie aufs Erstaunlichste zu variieren. Fehlende Gliedmaßen waren kein Hindernis, sondern eher Anlaß, ein von vielen Seelen angefachtes Feuer der Nähe zu schüren. Die gegenseitige Hilfsbereitschaft hatte nichts Karitatives, sie war eine Form der Kommunikation.

Es war so voll, daß es unmöglich war, an den Tresen vorzudringen, und so schwebten die Pintgläser und Wee Drums, von ausgestreckten Händen weitergereicht, über die Köpfe hinweg, um zielsicher bei dem jeweiligen Besteller zu landen. Das galt auch für das Essen, das ausgegeben wurde. Es sah zwar schrecklich aus, ein brauner Brei, der fast nichts kostete, doch er schmeckte köstlich. Offensichtlich war ich auf der Suche nach den Hyperboräern ein ganzes Stück vorangekommen. Denn dies hier waren Menschen, die glücklicher wirkten als wir, wahrscheinlich weil sie nicht mehr von den üblichen Zwängen der Konkurrenz unter Gesunden und Normalen geplagt wurden. Hier herrschte keine gegenseitige Mißgunst, kein Neid. Auch wir mit dem Makel der Normalität wurden sofort integriert.

Während ich mein Bier trank, fiel die Angst von mir ab wie eine dünne Schale. Neben mir stand ein kleiner Mann, dem der halbe Unterkiefer fehlte. Er lächelte mit nur einer Reihe Zähne. Untergehakt sein Freund, dem die Nase und die oberen Zähne fehlten. Beider Lächeln ergänzte sich zu einem wunderschönen, kompletten Gebiß. »Sie sind künstlich«, sagte er. »Unsere Beißerchen.. Wir streiten uns immer, weil wir das gleiche Glas benutzen, um unsere halben Gebisse hineinzulegen.«

Neben ihnen stand ein Mann mit einem riesigen Buckel, der an einen zentnerschweren Sack erinnerte, der ihn niederdrückte. »Es gibt nur zwei interessante Zustände im Leben«, mischte er sich mit einer flachen, keuchenden Stimme ein, »das sind Verzweiflung und Vergeblichkeit. Beides hängt natürlich zusammen. Die Verzweiflung ist das bittere Ende der Vergeblichkeit, und umgekehrt, die Vergeblichkeit ist das süße Ende der Verzweiflung.« Er begann zu kichern, drehte sich von uns weg und deutete in den Spiegel, in dem sich all die Grimassen und Glieder zu einer Traumvision meines Namensvetters Hieronymus Bosch fügten. »Gottes Kreaturen«, sagte der Bucklige. »Seht sie euch an. Gott erschuf den Menschen nach seinem Ebenbilde, heißt es. Ihr könnt daraus schließen, was er sich für Scherze mit sich selbst geleistet hat.«

Ein anderer drängte sich heran. Tränen liefen ihm in einem beständigen Strom über die Backen. Daß dies kein Zeichen von Traurigkeit war, sondern die Folge eines chronisch gereizten Tränenkanals, war seinen Worten zu entnehmen: »Das Leben ist schön«, heulte er, »wenn man sich nur klar genug macht, daß es bald zu Ende ist. Ein Bier muß man trinken, sonst wird es schal.« Ich stieß mit ihm an und leerte mein Glas in einem einzigen Zug.

Plötzlich entstand Bewegung in einer Ecke des Raumes. Sie ging von der Eingangstür aus. Ein kalter Luftzug fuhr zwischen uns, dann Schüsse, Schreie, Pöbeleien, zerbrechendes Glas. Der Spiegel hinter mir überzog sich mit dem radialen Muster eines Spinnennetzes. Schwarze Einschußlöcher stanzten die Wand. Die Batterie von stehenden und hängenden Flaschen in der Bar zerbarst und Alkohol spritzte in Fontänen über uns. Alles nahm ich mit jener übertriebenen Langsamkeit, jenem Zeitlupeneffekt wahr, wie er typisch für extreme Streßsituationen ist. Endlich warf ich mich auf den Boden, hinter einem Körper Schutz suchend. Es war der kleine Mann mit dem halben Unterkiefer. Er starrte mich aus größter Nähe aus gläsernen Augen an, deren Pupillen die kalte Schwärze des Weltalls hatten. Auf seiner Stirn prangte ein kleines, rotes Mal. Wie der Schönheitsfleck einer Dame sah es aus, die durch ein rundes Stückchen Taft die Reinheit ihres Teints betonen will. Es war der Teint des Todes, und er war makellos. Jetzt quoll eine winzige Fontäne von Blut aus seiner Stirnwunde und besprühte mein Gesicht. Warmes, süßes Blut. Ich schrie. Jemand packte mich bei den Schultern und zerrte mich hinter einen umgestürzten Tisch. Frank war es. Ich roch sein Aftershave. Er begann, rückwärts zu robben.

»Wir müssen hier raus«, brüllte er.

»Wo ist Christine?« schrie ich.

Die Frage hatte alle meine Lebensgeister geweckt. Ich sprang auf, zog die Pistole aus dem Schulterhalfter und ging hinter einer Eisensäule in Deckung, so wie ich es in vielen Kursen immer wieder geübt hatte. Von hier aus übersah ich die Szene. Die teilweise noch intakten Spiegel produzierten Ausschnitte des Panoramas, ein Kaleidoskop der Zerstörung, kubistische Deformationen, eine zerbrochene, zerstückelte Welt.

Die Schießerei hatte aufgehört. Die plötzliche Geräuschlosigkeit im Raum war beängstigend. Körper, die schon im Leben verrenkt waren, lagen da und boten den Anblick von Ertrunkenen. Von einem sadistischen Künstler am Boden des Meeres hindrapiert, schon halb verwandelt in anderes Leben, das primitive Organismen wie Würmer und Krebse in diese Menschenhülsen hineintrugen.

Jetzt wurde es wieder laut. Schreie züngelten zur Decke. In der Nähe des Eingangs wogten Leiber übereinander, klumpten sich zusammen, verknoteten sich, wälzten sich voran. Gereckte Arme mit Biergläsern in der Hand, andere Gegenstände wie Flaschen und große Aschenbecher flogen durch die Luft. Einige der Kämpfer hielten Stühle als Schilde vor sich. So näherten sie sich drei Kerlen, die sich in verschiedene Ecken des Raumes zurückgezogen hatten. Der eine versuchte gerade, das Magazin einer Maschinenpistole zu wechseln. Die Freaks hingen wie Kletten an ihm und den beiden anderen. Sie schlugen, kratzten, spien, bissen.

Plötzlich begriff ich: dies war der berühmte Highlandcharge. Hier wurde zwar mit ungleichen Waffen gekämpft, mit Händen und Zähnen gegen Stahl und Schießpulver, doch die Moral, die Tapferkeit, der Glaube an den Sieg war anscheinend auf seiten der Unterlegenen. Wieder fielen Schüsse. Ich versuchte vergeblich zu erkennen, was ablief. Die Eindringlinge waren nicht mehr zu sehen. Der Menschenklumpen hatte sie verschlungen und begann sie zu verdauen wie ein großes, vielbeiniges Insekt, das sein

198

Opfer erst betäubt und dann mit einem Sekret in eine Flüssigkeit verwandelt.

Ich steckte die Pistole wieder ein, näherte mich, sah, wie sich das Knäuel entwirrte, sah drei Körper am Boden liegen, in denen weder Leben war noch irgend etwas daran erinnerte, daß es jemals in diesen zertrümmerten Hüllen gewohnt haben mochte. Die drei Angreifer waren selbst zu Monstern geworden; sie waren jetzt mindestens genauso verzerrt und verunstaltet wie die Behinderten, die sie getötet hatten. Bis zur Unkenntlichkeit verstümmelt, nennt man das im Fachjargon. Erkennbar war nur noch die Haarfarbe von zweien, trotz des Blutes. Der eine war blond, der andere schwarzhaarig.

Ich kniete nieder und durchsuchte die Leichen. Nichts, keinerlei Papiere, keinerlei Hinweise auf ihre Identität. Mit einer Ausnahme. Die Kleider der einen Leiche waren so zerfetzt, daß ich die Tätowierung auf dem Oberarm erkannte: eine nackte Frau, deren Brüste jetzt schlaff und blutbeschmiert waren. Ich drehte den Kadaver um und riß das Unterhemd auf. Die andere Tätowierung kam zum Vorschein. Eine Kalaschnikow.

Jemand tippte mir auf die Schulter. Es war der kleine Mann, dem die Nase und die oberen Zähne fehlten. Er weinte. »Mein Freund ist tot. Ich werde nie wieder vollständig sein. Macht, daß ihr fortkommt«, schluchzte er. »Verschwindet. Ihr habt genug Unheil über uns gebracht. Die Polizei wird gleich kommen.«

Ich protestierte. Doch er schnitt mir das Wort ab. Auch andere Freaks standen jetzt drohend neben ihm. »Die wollten euch umbringen. Uns jedenfalls nicht, wir sind ja schon so gut wie tot.«

»Haut ab«, mischte sich ein großer Kerl mit einem Spitzkopf ein. »Ich nehme an, ihr habt etwas bei euch, was die

Bullen nichts angeht. Also, nichts wie weg mit euch, ehe die Polizei kommt. Wir brauchen hier keine Drogenhändler.«

Sie rückten immer näher, schlossen mich ein wie eine bizarre Mauer. »Moment, ich muß unbedingt telefonieren«, rief ich. Ich verspürte den dringenden Wunsch, Dale Mackay um Rat zu fragen.

»Zwecklos«, sagte der Spitzkopf. »Das Telefon hat was abbekommen. Es ist mausetot wie die drei da.«

»Und wieso ist dann die Polizei informiert?«

»Sie ist nicht informiert. Aber gegen Zwölf kommt immer der Officer vorbei, um einen zu heben. Das ist in zehn Minuten. Ihr habt also nicht mehr viel Zeit zu verschwinden.«

»Piet, sie haben recht. Komm, wir gehen.« Es war Christines Stimme. Und sie hatte eine Autorität, wie ich sie bisher noch nicht an ihr bemerkt hatte.

Die Freaks machten Platz, fast ehrfürchtig wie mir schien, und ließen Christine zu mir durch. Sie mußte sich während der Ballerei irgendwo versteckt gehalten haben. Jetzt stand sie vor mir, legte mir beide Hände auf die Schultern und sah mir in die Augen. Mir fiel auf, daß ihre Halsnarbe fast verschwunden war. Da war nur noch eine dünne, weiße Linie, die sich kaum von der umgebenden Haut abhob. »Komm Piet, wir haben hier nichts verloren.«

»Christine«, flüsterte ich. »Ich habe solche Angst um dich gehabt.«

Sie lächelte. »Und ich um dich, Piet.« Ihr Blick hatte hypnotische Kraft. Ihre Lippen öffneten sich. Sie wirkten weich, molluskenhaft. Sie zog meinen Kopf zu sich und küßte mich. Ich schloß die Augen, und es war, als ob wir ineinander versänken.

Wir folgten den anderen ins Freie. »Wo ist Frank?« fragte ich Christine, die sich bei mir untergehakt hatte. »Er sitzt schon im Bus«, sagte sie. Und wirklich, da stand ein solches Fahrzeug ein Stückchen die Straße hinauf.

Als wir losfuhren, sah ich einen Mann in Uniform die Straße heraufkommen und den Weg zum Hotel einschlagen. Er schwankte ziemlich, als hätte er bereits dafür Sorge getragen, daß ein letztes Pint an diesem heiligen Sonntagmittag ihre befriedigende Wirkung nicht verfehlen konnte.

18. MÖBELGEISTER

Nie in meinem Leben hätte ich geglaubt, daß ich eines Tages als Fahnenflüchtiger den Schauplatz eines Gefechtes verlassen würde. Ich verstieß gegen Gesetze, gegen den Ehrenkodex meines Berufs, und das Verrückteste dabei war die Tatsache, daß es mir egal war. Ich war ganz offensichtlich nicht mehr bei Sinnen. Christine saß neben mir und hielt meine Hand. Sie streichelte sie sanft mit dem Finger. Ich sah, daß sie einen Ring an ihm trug. Er war aus Gold, und die Fassung, in der einst ein Stein geprangt haben mußte, war leer. »Was ist das für ein Ring?« fragte ich. »Auch ein Geschenk deiner Mutter?«

»Ja, sie hat ihn noch auf dem Sterbelager getragen. Als sie starb, zersprang der Stein darin in tausend Splitter.«

Die Straße war ein endloses, schwarzes Band aus Asphalt, ein Trauerflor am Revers des Nichts. Offenbar hatte niemand hier am Westende der Welt versucht, eine richtige Trasse zu bauen. Und so tanzte der Verlauf der Straße mit den Hüftschwüngen der hügeligen Landschaft vor unseren Augen.

Vor den wenigen Häusern sah ich wieder überall Wäsche hängen. Lag es daran, daß dies einer der wenigen Wintertage war, wo die Sonne ihre Gegenwart andeutete zwischen kurzen Schauern?

Ein Regenbogen von einmaliger Farbkraft überspannte die Insel. Die Telegraphenmasten hatten auch entlang dieser achtzig Kilometer langen Straße, die sich wie die Mittelgräte eines Fisches über ganz South und North Uist erstreckte, keine Leitungen mehr. Eine seltsame Allee toter Stämme. Die Drähte waren gekappt. Auf den Isolatoren hockten Möwen, jede auf einem Sockel aus weißem Porzellan.

Die Baumlosigkeit der Landschaft begann mich mehr und mehr zu bedrücken. Wir in den Niederlanden sind ja auch nicht gerade von Waldreichtum verwöhnt. Aber wir haben wenigstens unsere richtigen Alleen, solche, wie sie Van Gogh gezeichnet hat. Sie geben der Landschaft Perspektive, machen die Weite überhaupt zu dem, was sie ist, nämlich zu einem Revier der Bewegung. Immer erscheinen mir Alleebäume als Wanderer, die beidseitig der Straße innehalten, um etwas zu verschnaufen. Dann gehen sie weiter, auf den Fluchtpunkt zu, oder aber dem Betrachter entgegen. Sie bewegen sich übrigens immer nur dann, wenn man nicht hinsieht. Kaum schlägt man die Augen auf, erstarren sie in allen möglichen Verrenkungen.

Wir verließen den Bus als letzte Gäste am Fährenanleger am Nordende der Insel und querten den Sound of Harris nach Rodel. Wir kamen in eine andere Welt, auch wenn die Natur sich hier genauso sparsam zeigte in ihren Ausdrucksformen. Stein, Wasser, Moor, Heide, Gras und Himmel, sonst nichts. Doch die Welt auf Harris war in Wirklichkeit anders, weil sie nicht mehr katholisch war, sondern protestantisch. Dies bedeutete, daß alles noch ein Quentchen karger ausfiel.

Das Hotel Rodel war saisonbedingt geschlossen. Nur die Bar hatte geöffnet. Ein schmuckloser Raum, gegen den die Hotelbar von Lochboisdale geradezu italienisch barock gewirkt hatte. Functional Bar nannte man das hier. Zweck einer solchen Institution ist ausschließlich das Betrinken.

Es gab einen besonderen Whisky hier, aus Flaschen ohne Etikett, den Whisky der englischen Königin. Seit sie einmal hier übernachtet hatte, hatte das Rodel die Lizenz für diese Besonderheit. Er schmeckte weich, unschottisch, fast wie Kognak.

Wir waren erschöpft und baten um ein Zimmer. Wenn wir auf die Heizung verzichten würden, dürften wir eine Nacht bleiben, hieß es.

Die Innenräume des Hotels zeugten von altem Glanz. Alles war von weißen Tüchern verhüllt, der Flügel, die Sessel und Sofas, die Stühle und Tische und Schränke. Eine surreale Schneelandschaft im Inneren eines alten, modrig riechenden Palastes.

Frank und Christine legten sich in ein großes kaltes Himmelbett und schliefen sofort ein. Ich ging noch einmal in die Bar hinunter und telefonierte mit Dale Mackay. Es war wie eine Bluttransfusion, die zu spät kam.

»Ihr schreibt da oben auf den Western Isles anscheinend Geschichte. Jeder redet inzwischen von der Battle of Lochboisdale«, sagte der Inspector. »Wahrscheinlich werden bereits die entsprechenden Balladen verfaßt. Ich habe mit Chief Inspector Sinclair von der örtlichen Polizeistelle geredet, als er wieder nüchtern war. Er stand ziemlich unter Schock. Er leitet die weitere Untersuchung. Ein guter Mann. Daß er so viel trinkt, muß an der tristen Umgebung liegen: Anders kann man es wohl nicht auf Uist aushalten. Wo seid ihr jetzt? Ich werde wohl einen Fahndungsbefehl nach euch ausgeben müssen.«

»Auf Harris. In einem Hotel. Morgen soll es weitergehen. Wir wollen über Neujahr nach Rousay. Meine Freunde haben da ein Haus.«

»Du bist also nicht mehr im Dienst. Wenn man den Liebesdienst nicht mitrechnet. Ein straffälliger Ex-Polizist. Wie romantisch.«

»Doch, Inspector Mackay«, sagte ich. Meine Stimme klang fast beleidigt. »Ich bin durchaus noch im Dienst. Und es gibt Indizien dafür, daß ich sogar auf der richtigen Fährte bin.«

»Piet, ich will mich nicht einmischen. Ich weiß allerdings auch nicht, warum ich soviel Vertrauen zu einem Mann habe, den ich noch nie gesehen habe. Deine Stimme klingt nicht übel. Dein Englisch hat einen süßen Akzent. Überzeugend. Du könntest in Schottland als Losverkäufer dein Glück machen.« Dale lachte herzlich. »Aber weißt du eigentlich, daß ich dich wegen Begünstigung, Verdunklung, unterlassener Hilfeleistung und allen möglichen sonstigen Vergehen wie eventuell Totschlag steckbrieflich suchen lassen müßte? Du warst doch bei der Battle of Lochboisdale dabei. Warum hast du als Polizist nicht eingegriffen?«

»Es war schon zu spät. Die Schlacht war bereits geschlagen. Aber ich habe die Leichen der drei Angreifer untersucht. Nichts.«

»Sinclair hält sie für Drogendealer aus dem Ausland. Sie waren als Filmteam getarnt, wohnten im Hotel, hatten Kameras dabei, große Dinger, in denen Waffen und Munition versteckt waren. Der Markt für harte Drogen ist zwar auf den Western Isles nicht groß, aber die Gegend ist ideal für den Schmuggel. Die Hebriden waren schon immer Schmugglerland. Für ein Schiff ist es heute noch möglich, hier unbeobachtet irgendwo zu ankern und seine heiße Ladung an Land zu bringen.«

»Ich bin müde«, sagte ich brüsk. »Ich lege mich jetzt in irgendein Bett.«

Dale Mackay seufzte. »Zu dieser Schottin vermutlich.

Ein letztes Wort, Piet. Ich habe etwas herausgefunden von wegen Sobieski: irgendein polnischer Adel, der mit den Stuarts weitläufig verwandt ist. Auch eine andere Information interessiert dich vielleicht. Ich habe sie von dem Busfahrer, der Touristen um Loch Ness fährt auf einer sogenannten Monstertour. Genau dort, wo die Sobieski-Taucher stationiert waren, bei Foyers, ist in den dreißiger Jahren die Frau eines Großgrundbesitzers aus der Gegend ertrunken. Das Boot ist gekentert, die Söhne konnten an Land schwimmen, aber die edle Dame nicht. Ihr Gatte hat damals Taucher engagiert, um den Leichnam bergen zu lassen. Man munkelte seinerzeit, daß dies nicht aus Liebe geschah, sondern wegen des Schmucks, den sie trug. Der Einsatz der Taucher blieb freilich vergeblich. Es heißt, sie sollen nach ihrem Tauchgang kreidebleich gewesen sein und zu Tode erschrocken über etwas Grauenhaftes, das sie dort unten gesehen haben. Es war jedoch nichts aus ihnen herauszubekommen. Der Busfahrer meinte, es gibt riesige, drei Meter lange Aale dort unten. So, jetzt habe ich deine Geduld genug strapaziert. Melde dich bitte regelmäßig. Ich habe hier eine große Landkarte in meinem Büro. Da stecke ich Fähnchen hinein, wo du jeweils bist. Man könnte schon jetzt einen kompletten Reiseführer durch die Highlands danach schreiben.«

Ich legte auf und ich ertappte mich dabei, zufrieden zu lächeln. Ein wahrer Freund, dieser Dale Mackay. Wenn alles vorbei war, würde ich ihm dankbar die Hand schütteln. Aber Christines Hand bedeutete mir nun einmal mehr. Trotzdem hatte ich ein schlechtes Gewissen. Ich hatte Mackay nicht verraten, daß ich den einen Toten identifiziert hatte und daß daher die Drogenthese nicht haltbar war. Es ging um etwas anderes. Es ging, da war ich mir inzwischen sicher, um das Halsband, das ich immer noch im Innenfutter meiner Jackentasche bei mir trug.

Ich trank noch einen weiteren Whisky. Der Wind pfiff um die Hausecke, an der die Bar lag. Dann betrat ich den kaum beleuchteten Hotelflur. Er führte am großen Salon vorbei. Die Tür stand offen. Drinnen brannte eine Kerze und warf ihren flackernden Schein auf die weißen Möbel in ihren Leichenhemden. Ich ging hinein. Sie lag auf dem Sofa. Da sie ein weißes Nachthemd trug, sah man auf den ersten Blick nur ihr Haar und ihre Augen. Ich schloß die Tür und näherte mich ihr. Sie öffnete die Arme und zog mich zu sich. »Es ist kalt hier«, flüsterte sie. »Wärme mich.«

»Was machst du hier?« fragte ich unbeholfen, während ich mich neben sie legte und die Decke über uns zog. »Ich konnte nicht schlafen. All die toten Menschen. Sie geistern mir im Kopf herum.«

Sie erhob sich halb und blies die Kerze aus. Irgendwo mußte noch ein wenig Licht in den Raum fallen, denn ich sah die von Tüchern bedeckten Möbel im Raum fahl schimmern. Sie wirkten wie schlafende Monster, wie verwunschene Geister, die ihren Daseinszweck vergessen hatten. Oder etwa doch nicht ganz? Ich meinte, Musik zu hören. Leise Klaviermusik, die von dem verhüllten Flügel her kam.

»Hörst du?« flüsterte ich.

»Ja«, flüsterte sie zurück. »Ich höre es. Da spielt der Sommer. Es klingt ein wenig verstimmt, aber es wärmt trotzdem.«

Sie zog ihr Nachthemd aus, und ich sah sie mit den Händen. Ich tastete über ihren Hals, fühlte die Narbe wie eine feine Schnur. Wieder erlebte ich diese Himmelfahrt mit ihr, die die Welt auf den Kopf stellte, so daß die Reise senkrecht nach unten zu gehen schien genau in den Mittelpunkt der Erde.

Am nächsten Tag nahmen wir den Bus nach Stornoway. Hier trafen wir endlich wieder auf richtige Bäume. Eine riesige Versammlung großer alter Eichen und Ulmen in einem verschneiten Park. Fast ein Wunder am windigen Rande des Kontinents. Ich wäre hier am liebsten länger geblieben. Alles, was nach Entscheidungen schmeckte, löste Angst bei mir aus. Ich fühlte mich halb krank, matt, wie nach einer Pilzvergiftung. Der verschneite Park mit den Bäumen, Christine an der Hand. Endlose Spaziergänge, das war meine Vorstellung von Glückseligkeit.

Aber Christine drängte. »Heute ist schon der Achtundzwanzigste. Wenn wir die nächste Fähre nehmen, schaffen wir es noch bis Thurso. Dann können wir morgen abend in Rousay sein. Das reicht gerade für die Silvestervorbereitungen. Das Haus ist ausgekühlt. Alles ist feucht. Frank, du weißt, daß wir mindestens einen Tag voll heizen müssen, bis es erträglich ist. Silvesterabend wollen wir richtig schön feiern. Wir werden ein großes Dinner machen und anschließend die Runde um die Insel drehen wie jedes Jahr. Piet, du wirst phantastische Leute kennenlernen. Den alten Inselgeiger. Wir haben ihn die letzten Jahre nicht mehr besucht. Den Fehler werden wir diesmal nicht machen. Und vor allem meinen guten Freund Jim Westness.«

Man sah ihr die Vorfreude an. Ihre Augen glänzten. Niemand hätte ihren Wünschen widerstehen können. Sie küßte erst Frank, dann mich auf die Wange. »Ihr seid beide gute Kerle«, entschied sie. »Wir wollen zur Post fahren und im Hotel Orchy anrufen. Ich will meine Sachen zurück. Stellt euch vor, die Spiegel, die Leuchter, der Pilz, wir werden für Silvester dekorieren. Außerdem brauchen wir das Auto.«

Ich weiß nicht, wie sie es geschafft hatte, durch welche Versprechungen. Als wir in Ullapool einliefen, stand jedenfalls Franks Auto auf der Pier. Jerry winkte und Billy entrollte neben ihm eine Fahne. Ich vermute, es war die seines Clans, die er bei der Schlacht von Cullodden geführt hatte.

19. JIM WESTNESS

Auf dem Platz am Hafen von Stromness stand eine Bank und darauf saß ein Mann. Er trug eine Schiebermütze und hatte ein rotes Gesicht. Neben ihm eine Flasche, aus der er ab und zu trank. Whisky konnte es nicht sein, denn die Flüssigkeit war klar. Ich näherte mich ihm. Er sah mir entgegen, das Gesicht zu einer einzigen komischen Grimasse verzogen. Er schielte so stark, daß es unmöglich war, sich von ihm angesehen zu fühlen.

»My name is Chock«, sagte er und reichte mir eine schwielige Hand. »I was sailing round the globe. Mañana, that's Spanish.« Dies schien so ungefähr sein ganzer Sprachschatz zu sein.

Wieder und wieder hörte ich von ihm diese drei Sätze, den ganzen Tag über, denn wir verbrachten ihn zusammen. Ich glaubte ihnen allen dreien aufs Wort. Sie stimmten wie Naturgesetze. Daß Chock um den ganzen Erdball gereist war, schien sein Blick mimisch auszudrücken. Er war einmal mit, einmal gegen die Erddrehung gesegelt. Vielleicht beides zu gleicher Zeit. Seine Nasenwurzel war Kap Horn, da mußte sein Blick herum, mit oder gegen den Wind. Denn Chock mußte nach Spanien. Er trank Tequila und kaute dabei salzigen Stockfisch, besser gesagt, er lutschte ihn, denn Chock verfügte nicht mehr über Zähne.

Beides, den Schnaps und den Fisch, mußte ich mit ihm teilen. Ein echter Seemann auf einer Bank, das war, als ob die Tatsache, alt und seßhaft geworden zu sein, einem bitteren Los gleichkam, das zur Flasche zwang. Chock hatte nun auf seinen Erinnerungen angeheuert. Er kreuzte mit seinem schielenden Blick gegen den stürmischen Westwind nach innen und fand dort seine Erinnerungen vor, auf ein einziges, winziges Inselchen reduziert, auf dem Spanisch gesprochen wurde, das Esperanto der Entdecker: »I was sailing round the globe. Mañana. That's Spanish.«

»Chock«, sagte ich. »Was hältst du vom Leben?«

»I was sailing round the globe«, antwortete er mit Tränen in den Augen, die vom beißenden Wind herrührten, der um die Ecke fuhr und unsere Kleider flattern ließ wie schlecht gesetzte Segel. Er hob die Flasche, tippte gegen sie wie an ein Wetterglas. »Mañana. That's Spanish.« Dann reichte er sie mir.

Die Fahrt durch den Pentlandfirst war ein Affentanz über hohe flaschengrüne Wellenberge und -täler gewesen. Es gibt vielleicht kein Fahrwasser auf dieser Welt, das mehr Schiffen zum Verhängnis wird. Die Gezeitenströme sind bis zu zehn Knoten stark. Das Meer ist hier sehr tief, ein echter Abgrund, in dem Grundseen lauern.

Nach zwei Stunden war endlich Hoy aufgetaucht wie eine Vision, diese rote Steilküste, an der seit Jahrhunderten Schiffe zerschellten. Dann war es ruhiger geworden. Wir waren in die Hamnavoe-Bucht eingelaufen, die dem Hafen von Stromness die ideale Lage gibt.

Stromness ist eine alte Walfängerstadt. Nach wie vor geht es hier um Öl, obwohl jetzt die Erde selbst der Wal ist, den man von Ölplattformen aus mit kilometerlangen Harpunen ansticht. Die Römer und die Wikinger sind schon hier gewesen. Später hatte die Hudson Bay Company von diesem Hafen aus die Erschließung Nordamerikas betrieben.

Immer noch ist Stromness mit seinen engen Gäßchen, den Steinplattenwegen, den alten, trocken gemauerten Piers ein durch und durch maritimer Ort. Chock wirkte auf mich wie der letzte Hüter seines Mythos. »Mañana«, sagte ich. Er trank und reichte mir die Flasche. »That's Spanish«, ergänzte er und beendete so unseren Dialog.

Wir nahmen den Bus über das Mainland zum Anleger der kleinen Fähre, die einmal am Tag nach Rousay ablegt. Die Überfahrt über den schmalen Sund von Eynhallow läßt sich nur bei einigermaßen gutem Wetter bewerkstelligen. Nicht wegen der Dünung etwa, sondern wegen der auch hier gewaltigen Strömungen zwischen den Inseln. Sie erzeugen Strommallungen, harte, kurze Kreuzseen, steile Wellenfronten, in denen sich ein offenes Boot förmlich festfressen kann.

Wir hatten Glück. Das Wetter war erstaunlich gut. Stahlblauer Himmel, das Licht des Nordens, frische Farben überall, reingewaschen von vergangenen Regenschauern. Man sah sie noch in der Ferne als lange, wallende Vorhänge aus abziehenden Wolken im Osten hängen.

Rousay ist klein. Eine einzige Straße führt um die Insel. Sie ist nicht länger als gerade mal zwanzig Kilometer und in teilweise schlechtem Zustand. Es gibt nur zwei Autos. Eines davon wartete auf uns am Pier.

Wie eine Flunder liegt Rousay im kalten Wasser von Nordsee und Atlantik. Die höchste Erhebung der Insel beträgt zweihundertfünfzig Meter. Einige der Farmen rechts und links der Straße sind verlassen. Die Nässe der ewigen Westwinde ist dabei, sie in Schwämme zu verwandeln.

Häuser haben hier etwas Vegetatives. Sie scheinen mehr als nur Schutz zu bieten. Sie sind auch so etwas wie Kirchen, in denen nur eine Religion zelebriert wird: das nackte Überleben. Dies gilt auch im psychischen Sinne. Hier das ganze Jahr verbringen, heißt einen Kraftakt gegen Depressionen vollbringen.

Wir fuhren die Straße nach Nordwesten am Eynhallow Sound entlang. »Da drüben liegt es.« Christine deutete auf ein schwärzliches Gebäude abseits der Straße. Aus dem Schornstein quoll gelber Rauch. »Das ist der Hof des alten Geigers. Er hat den Kamin an. Also stimmt es, daß er noch lebt. Übermorgen werden wir Gewißheit haben, wenn wir den Silvesterrundgang machen.«

Ein Häuschen tauchte auf der rechten Straßenseite auf, das wie alle anderen auf der Westseite von Moos und Schimmel bedeckt war. Wir hielten und bezahlten den Fahrer. Es war Franks Kate. Nicht weit davon erhob sich ein großer Schuppen, seine ehemalige Werkstatt und Galerie.

Es war ein armseliger und dennoch poetischer Platz. Man konnte von hier über den Sund auf die Mainlands blicken. Das Häuschen duckte sich an einen heidekrautbewachsenen Hang. Ein Wasserfall rauschte über roten Fels und versorgte eine Zisterne.

Frank entfernte die Bretterverschalung der Fenster und entfachte mit einiger Mühe den großen Kamin. Alle möglichen elektrischen Radiatoren wurden angestellt. Kerzen brannten. Christine wusch die salzverkrusteten Fenster, so daß man bald auch von drinnen auf den Sund sehen konnte. Die klamme Kälte wich nur langsam. Wir saßen in unseren Mänteln und Wetterjacken nahe am Feuer und aßen Baked Beans aus Dosen.

Die Dunkelheit kam früh. Es war stockfinster, als wir

in Gummistiefeln und geleitet vom kräftigen Strahl einer großen Taschenlampe durch den einsetzenden Regen über den Heideboden zum einzigen Laden der Insel stolperten. Wir kauften für die Feiertage ein. Einen tiefgefrorenen Truthahn, Kartoffeln, Bier, zwei Flaschen Chianti, die sich hierher verirrt hatten wie Flaschenpost aus einer unvorstellbar fernen Welt.

Als wir später vor dem Feuer saßen und Rotwein tranken, spürte ich die Einsamkeit wie einen Gegenstand, vergleichbar einem feinen Staub, der alle Ritzen und Winkel des Daseins hier durchdrang. »Ist es nicht herrlich hier?« sagte Christine. Im Widerschein des Feuers sah sie schöner aus denn je. »Rousay ist einmalig. Keine Insel hat solch eine Ausstrahlung. Wenn du nicht aufpaßt, frißt sie dir das Herz und den Verstand. Dann kannst du nie mehr hier weg.«

»Warum seid ihr überhaupt weggegangen?« fragte ich.

Sie seufzte. »Es lag nicht nur am Geld, am Mangel an Kundschaft. Es ist auch das Wetter. Die Natur kann hier so aggressiv sein, daß du krank davon wirst. Warte ab, Piet, du wirst es wahrscheinlich morgen schon merken. Hör nur genau hin, die Natur sammelt gerade ihre Kräfte. Bald schlägt sie wieder los.«

Ich lauschte. Man hörte das Dröhnen der Brandung von der Nordküste, gleichmäßige Paukenschläge, die das Haus erzittern ließen. Dazwischen die hellen Zimbeln des Regens gegen die Scheiben, und hin und wieder die Fanfare einer Bö.

Frank klopfte gegen ein altes Barometer, das neben dem Kamin hing. »Es fällt rapide«, sagte er. »Morgen ist hier die Hölle los. Gehen wir lieber früh zu Bett. Wenn der Sturm losbricht, ist an Schlaf nicht mehr zu denken.«

Ich schlief gut in dieser Nacht. Ich erwachte spät und nahm als erstes ein heißes Bad. Das Wasser der Zisterne lief über Rohre durch den Kamin und wurde so angewärmt.

Christine hatte sich über Nacht in eine fürsorgliche Gattin und Hausfrau verwandelt. Sie wischte Staub, während Frank die Böden kehrte und schrubbte. Ich wollte mit Mackay telefonieren, aber es stellte sich heraus, daß Franks Telefon abgestellt war.

»Du kannst dir die Insel ansehen«, sagte Christine. »Wenn du die Straße Richtung Westness weitergehst, kannst du bei Jim telefonieren. Da draußen gibt es übrigens eine Sehenswürdigkeit. Eine keltische Siedlung. Midhowe Broch. Wenn du noch weiter Richtung Atlantik gehst, kommst du an eine Küste, die einmalig ist. Sacquoy Head. Ich war heute morgen schon da. Es ist phantastisch! Das Meer spielt dort fast immer verrückt, weil der Atlantik hier mit seinen Wassermassen auf die flache Nordsee trifft.«

So belehrt machte ich mich auf den Weg. Der Wind war inzwischen derart kräftig geworden, daß ich mich immer wieder an Zaunpfählen festhalten mußte. Ich ging an einem größeren Anwesen vorbei, das sogar einen kleinen Wald im Windschatten der Gebäude sein eigen nannte. Windwüchsige, krüpplige Eichen. Sie waren angetreten wie eine kleine Eliteeinheit knorriger Kämpfer gegen den ewigen Westwind, Partisanen einer Vegetation, die die Atlantiktiefs vertrieben hatten.

Ein Mann lehnte am Gatter. Er winkte mich herbei, und ich stapfte durch den knöcheltiefen Lehm, bis ich vor ihm stand.

»Willkommen in unserer kleinen Hölle.« Er reichte mir die Hand und stellte sich vor. »Jim Westness. Das da ist meine Farm. Ich habe zehn Rinder und sechzig

Schafe. Das ist zum Leben zu wenig und zum Sterben zuviel.«

Jim Westness machte nicht den Eindruck, unglücklich
über diese Situation zu sein. Im Gegenteil. Selten hatte ich
einen Menschen kennengelernt, der so fröhlich wirkte, und
zwar von innen heraus, aus der Tiefe seines Wesens. Er war
klein und doch kräftig gebaut. Er trug keine Mütze. Seine
dichten, dunkelbraunen Locken schienen die ideale Kopfbedeckung zu sein, denn sie bewegten sich nicht einmal in
den kräftigsten Böen. Sein Gesicht war gut geschnitten. Eigentlich sah er fast romanisch aus mit der geraden Nase,
den fast schwarzen Augen, die Güte und Humor ausstrahl-
ten. Ich faßte sofort Vertrauen zu ihm.

»Um diese Jahreszeit kommen kaum Touristen hierher«,
sagte er. »Weder Ornithologen noch Archäologen. Ich
nehme an, du bist ein Freund von Christine und Frank.«

»Ja«, sagte ich. »Christine kenne ich schon lange.«

Er blickte mich an mit der wohlmeinenden Skepsis eines Hausarztes. »Unsere kleine Christine. Sie versteht es,
Männer an sich zu binden, ohne daß die auch nur das
mindeste von den Fesseln bemerken. Du willst dir sicher
die Insel ansehen. Schau auf dem Rückweg bei mir herein. Du wirst einen heißen Kaffee nötig haben. Wenn es
dir nicht zu weit ist, versuche bis Sacquoy Head zu kommen. Es ist unbeschreiblich. Es ist die Hölle, das Chaos
aus Wasser und Stein. Aber paß auf, wo du hintrittst. Es
gibt überall direkte Zugänge zur Unterwelt, lange, unterirdische Gänge und Tunnel, die die Wellen gegraben haben.
Sie gehen viele hundert Meter weit ins Land. Und manchmal sind sie durch schmale Schächte mit der Oberwelt verbunden. Da schießt das Wasser heraus wie bei Geysiren.
Wir nennen sie Spitting Holes. Vor allem bei Nebel sind es
tödliche Fallen.«

»Christine hat von der Gegend dort geschwärmt.«

»Zu recht. Es ist eine unglaubliche Landschaft. Ich gehe manchmal dorthin und sehe aufs Meer hinaus. Dann glaube ich, mit den Steinen zu verwachsen, unsterblich zu sein. Ich glaube, das ist eine Art Schutzvorstellung, um nicht einfach vom Kliff hinabzuspringen. Der Anblick der Wogen dort ist Nahrung für die Seele. Aber man muß vorsichtig mit ihr umgehen. Zuviel davon kann leicht den Tod bedeuten, weil einem alles gleichgültig wird.«

Er reichte mir eine feste Hand und ging ins Haus. Ich aber stapfte weiter, vom Wind zu einer schiefen Silhouette geformt.

Ich kam nicht ganz bis Sacquoy Head. Nach einer Stunde härtesten Kampfes gegen den Wind gab ich auf. Aber was ich sah, reichte mir, um zu wissen, was Jim Westness mit Hölle gemeint hatte. Der Boden wurde steinig, zerklüftet. Allenthalben Risse. Eine Mondlandschaft. Karstige Tristesse.

Und dann sah ich sie: Wehende Gischtfahnen, Eruptionen von Salzwasserfontänen. Ich näherte mich vorsichtig einer solchen Stelle. Ein kleines, schwarzes Maul klaffte im Gestein, direkt neben einem Möwenskelett. Mit seinen ausgebreiteten Schwingen wirkte der Vogel wie von einem Requisiteur hierher drapiert. Das Loch war nicht viel breiter als meine Schultern. Wasser schoß in gewissen Zeitabständen mit ungeheurer Wucht aus der Tiefe, wurde von diesem Maul ausgespuckt und vom Sturm in Schauer salziger Tropfen zerfetzt. Das schlürfende Geräusch, das dabei entstand, ging mir durch Mark und Bein. Ich legte mich auf den Bauch und robbte von der Luvseite heran. Der Springbrunnen aus Meerwasser konnte mich so nicht treffen. Zwischen zwei Eruptionen versuchte ich, in den Schlund hinabzuschauen. Ich glaubte, einen dunkelgrünen

217

Schimmer zu sehen. Dort unten brüllte das Meer wie ein gefoltertes Wesen. Ich schob das Möwengerippe über die Steinkante und sah, wie es in der Tiefe verschwand. Beim nächsten Ausbruch des Geysirs flogen einzelne Knochen durch die Luft und wurden mit dem Wasserschleier weggeweht.

Ich hatte genug gesehen und erhob mich mühsam. Je näher ich der Kante des Steilkliffs kam, desto gewalttätiger wurde der Wind. Schließlich mußte ich auf allen Vieren krabbeln. Der ohrenbetäubende Lärm der Brandung, das Erzittern des Bodens unter den Prankenschlägen der Atlantikdünung, all das hatte eine fast betäubende Wirkung auf mich. Der Gedanke, sich über diese Klippe ins brodelnde weiße Wasser zu stürzen, erschien merkwürdig leicht. Noch nie hatte ich ein so außer Rand und Band geratenes Meer gesehen. Die Wogen buckelten draußen wie riesige Meerkatzen und schossen dann fauchend heran. Die anbrandenden und die zurückprallenden Wellen warfen sich aufeinander, sprangen hoch und fraßen sich gegenseitig auf. Ein einziges Gemetzel ohne Sinn und Verstand. Ein Blutbad, nur daß das Blut weiß war wie Schnee.

Ich beschloß umzukehren. Der Wind schob mich vor sich her. Wie ein welkes Blatt kam ich mir vor, dessen letzte Hoffnung es war, irgendwo hängen zu bleiben, um in Ruhe verwittern zu können. Dann saß ich im Zimmer von Jim Westness. Zimmer war stark untertrieben. Es war eher eine Halle. Feucht und dunkel, rauchgeschwärzt, vom Prunk vergangener Zeiten geprägt. Über dem offenen Torffeuer hing ein großer Kessel mit Wasser. Jim Westness brühte frischen Kaffee auf.

Auf einem Lederstuhl mit steiler Lehne saß eine junge Frau, offenbar hochschwanger. Ihre Haare waren hell wie ihre Haut und ihr Kleid. Sie strickte an einem Krabbelhöschen und sah mich aus hellgrauen Augen ohne Neugier an.

»Hast du sie gesehen? Unsere Meeresmonster? Sind sie nicht gräßlich? Spotten sie nicht jeder Menschlichkeit? Wir haben hier keine so sanften Götter wie Tritonen, wie Neptun, wie Venus. Aus dem Schaum dieser Gewässer wurde niemals eine schöne Göttin der Liebe geboren. Hier gibt es nur archaische Wut seit Anbeginn der Zeiten. Der Rand der Welt, zu recht Chaos genannt.«

Jim Westness wirkte geradezu gelassen, trotz der düsteren Worte, mit denen er die Natur beschwor. »Ted, mein Schwiegersohn, der Mann meiner Tochter, hat erst vor einer Woche die blinde Wut der Elemente zu spüren bekommen. Er wollte im Boot über den Sund. Ein starker Kerl. Er ist die Strecke schon oft gerudert. Aber diesmal kam er nicht wieder. Man hat seine Leiche zwanzig Meilen südlich gefunden. Nun wird sein Kind ohne Vater aufwachsen.«

Ich wagte kaum, die Tochter von Jim Westness anzublicken. Gleichgültig sah sie aus, apathisch. Die Nadeln klapperten ohne Unterlaß.

»Meine Frau ist vor vier Wochen an Krebs gestorben«, fuhr Westness fort. »Sie hat sehr lange leiden müssen. Ich habe sie über ein Jahr gepflegt. Nun hat sie endlich Frieden. Sie liegt auf dem neuen Friedhof an der Ostküste. Ich komme nicht hin bei diesem Wetter. Aber ich glaube, das ist ihr sowieso egal.«

Woher nahm dieser Mann nur die Fähigkeit, so leicht und gelassen über all diese Schrecken zu reden? Lag es an der Landschaft? Stumpften die Naturgewalten hier die Gefühle ab oder schärften sie nur den Verstand auf eine mir fremde Weise? Was er sagte, wirkte jedenfalls nicht peinlich, eher auf eine überzeugende Weise angemessen.

Dann kam er auf Christine zu sprechen. »Eine erstaunliche Person. Ihr Freund hat nichts zu lachen. Ich glaube, niemand an ihrer Seite würde eine allzu gute Figur machen. Aus solchem Holz wurden früher Königinnen geschnitzt, oder Hexen. Solltest du Absichten haben auf diese zugegeben äußerst anziehende Dame, dann kann ich dir nur wünschen, eine Niederlage zu erleiden.« Er lachte befreiend. »Als Miss Campbell hier wegzog, haben viele auf der Insel erleichtert aufgeatmet. Dabei wissen wir alle, wie nett, wie freundlich und vor allem wie begabt sie ist. Sie hat viele von uns hier behext. Mich eingeschlossen. Kurz nachdem sie fortging, haben meine Bäume zum ersten Mal wieder richtig ausgeschlagen. Kannst du mir das erklären?«

20. JAHRESWENDE

Am folgenden Tag, es war der 30. Dezember, war der Sturm über uns. Er war so stark, daß es sich als unmöglich erwies, das Haus zu verlassen. Ich versuchte es durch die Hintertür. Aber als ich die Hausecke erreichte und aus dem Windschatten trat, wurde ich einfach umgeworfen. Ich lag im Dreck und robbte zurück.

»Wir haben einen Orkan«, sagte Frank. »Windgeschwindigkeiten wie in einem Hurrikan. Hoffentlich fliegt das Dach nicht weg.«

Christine wirkte nervös. Sie klagte über Kopfweh und zog sich in ihr Zimmer zurück. Die Schmerzen konnten jedoch nicht allzu stark sein, denn ich sah durch den Türspalt, daß sie in einem Buch las. Ich hätte etwas darum gegeben, zu wissen, was es war. Diese Frau war und blieb mir ein Rätsel. Seit wir auf Rousay waren, verhielt sie sich mir gegenüber äußerst zurückhaltend. Als sei ich nichts anderes als ein Gast.

Frank hingegen taute sichtlich auf. Er schien sich sicherer zu fühlen in seinem ehemaligen Revier. Fachmännisch verbarrikadierte er die Eingangstür mit Brettern. Die Läden auf der Westseite waren geschlossen. Als der Strom ausfiel, zündeten wir Kerzen an. Sie flackerten und gingen immer wieder aus, denn der Wind fand seinen Weg bis in jeden Winkel. Sogar im Keller glaubte man einen leisen Luftzug zu spüren.

Der Lärm war ohrenbetäubend. Als galoppierten Reiterschwadronen über das Haus hinweg. In den kurzen Pausen zwischen den Böen wurde einem bewußt, daß man sich mitten im Krieg der Natur befand, den sie gegen alles führte, was künstlich war und sich ihr in den Weg stellte. Wie mochte es erst draußen am Saquoy Head aussehen! Ich hätte etwas darum gegeben, Zeuge des Naturschauspiels dort zu sein. Das Meer war an jener Stelle nicht mehr das, was es gewöhnlich für die Menschen ist: ein Spiegel, ein Symbol der Ewigkeit, ein Anlaß zur Meditation. Jetzt war es nur noch die aggressive Raubkatze mit dem Maul voller Geifer, die alles verschlang, was sich ihr in den Weg stellte.

Als Frank immer zutraulicher wurde, sogar versuchte, mich in ein Gespräch über Christine zu verwickeln, zog ich mich in die Rumpelkammer zurück, die sie mir als Zimmer gegeben hatten. Es war kalt hier und feucht. Ich legte mich auf das eiserne Klappbett und kroch in den Schlafsack. So lag ich in der Dunkelheit und ließ mich treiben. Regenschauer trommelten wütend gegen die Läden, Orkanböen zerrten an den Schieferplatten, mit denen das Haus gedeckt war, pfiffen gräßliche, atonale Melodien auf den Röhren des Schornsteins und der Regenrinnen, begleitet vom monotonen Dröhnen der Brandung, einem enervierenden Dauerton wie von den Bordunpfeifen eines gigantischen Dudelsacks.

Ich kroch tief in den Schlafsack und hielt mir dabei noch die Ohren zu. Es half nichts. Die Wut des Unwetters ließ sich nicht aussperren. Und noch etwas wurde mir klar: Im Zentrum all dieser Wut lauerte eine abgrundtiefe und böse Stille. Sie war es, die den Wind zu seiner Aggressivität anstachelte, sie war es, die er zu übertönen versuchte.

Am nächsten Tag ebbte der Orkan ab zu einem kräftigen, für hiesige Verhältnisse normalen Sturm. Christine hatte sich über Nacht wieder in die umsichtige Hausfrau verwandelt, die nun ihre ganze Energie in die feierliche Gestaltung der Jahreswende steckte. Der Puter garte in der Backröhre, die Wohnung wurde mit den Meisterwerken Christines geschmückt, den Spiegeln, den Leuchtern und dem Riesenchampignon, der einen Ehrenplatz in der Mitte des Tisches bekam. An Fortune Cookies hatte sie ebenso gedacht wie an die Utensilien für das Bleigießen.

Der Abend begann seltsam steif. Wir saßen zu dritt am Tisch und aßen. Irgendwie glichen wir Wachsfiguren aus dem Kabinett der Madame Tussaud. Das Essen war allerdings hervorragend. Ebenso der Wein und der Plumpudding nach einem Rezept von Christines Mutter.

Im Kofferradio spielte eine Kassette mit Mozart, die wir immer wieder umdrehten. Wir sprachen kaum. Nach dem Essen zogen wir jeder ein Fortune Cookie aus der Dose, aßen es und zeigten uns die darin enthaltenen Sprüche. Meiner lautete: »Wenn du dein Pferd verlierst, so lauf ihm nicht nach. Es kommt von selber wieder. Wenn du böse Menschen siehst, so hüte dich vor Fehlern.« Frank las seinen vor: »Der Vogel kommt durch Fliegen ins Unheil.« Christine wurde blaß, als sie uns ihren Text kundtat. »Das Bett wird zersplittert bis zur Haut.«

»Was bedeutet das?« fragte Frank.

»Unheil. Es bedeutet, daß das Unglück nicht mehr nur die Ruhe stört, sondern auch den eigenen Leib bedroht.«

»Was sind das für Prophezeiungen?« fragte ich.

»Sprüche aus dem I Ging, dem Buch der Wandlungen. Mein Bruder hat die Cookies für mich gebacken.«

Das Buch der Wandlungen. I Ging. Zum zweiten Mal fiel der Titel auf meiner Reise. Bestand da ein Zusammen-

hang? Normalerweise hätte ich jetzt mit Spekulationen
jongliert. Aber in diesem Moment war mir alles egal. Ich
hatte nur Augen für die Königin meines Herzens.

Die Stimmung war getrübt. Daran änderte auch das Bleigießen nichts. Die Figuren, die dabei entstanden, erinnerten an ertrunkene Taucher. Erst als es ans Fenster klopfte,
veränderte sich die Atmosphäre schlagartig. Offenbar war
sie ein Produkt von Christines Laune. Und die war plötzlich wieder gut, ja überschäumend. »Das ist Jim. Jetzt geht
es endlich los mit der New-Year's-Party.«

Sie sprang auf, eilte zum Windfang und ließ den Gast
herein. Jim stand mitten im Raum. Regentropfen perlten
von seinen dichten Locken, rannen über sein Gesicht. Um
ihn herum bildete sich eine Pfütze. Seine Wachstuchjacke
roch nach Stall und Lehm. »Der große Regengott feiert den
Ausklang des Jahres«, sagte er und trank das Glas Whisky
leer, das Frank ihm reichte. »Leute, schnappt euch eure
Mäntel. Es geht los.«

Wir folgten Jim Westness hinaus in die Nacht. Sein
Trecker stand draußen mit einem kleinen Planwagen. Wir
kletterten hinein. »Halte beim Fiddler«, sagte Christine.
»Diesmal soll er nicht übergangen werden.«

Der Regen trommelte auf die Leinwand. In schaukeln-
der Finsternis hockten wir eng beieinander auf einer Holz-
bank. Die Fahrt war nur kurz. Als wir ausstiegen, sah ich
ein ganzes Stück von der Straße entfernt eine im Wind heftig schwankende nackte Glühbirne. Sie erinnerte an eine
Hand aus Glas, in der ein Glühwürmchen gefangen war,
und sie schien uns herbeizuwinken.

Wir stolperten durch den tiefen Matsch auf dieses See-
zeichen zu und landeten mit einiger Mühe vor einer Tür,
die einen Spalt aufklaffte. »Er erwartet Besuch«, flüsterte
Christine. »Das tut er wahrscheinlich schon seit Jahren ver-

geblich. Ich bin froh, daß wir ihn diesmal nicht enttäuschen.«

Jim ging durch einen kaum erleuchteten Flur, der modrig roch, voran. Dann eine zweite Tür, auch sie nur angelehnt. Jim öffnete sie. Vor uns lag ein großer Raum, den nur Kerzen erhellten. Entlang einer der Wände war ein großes Buffet aufgebaut, auf dem zahlreiche Flaschen und Teller mit Sandwiches standen. Das New-Year's-Büfett des Hausherrn, das er wie jeder auf der Insel mit großer Liebe vorbereitet hatte, obwohl er vermutlich seit Jahren nicht mehr mit Gästen rechnete.

Er selbst stand in der Mitte des Raumes an einem grob gezimmerten Holztisch. Ein alter, klappriger Mann, krumm und gichtig, einem Vogel ähnlicher als einem Menschen. Er trug einen schwarzen Gehrock und öffnete jetzt die Arme wie zerzauste Schwingen, in die Christine hineinschwebte. Eine Weile standen sie da, eng umschlungen. Ich bemerkte, daß die Augen des alten Mannes glitzerten. Wir drei Männer schüttelten ihm die knotige Hand, und dann kosteten wir von seinen Broten und Flaschen. Er mußte mit jedem von uns anstoßen, was bedeutete, daß er die dreifache Menge unseres Quantums zu trinken bekam, und er blickte uns an aus geröteten Greisenaugen. Sie glichen vom Staub der Zeit blind gewordenen Spiegeln.

»Spiel uns etwas«, bat Christine.

Einen Moment wirkte der Alte verwirrt. Dann schlurfte er davon. Er kam mit einem ramponierten schwarzen Geigenkasten zurück, legte ihn auf den Tisch und klappte ihn vorsichtig auf. Ein Bogen wurde sichtbar, ein stockfleckiges Tuch, das er wegzog. Das Instrument lag vor unseren Augen. Unendlich behutsam, als sei es dünn wie eine Eierschale, nahm er es heraus und setzte es ans Kinn. Er hob den Bogen, blickte uns einen nach dem anderen an, und mir schien, daß seine Augen jetzt klarer waren. Dann begann er, mit einem Fuß den Takt anzudeuten. Und obwohl er auf seiner Geige nichts als jaulende und kratzende Töne hervorbrachte, obwohl er nicht einmal gestimmt hatte und die Saiten schlaff waren, war es Musik. Irgendein Rhythmus überlebte in diesem Gewinsel, der an stampfende Füße erinnerte, an sich drehende Körper, an Jugend und Sommer und Liebe. Dann brach die Musik ab. Wir klatschten, und keiner von uns kam sich dabei komisch vor.

Der Alte hielt mir die Geige hin und deutete mit dem Finger in eines der F-Löcher. Sein zahnloser Mund verzog sich zu einem Lächeln. Ich nahm ihm die Geige ab und hielt sie so, daß das Kerzenlicht in den Korpus hineinfallen konnte. Auf dem Geigenboden war ein Schriftzug zu erkennen: ›Nicolo Amati, Cremona 1634‹.

Obwohl ich kein Experte bin, wußte ich doch, ich hatte hier ein Instrument von unschätzbarem Wert in der Hand, selbst wenn es defekt war oder eine Fälschung aus einem späteren Jahrhundert.

Immer noch grunzte der Geiger etwas in mein Ohr. Ich verstand kein Wort, aber Christine übersetzte. »Er sagt, er hat die Geige von seinem Vater, und der hat sie von seinem Großvater, und der von seinem Urgroßvater. Sie ist aus Edinburgh. Vor langer Zeit dort gekauft, und sie klingt wunderbar.«

Ich nickte und beglückwünschte den Alten zu seiner kostbaren Violine. Dabei schossen mir Gedanken durch den Kopf. Wie, wenn ich ihm hundert Pfund dafür in die Hand drückte? Soviel Geld hatte er mit Sicherheit noch nie in seinem Leben auf einem Haufen gesehen. Aber war dies nicht Betrug? Mord an seinen Empfindungen? Seiner Würde? Seinem Stolz? Andererseits, wenn man ihm die Geige ließe, landete sie wahrscheinlich bald auf dem Sperrmüll.

Ich kam zu keiner Entscheidung, sah ihm zu, wie er das Instrument zärtlich in den Kasten zurücklegte und ihn verschloß.

Wir tranken einen zweiten Neujahrsschluck und verabschiedeten uns. Der Alte brachte uns an die Tür. Diesmal schnappte sie zu, und wir hörten, wie sich der große Schlüssel im Schloß drehte.

Weiter ging es im Planwagen um die Insel. Immer wieder hielten wir und stiegen aus. Ich weiß nicht, in wieviel Höfen wir von den Sandwiches versuchten und den Neujahrsschluck zelebrierten. Der Morgen dämmerte bereits, als wir in einem der Häuser sehr viele Leute antrafen. Sie hatten sich hier angesammelt, fast alle betrunken, fast alle euphorisch die Schultern des Nachbarn klopfend, immer wieder mit dem gleichen Spruch »I wish you a happy, happy New Year.«

Der Grund für die Versammlung hier ging mir auf, als ich den großen Kessel mit Rindfleischbrühe sah, von dem wir alle einen Teller erhielten. Und wirklich, eine größere Wohltat konnte man unseren Magennerven und Köpfen nach all den Wee Drums und aufgeweichten Sandwiches nicht tun.

Hier war es auch, daß Jim plötzlich, ohne Vorwarnung, an Christine eine Frage stellte, die in mein Ohr eindrang wie ein Pfeil: »Liebst du Frank?«

Sie wurde über und über rot. Ihre Halsnarbe wirkte wie ein Flammenreif. Einen Augenblick lang zögerte sie, dann nickte sie und sagte fast tonlos »Ja.«

»Ich habe es nie gesehen«, sagte Jim. Dann wandte er sich ab und redete mit dem Mann, der neben ihm stand.

Christine wirkte verlegen. Offenbar bemühte sie sich, empört zu wirken, aber dabei kam nicht viel mehr heraus als das verstörte Gesicht eines kleinen, bei einer Notlüge ertappten Mädchens.

21. DER PFAHL DES SCHMERZES

Wir verschliefen den ganzen Neujahrstag und die folgende Nacht. Dann ging ich hinaus, um einen Spaziergang zu machen. Ich hatte zum ersten Mal auf dieser Reise so etwas wie Heimweh und wollte unbedingt versuchen, Dale Mackay zu erreichen. Deshalb machte ich mich auf zu Jim Westness' Hof, während Christine und Frank in die alte Töpferei hinübergehen wollten. »Es gibt noch viel zu tun dort«, sagte Christine. »Wir werden einiges ausbauen und nach Portpatrick mitnehmen.«

Es regnete pausenlos, wenn man dieses gleichförmige Strömen des Wassers vom Himmel herab überhaupt noch Regen nennen konnte. Eine wahre Sintflut war nach dem Ende des Sturms und einer kurzen Phase der Aufheiterung über die Insel hereingebrochen. Gewöhnlich kam der Regen ungleichmäßig, wehte wie ein nasser Vorhang im Wind. Aber diesmal war es anders. Der Regen schien aus nichts anderem zu bestehen als aus einem aus Millionen Regenfäden gewebtem Büßerhemd.

Ich spürte, wie dieses Wetter mich mehr und mehr bedrückte, versuchte, mir dadurch zu helfen, daß ich an sonnige Frühlingstage in Italien dachte. Aber solche Bilder schwammen im allgegenwärtigen Wasser davon und lösten sich auf.

Es hatte im übrigen keinen Zweck, sich durch irgendeine angeblich noch so wasserdichte Kleidung gegen diesen Regen zu schützen. Irgendwo kam er durch, fand er seinen Weg durch den Kragen, die Knopflöcher, die Ärmelöffnungen. Er schien sogar in den Räumen zu fallen. Nur in der Nähe des Feuers war es einigermaßen trocken.

Ich sah Jim Westness schon von weitem. Er stand am Zaun, und Wassertropfen perlten über sein Gesicht wie ein Tränenstrom. »Was für ein Regen!« sagte er. »Komm, sieh dir an, was er mit dem Land und mit dem Meer macht. Er besiegt beide.«

Wir gingen über den Acker zur Steilküste hinunter. Der feine Regen schraffierte wie ein fleißiger Graphiker das ganze Bild. Er schwemmte den kargen Boden als schlammige Brühe ins Meer und färbte es in Ufernähe gelb. Die langen Wogen, die wie immer aus Nordwesten heranrollten, hatten keine Schaumkronen. Vielmehr schienen sie eine graue, zähe Haut zu haben, deren dichte Poren von den unendlich zahlreichen Einschlägen der Regentropfen gebildet wurde. »Komm einen Moment rein«, sagte Jim. »Du kannst dich am Feuer trocknen.«

Jim Westness war ein wortkarger Mann, wenn er nicht betrunken war. Aber diesmal schien ihm das Herz auf der Zunge zu liegen. Wir saßen in durchgesessenen Ledersesseln am Feuer und tranken wieder einmal heißen Kaffee aus einer großen Blechkanne, die er hin und wieder in die Glut stellte.

»Das ist kein normaler Regen«, stieß er hervor. »Seitdem ich lebe, habe ich so etwas noch nicht erlebt. Dieser Regen redet nicht. Normalerweise hat Regen eine Sprache, wenn auch eine leise und komplizierte. Sie schwankt mit dem Wind. Der Regengott hängt kopfüber aus den Wolken herab und redet. Wenn man seine Sprache versteht, weiß man, was er zu sagen hat. Er sagt zum Beispiel, daß er bald aufhören wird, um ein paar Sonnenstrahlen Platz zu machen. Du weißt, daß die Sonne hier im Winter so kostbar ist wie Gold. Im Sommer ist es anders. Da schlägt die Sonne sogar Blumen aus den Wiesen wie kleine Funken. Sieh mal...« Er hielt mir seine große, hornige Hand mit der Innenseite noch oben entgegen. »...so ist unsere Insel geformt. Sie gleicht einer nach oben gedrehten Hand. In der Wölbung in der Mitte gibt es einen See. Er ist von Mooren umgeben, aus denen wir alle hier im Sommer unseren Torf holen. Das ist seit alters her ein Fest, das mehrere Tage dauert. Es wird getrunken, geredet, geliebt, Musik gemacht und vor allem natürlich mit dem Spaten gearbeitet, bis jedem das Kreuz wehtut. Wir wissen, wir holen in diesen Sommertagen die im Torf gespeicherte Wärme für den kommenden Winter.«

Er erhob sich und warf ein paar Torfklumpen ins Feuer. »Ich habe Vilbia damals am See gefragt, ob sie meine Frau werden wollte. Sie hat auf dem Rücken im Heidekraut gelegen und gelächelt. Ihre Augen waren geschlossen wegen der Sonne. Aber sie hat mich durch die Lider hindurch betrachtet. Ich habe mich über sie gebeugt und sie gefragt. Und da hat sie die Augen, die jetzt im Schatten lagen, geöffnet und Ja gesagt. Ja mit den Augen. Verstehst du?

Einen Monat später waren wir verheiratet. Ich erzähle dir das alles, damit du verstehst, warum mich dieser stumme Regen stört. Er macht mich fertig. Ich muß wegen ihm unaufhörlich an meine Frau denken und daran, daß der Vater meines Enkels ertrunken ist. Und es wird noch anderes Unheil geben. Vielleicht morgen schon. Ich denke, daß du jetzt trocken genug bist, um wieder nach draußen gehen. Ich möchte dir nämlich etwas zeigen.«

Er verschwand und kam mit zwei großen, schweren Regenmänteln aus geöltem Tuch zurück. »Hier, zieh das über deine Jacke. Warst du schon mal auf dem alten Friedhof?« Ich verneinte. »Dann bist du an der Stelle noch nicht vorbeigekommen. Du hättest wahrscheinlich sowieso nichts bemerkt.«

Wir gingen hinaus. Jim Westness wirkte entschlossen, grimmig wie jemand, der in sich eine große stumme Wut entwickelt hat. Draußen verschwand er in einem Schuppen und erschien wieder mit einem Beil und einem Spaten. Den Spaten gab er mir. Dann verließen wir im weiter strömenden Regen den Hof. Ich wußte, daß man seine Frau auf der anderen Seite der Insel auf dem neuen Friedhof begraben hatte. Was wollte er also auf dem alten Friedhof?

Er schritt vor mir aus, und ich folgte ihm. Wir gingen durch tiefen Schlamm. Der ganze Boden schien in Bewegung zu sein, überall kleine Bäche, die übers Ufer traten, Katarakte zwischen Erdschollen, große Pfützen. Plötzlich blieb Jim Westness stehen. Er deutete auf einen Pfahl. »Siehst du ihn?« sagte er. »Diesen dämlichen Pfahl? Ich frage mich, warum er hier steht. Dies ist mein Land. Er hat hier nichts zu suchen.«

Das schwarze Stück Holz ragte fast mannshoch aus dem Kleiboden. »Er gehört nicht hierher«, schimpfte Jim Westness. »Er steht außerhalb der Fenne, aber immer noch auf meinem Land. Was will er hier? Ich habe ihn nicht eingegraben. Komm, folge mir. Wir gehen an dem Kerl vorbei, beobachte ihn dabei und sage mir, was dir aufgefallen ist.«

Ich gehorchte und marschierte brav hinter Jim her, ohne den Pfahl aus den Augen zu lassen. Ich hatte das Gefühl dabei, daß er mir nachsah, mit kleinen Astlöchern als Augen. Jim Westness blieb stehen und packte mich bei den Schultern. »Sag, was du gesehen hast!«

»Der Pfahl, er hat uns nachgesehen.«

Ich kam mir ziemlich lächerlich vor. Aber Jim Westness schien sich gewaltig über meine Feststellung zu freuen. Er hieb mir mit aller Kraft auf die Schultern. »Es stimmt also. Ich bin nicht verrückt, denn du hast es auch gesehen. Dieses faule Holzstück dort hat Augen, und es versteht mit ihnen umzugehen.«

Wir näherten uns dem Pfahl, und ich muß zugeben, daß mir die Situation nicht ganz geheuer war.

Vor dem Pfahl angelangt, kniete Jim nieder. Er schien in einem Gebet zu verharren. Seine Lippen bewegten sich. Ich näherte mich ihm, so daß ich sein Gemurmel verstand. »Möge der, der mir Vilbia entführt hat, flüssig werden wie Wasser.« Immer wieder sagte er diesen Satz.

Unterdessen strömte der Regen unaufhörlich nieder auf den Mann und den Pfahl und machte das Bild so verwaschen, daß man beide selbst aus kurzer Entfernung für ein und dasselbe Ding halten konnte. Plötzlich sprang Jim Westness auf und begann an dem Pfahl mit aller Kraft zu rütteln. Dann preßte er sich an ihn, packte ihn mit beiden Händen und versuchte, ihn aus dem Boden zu drehen und zu reißen.

Seine Schläfenadern schwollen an, sein Atem ging keuchend. Der Pfahl aber rührte sich nicht. Trotz des vom Regen aufgeweichten Bodens gab er keinen Millimeter nach, als sei er dort einbetoniert. Das schien Jims Wut nur zu steigern. Er sammelte noch einmal alle Kräfte und rüttelte nun so wild am Pfahl, daß es aussah, als sei es dieser, der den Mann hin- und herzerrte, um ihn aus dem Gleichgewicht zu bringen. Und tatsächlich, Jim Westness stürzte plötzlich der Länge nach in den Matsch. Eine Weile lag er da mit schwarzverschmiertem Gesicht, das der strömende Regen zu waschen begann. Ich beugte mich über ihn, aber ich fuhr zurück, als ich den tödlichen Haß in seinen Augen sah.

Jim Westness rappelte sich hoch. Er trat noch einmal kräftig mit seinem Gummistiefel nach dem Pfahl. »Du Teufel, du hast eine Gnadenfrist erwirkt, aber warte, jetzt geht es dir an den Kragen.«

Er stapfte davon und ich hinterher. Als ich mich umdrehte, sah ich, daß uns der Pfahl aus den zwei Astlöchern mit boshaftem Blick nachstarrte, als habe er sich gerade halb um seine Achse gedreht. Ich beeilte mich, so gut es ging. Der schwere Klei zog mir fast die Stiefel aus. Endlich hatte ich Jim eingeholt. »Dieser verdammte Regen macht einen verrückt«, stieß er hervor. »Hast du gesehen, daß er uns nachblickt? Er durchbohrt einen förmlich von hinten, unterhalb des linken Schulterblattes, geradewegs ins Herz. Aber nicht mehr lange, das schwöre ich dir.«

Ich hoffte auf das warme Feuer in der Wohnstube, auf einen heißen Kaffee und auf Telefonkontakt mit Dale Mackay. Aber Jim Westness ging geradewegs in die Scheune. Es war stockfinster hier und zugig. Irgendwo hatte der Regen eine Lücke im Dach gefunden. Jedenfalls trafen mich immer wieder große Wassertropfen im Gesicht. Eine Weile war es still, außer dem Rauschen der Wellen und des Regens. »Das Gesicht meiner Frau hat sich während ihrer langen, bösen Krankheit so verändert, daß es mir jetzt schwerfällt, mich an sie zu erinnern. Es ist immer kleiner und dünner geworden, bis es schließlich nur noch wie ein feiner Nebel über dem Schädel lag. Dann hat es sich gänzlich aufgelöst. Verstehst du? Ich kann mich an kein richtiges Gesicht mehr erinnern, nur an einen Totenschädel. Schuld daran ist der da draußen. Ein böser, sinnloser Stumpf. Wir werden ihn noch heute im Kamin verheizen.«

Ich hörte ihn hantieren. Plötzlich sprang ein Motor an, Scheinwerfer blendeten mich. »Mach die Tür auf«, schrie Jim Westness. Und dann fuhr er mit dem Traktor hinaus ins Freie. »Steig auf.«

Ich kletterte auf das Schutzblech des Hinterrades und hielt mich an einer Stange fest. Die riesigen Räder gruben sich in den Klei und weiter ging es, den schmalen Moorweg entlang in Richtung des alten Friedhofs. »Es gibt da draußen ein Grab«, schrie Westness durch den Motorenlärm. »Es ist über hundert Jahre alt und niemand liegt mehr drin. Aber da kann ich mich noch am besten an Vilbias Gesicht erinnern, wenn ich mich drauflege. Aber seitdem der Pfahl mir dabei zusieht, ist ihr Gesicht nicht mehr gekommen. Das muß ein Ende haben.«

Wir waren da. Jim Westness fuhr rückwärts ganz dicht an den Pfahl heran. Wir stiegen ab und Westness rüttelte erneut an ihm. Diesmal waren seine Bewegungen ruhig und bestimmt.

Er holte das Abschleppseil, machte eine Schlinge und warf sie dem Pfahl über. Das andere Ende legte er auf den Haken am Trecker. Dann setzte er sich auf den Fahrersitz und fuhr ein Stück, bis das Seil straff gespannt war. Er drehte sich um und lächelte erst seinem Widersacher und dann mir triumphierend zu. Dann gab er Gas. Das Seil vibrierte unter der Spannung, die Räder drehten durch und wühlten sich tief in den Boden.

Jim Westness fuhr ein Stück zurück und gab erneut Gas. Es gab einen gewaltigen Ruck, der ihn fast vom Sitz geschleudert hätte, und das Seil riß mit einem scharfen Knall. Der Pfahl hatte sich keinen einzigen Millimeter von der Stelle bewegt.

Das war zuviel für Jim Westness. Er schäumte jetzt förmlich vor Wut, packte den Spaten wie ein Schwert und stieß ihn dicht beim Pfahl in die Erde. Das viele Torfstechen hatte ihn zu einem wahren Spatenmeister gemacht. Er grub und grub und warf die Kleiklumpen in die Gegend.

»Der Boden ist verdammt zäh hier«, rief er. »Kein Wunder, daß sie den Friedhof verlegt haben. Die alten Totengräber müssen andere Kerle gewesen sein als die von heute!«

Er hielt mit dem Graben inne und wischte sich den mit Regen vermischten Schweiß von der Stirn. Das Loch, das er am Fuß des Pfahles gegraben hatte, füllte sich schnell mit Wasser.

Noch einmal spannte Westness den Trecker vor, diesmal mit verkürztem Seil. Behutsam fuhr er an. Dann gab er immer mehr Gas, und wieder drehten die mächtigen Räder durch. Er stellte den Motor ab und sprang hinunter. Seine Wut wirkte gebremst, eiskalt, mörderisch. Er griff die Axt und schlug sie mit voller Wucht gegen den Pfahl. Die Schneide sauste schimmernd durch die Luft. Dann der Aufprall. Es klang, als sei eine Kirchenglocke angeschlagen worden. Noch einmal holte er aus. Diesmal mit der ganzen gewaltigen Kraft seiner Arme und der Drehung seines Körpers. Die Axt fuhr durch die Luft und riß Jim Westness mit sich, so daß er kreiselnd zu Boden fiel. Diesmal gab es keinen Glockenton. Die Schneide war durch den Pfahl hindurchgegangen wie durch einen Wasserstrahl.

Als sich Westness erhob, glaubte ich, er sei verrückt geworden. Und ich muß ehrlich zugeben, daß auch ich allmählich an meinen Sinnen und meinem Verstand zu zweifeln begann.

Jim Westness nahm den Spaten und grub weiter, diesmal schräg zum Pfahl hin. »Schau mal her«, rief er mir zu. »Er geht keinen Millimeter in den Boden.« Er fuhr mit der

Hand in die wassergefüllte Grube, und wirklich, er hatte recht. Auch ich kniete mich in den Dreck und tauchte die Hand hinein. Man konnte unter dem Pfahl hindurchgreifen.

»Komm«, sagte Westness. »Er ist zu stark für uns.« Ich folgte ihm. Er ging Richtung Küste. Im Gras dort lagen umgestürzte Grabsteine. Auf einen von ihnen legte er sich hin wie auf ein Bett. Das Gesicht nach oben zum Regen gewandt, lag er da mit geschlossenen Augen, während ich daneben stand und unwillkürlich die Hände faltete. Ich weiß nicht, wie lange wir so verharrten. Ich fror nicht, ich sah nur diesen Mann an. Plötzlich sagte er: »Der Regen hat seine Stimme wiedergefunden.« Und wirklich, er fiel nicht mehr so gleichmäßig. Böen verstärkten ihn, von den Wolken wehten Schauer wie graue Gardinen herab. Am Himmel bildeten sich weißliche Rinnen, die immer breiter wurden.

Ganz plötzlich hörte der Regen auf. Sonnenflecken schwammen wie gelbe Schollen auf dem Meer. Eine von ihnen trieb heran, sprang an Land und glitt auf uns zu. Jim Westness lag in der Sonne. Dampfschlieren stiegen von ihm auf. Er blinzelte und stützte sich auf. »Tut das gut, diese Wärme. Das ist das Leben. Komm. Es ist vorbei.«

Er stand auf, und wir gingen zurück zum Traktor. Ich traute meinen Augen nicht. Der Pfahl war verschwunden. Da war nur noch die wassergefüllte Grube. Westness legte den Spaten und die Axt neben sich. Dann fuhren wir zurück.

»Als ich vorhin auf dem Stein lag und die Sonne herauskam, habe ich mich wieder an Vilbias Gesicht erinnern können, so wie es damals war, als ich ihr den Heiratsantrag machte. Weißt du, was ich glaube? Dieser Pfahl war niemand anderes als der Gott des Regens. Ich habe ihm wahrscheinlich zuviel geweint in letzter Zeit. Das hat ihn eifersüchtig gemacht.«

Da war es wieder, das alte Lachen von Jim Westness. Er schüttete sich aus vor Lachen, und der in der Sonne trocknende Lehm sprang in kleinen Bröckchen von seinen Wangen. »Ich werde es heute abend in der Kneipe erzählen. Es macht nichts, wenn sie denken, ich spinne. Im Grunde glauben sie ja auch an Wunder.«

22. DIE TARNKAPPE GOTTES

Vieles veränderte sich in den nächsten Tagen. Christines Verhalten, das Wetter, mein Gemütszustand.

Ich beginne mit dem Wetter. Es hellte sich auf. Der ewige Regen hörte auf. Die Sonne kam durch und blieb sogar: eine erstaunliche, messingfarbene Scheibe, wie geschaffen zur Anbetung. Zum ersten Mal konnte ich wirklich nachvollziehen, was es wohl für die Urbevölkerung geheißen hatte, einen solchen Gott zu verehren. War Jim Westness nicht Experte in solchen Dingen? Ich beschloß ihn zu fragen. Außerdem ging mir die absurde Geschichte mit dem Pfahl nicht aus dem Kopf. Hatte Jim Westness mir ein Zauberkunststück vorgeführt? War ich so in seinem Bann gewesen, daß die Unlogik der Erscheinung mir nicht aufgefallen war?

Ich ging hinüber. Vater und Tochter saßen auf zwei Melkschemeln an der Südwand des Hofes und genossen die Wärme des Lichts. »Ob ich einen Sonnengott kenne?« antwortete Jim auf meine entsprechende Frage. »Nein. Aber eine Sonnengöttin. Sule. Die Sonne ist weiblich. Lúan, der Mond, ist hingegen kalt. Er ist männlich. Beide Gottheiten werden hier seit Ewigkeiten verehrt. Komm, ich zeig dir was.«

Ich folgte ihm in sein dunkles, feuchtes Reich. Jim holte

aus einer Schublade ein Kästchen und öffnete es. Lauter kleine Metallscheiben kamen zum Vorschein. Einige waren blankgeputzt und schimmerten gelb. »Siehst du die Speichen? Es sind alles Räder aus Bronze. Symbole von Sule, der Sonnengöttin. Ted hat sie vor Midhowe aus dem Wasser geholt. Die Einwohner müssen sie als Opfergabe ins Meer geworfen haben.«

»Aus dem Wasser geholt?«

»Ja, er hat nach ihnen getaucht. Zusammen mit Frank. Die beiden waren damals ziemlich befreundet. Frank ist Taucher, wußtest du das nicht?«

Mir war elend.

»Sie waren beide im Subaqua-Club von Kirkwall. Haben viel in Scapa Flow nach den alten deutschen Kriegsschiffen getaucht. Aber auch hier vor der Insel und an der Westküste.«

»In Argyll?«

»Natürlich. Dort soll es die besten Tauchgründe geben.«

Ich hatte plötzlich ein seltsames Geräusch in den Ohren. Eine Art schrilles Singen. Warum hatte Frank nie davon erzählt? Das konnte doch nur heißen, daß er etwas zu verbergen hatte. War ich die ganze Zeit über blind gewesen? Blind und taub?

»Nach was haben sie dort getaucht?«

»Mein Schwiegersohn hat nicht viel darüber geredet. Ich glaube, sie haben nach Schätzen gesucht wie diesen Münzen hier.«

»Nach dem Gold der Spanischen Armada oder nach dem Sobieski-Schatz.«

Ich hatte in den Nebel hinein geschossen und ich traf. Jim starrte mich verblüfft an. »Was weißt du denn darüber? Es war viel von den Sobieski-Diamanten die Rede, als Frank und Christine hier noch lebten. Christine war ganz besessen davon. Sie redete oft von einem Kästchen Juwelen, das die Mutter Bonnie Prince Charlies, eine Enkelin des polnischen Königs Jakob Sobieski, bei sich hatte, als sie einst in Frankreich in eine Schneewehe fiel. Die Juwelen waren danach verschwunden, bis sie Hauptmann O'Toole, einer ihrer irischen Begleiter, wiederfand. Es war die Lieblingsgeschichte Christines. ›Denk dir nur, die Zukunft Schottlands versunken in einer Schneewehe‹, sagte sie oft.«

»Wieso die Zukunft Schottlands?«

»Es heißt, daß Bonnie Prince Charlie seinen sinnlosen Krieg gegen England mit diesen Sobieski-Juwelen finanzieren wollte.«

»Kann ich telefonieren?« fragte ich. Jim nickte. »Wenn es Schwierigkeiten gibt, kannst du auf mich rechnen. Am Ende der Welt kann ein wenig Freundschaft sehr viel bedeuten.«

Er hatte nur zu recht mit dieser Bemerkung. Ich fühlte mich tatsächlich am Ende der Welt angelangt. Aber nicht als Hyperboräer, sondern als jemand, der sich hierher verlaufen hatte und nun weder weiterkam noch zurückfand, weil das Ende der Welt eine Insel war, die ihn von allen Seiten umschloß.

Diesmal erreichte ich Dale Mackay ohne Probleme. Ich schilderte die Situation, beschrieb die Neujahrsnacht, erwähnte die Sache mit Jims Sohn, die Taucherei nach dem Sobieski-Schatz. Mackay hörte geduldig zu. Als er dann redete, kam mir seine Stimme verändert vor, aufgeregter, höher dadurch.

»Piet, ich glaube, du bist in Gefahr, in großer sogar, nach alldem, was in Lochboisdale passiert ist. Am besten du verhältst dich ruhig, gehst spazieren. Sage vor allem niemand, daß du mich angerufen hast.«

»Jim Westness weiß es.«

»Von ihm geht keine Gefahr aus, da bin ich mir sicher. Ich verständige jetzt sofort die Kollegen in Kirkwall. Sie schicken jemand rüber. Ich denke, wir werden Miss Campbell und ihren Frank zu einem Interview bitten müssen. Auf jeden Fall aber solltest du dich jetzt wirklich unauffällig verhalten. Du hast die Schicksalsgötter bereits lange genug provoziert.«

Er legte auf, und ich ging wieder hinaus. Mir war elend zumute. »Christine«, stöhnte ich. »Hast du mich mit deiner Zuneigung getäuscht?« Ja, so war es wohl. Ich hatte die ganze Zeit über gemeint, am Rande des Kornfelds zu stehen, dabei war ich mittendrin. Deshalb hatte ich die deutlichen Muster im Chaos der Ereignisse nicht wahrgenommen.

Draußen stand Jim am Zaun und deutete nach Norden. Über uns war der Himmel blau, und die Sonne schien. Aber im Norden fand etwas Seltsames statt. Eine weiße Wand versperrte den Blick. Sie schob sich näher, verschlang den Streifen Wasser hinter den Klippen, kroch die Felsen hoch. Dabei schien sie zu wachsen, eine Steilwand aus Watte.

»Was ist das?« fragte ich.

»Wir nennen ihn die Tarnkappe Gottes«, sagte Jim. »Es ist der Nebel, der gleich alles verschlingen wird. Es kann Tage dauern, bis er sich wieder auflöst. Sieh mal, der Zaun da drüben, gleich ist er weg.«

Und wirklich, dieser weiße Moloch hatte ihn bereits verschlungen. »Gleich ist er über uns«, sagte Jim. »Du kannst die Hand hineinstecken und es ist, als ob sie abgetrennt wird.«

»Wie lange bleibt so ein Nebel gewöhnlich?«

»Das hängt vom Wind ab. Wenn er ausbleibt, kann sich der Nebel tagelang halten. Dann geht es allen hier schlecht.

Sogar den Schafen. Nach ein paar Stunden schon glaubt man zu ersticken. Es ist besser, du gehst schnell nach Hause, solange du den Weg noch erkennst.«

Ich ging, und die Nebelwand folgte mir auf Schritt und Tritt. Ich schloß die Tür und sah zum Fenster hinaus. Schon war draußen nichts mehr zu erkennen. Wie graue Kissen drückte es gegen die Scheibe. Dabei war es unnatürlich still. Weder die Schreie der Möwen, noch das Brandungsgeräusch waren zu hören.

Das Feuer im Kamin war ausgegangen. Auch im Haus herrschte Grabesstille. Unschlüssig, was ich nun tun sollte, und eingedenk der Warnungen Mackays ging ich in mein Zimmer. Sie lag im Bett. Die Haare aufgelöst über dem Kissen. »Ich habe mich von Frank getrennt«, flüsterte sie. »Jim hat recht, ich habe ihn nie geliebt. Komm Piet, halt mich warm.«

Christine zitterte am ganzen Leib. »Mach den Laden zu.«

Ich tastete in der Dunkelheit nach ihr. Sie war nackt. Bis auf etwas am Hals. Ich fühlte im Innenfutter meiner Tasche nach. Leer. Das Rubinhalsband. Sie trug es.

»Christine, woher hast du...«

»Ach Piet, ich habe es schon gewußt, als ich damals die Tinwhistle aus deiner Jackentasche zog. Da wußte ich, was du versteckt hattest. Aber das ist doch jetzt egal. Komm, zieh dich aus, leg dich zu mir.«

Ihr Stimme klang beinahe scharf, fast befehlend. Langsam begann ich mich auszukleiden. »Und Frank, wo ist Frank?«

»Er ist umgekommen. Sie haben ihn getötet. Die Explosion hat ihn nicht versehrt. Sie müssen ihn später erdrosselt haben.«

Sie schluchzte auf wie ein Kind, und eine Welle des Mitleids überflutete mich, obwohl ich nicht verstand, was sie sagte. Es klang wie wirres Zeug. Frank konnte kaum gemeint sein. Sie mußte Fieberphantasien haben.

Ich schlüpfte zu ihr ins Bett, nahm sie in meine Arme und hielt sie, bis sie aufhörte zu weinen, bis ich spürte, wie sie sich entspannte. Nein, Mitleid war das falsche Wort. Es war Liebe, in der sich Respekt und Verlangen, Sehnsucht und Distanz vollkommen die Waage hielten. Wann hatte ich je einer Frau gegenüber solche Gefühle empfunden!

Ich weiß nicht, wie lange wir so lagen. Ich wünschte mir eine Schale voll Ewigkeit, randvoll, die mit uns inmitten des Meeres der Zeit treiben sollte ohne unterzugehen. Doch als ich Christine zu streicheln begann und ihre Schamhaare berührte, kam dieser Traum vom Danskey Valley zurück. Hornig und weich. Ihr Bauch fühlte sich seltsam an, wie der Schuppenpanzer eines Tieres.

Sie flüsterte in mein Ohr: »Es ist gut, daß er tot ist. Er war ein schwacher Mann. Er war hübsch, ehe ihn die Krankheit verunstaltet hatte, und er war geistreich, außer wenn er sich am Whisky von Argyll betrunken hatte, er spielte wunderschön die Laute, und er konnte tanzen wie ein schwebender Bär. Er hatte alles, was sich eine Frau an einem Mann wünscht, außer Kraft, die hatte er nicht, er war leicht wie ein Schmetterling, erst der Tod hat ihm ein wenig Schwere zurückgegeben.«

»Wen meinst du, Christine?«

»Meinen unglücklichen Mann, Henry Lord Darnley.«

War sie verrückt geworden, oder spielte sie mir nur wieder etwas vor? Eine Ophelia des Nordens? Mein Gott, ich war kein Hamlet. Darnley war der zweite Mann Maria Stuarts gewesen, den Bothwell, ihr dritter Mann, hatte ermorden lassen. Darnley, der sich in einem Haus außerhalb der Stadtmauer von Edinburgh aufhielt, sollte in die Luft gesprengt werden. Der Anschlag mißlang und gelang zugleich auf höchst mysteriöse Weise. Obwohl die Explosion gewaltiger Mengen Schwarzpulver das ganze Haus in die Luft gesprengt hatte, fand man Darnley von den Flammen unversehrt, jedoch vor Kälte steif und tot im Nachbargarten.

So wenig Frank Darnley war, so wenig war ich Bothwell, den Maria einst zum Herzog der Orkneys gemacht hatte, und den sie mit Hilfe des Segens des protestantischen Bischofs der Inseln geheiratet hatte, ohne Dispens von Rom zu erlangen. Bothwell, der als Trunkenbold im dänischen Exil gestorben war. Das war auch das einzige, bei dem ich mich mit ihm identifizieren konnte.

Ich spürte, wie eine Veränderung mit Christine stattfand. Sie erhob sich und zog sich an. Ich aber lag immer noch nackt im Bett und sah zu, wie sie die Läden öffnete. Das weiche Nebellicht drang zu uns herein. Christine stand mit überkreuzten Armen am Fenster. Die Konturen ihrer Gestalt schienen zu zerfließen. Aber das Rubinhalsband, das sie trug, funkelte und leuchtete, obwohl es im Schatten lag.

»Die Steine sind wertvoll«, sagte ich. »So wertvoll, daß dafür Menschen ihr Leben lassen mußten. Es sind die Sobieski-Rubine. Frank hat sie gefunden, zusammen mit dem Schwiegersohn von Jim. Darum mußte Ted sterben.«

»Das ist alles Unsinn. Es sind nicht die Sobieski-Rubine. Wir haben sie bisher vergeblich zu finden versucht. Nur einer der Steine im Halsband ist wertvoll«, sagte sie mit einer Stimme, die plötzlich rauh und tief klang. »Nur einer. Die anderen zehn sind nicht viel wert.«

»Vorher war er in dem Ring, den du neulich getragen hast.«

245

»Ja. Es war mir zu gefährlich, ihn am Finger zu tragen. Ich habe ihn zusammen mit den künstlichen Rubinen zu einem Halsband verarbeiten lassen.«

»Du hast den echten Stein unter den künstlichen versteckt. Und dann mir geschickt. Warum?«

»Bei dir war er sicher.«

»Und du hast nicht gefürchtet, daß Willem den echten Stein bemerkt?«

»Nein. Der Goldschmied in Glasgow, der das Halsband gemacht hat, hat es auch nicht bemerkt, obwohl er ein sehr erfahrener Künstler seines Gewerbes ist.«

»Was ist das für ein Stein?«

Ich weiß nicht, warum diese simple Frage solch eine Wirkung hatte. Vielleicht weil sie so nüchtern war, so scheinbar sachlich. Sie war wahrscheinlich ein faux pas aus der Sicht eines Menschen, der nicht mehr aus noch ein wußte. Jedenfalls begann Christine in diesem Moment zu schreien. Sie stand am Fenster und schrie mich an: »Du weißt nicht, was das für ein Stein ist? Du bist genauso grob wie dieser Henker, der dreimal zuschlug, um ihr Haupt von meinem Körper zu trennen. Der Stein war mein Blut. Es war der eine zum Rubin gewordene Blutstropfen, der im Moment der Enthauptung die Ader passierte, die die Schneide des Beils durchschnitt.«

Ihr Stimme wurde wieder sanft. »So habe ich es mir wenigstens zuweilen vorgestellt, Piet. Du weißt, daß Vorstellungen zuweilen stärker sind als die Realität. Verzeih mir, wenn ich dich erschreckt habe. Die Wahrheit ist, ich habe mit Frank geredet. Ich habe ihm klargemacht, daß ich ihn nicht mehr liebe. Jim Westness hatte recht mit seiner Frage. Ich habe Frank nie geliebt, jedenfalls nicht richtig, so wie es einer Frau gebührt, die es ehrlich mit sich meint.«

Sie kam ans Bett und setzte sich. Sanft begann sie mich

zu streicheln. Zweifellos war sie aus Maria wieder in Christine geschlüpft. Sie war normal und zugleich wie von Sinnen, und dennoch sprach sie klar wie jemand, der etwas sachlich erläutert, obwohl alles unerklärbar ist, was er erklären will.

»Höre mich an, Piet. Maria Stuart schrieb am achten Februar 1578, in der Nacht vor ihrer Hinrichtung, einen Brief an ihren Exschwager Heinrich III., den König von Frankreich. In ihm finden sich folgende Zeilen: ›Ich habe mir die Freiheit genommen, Dir zwei kostbare Steine zu senden, Talismane gegen Krankheit in der Hoffnung, daß Du Dich guter Gesundheit und eines langen und glücklichen Lebens erfreuen mögest. Nimm sie von Deiner Dich liebenden Schwägerin in Empfang, die Dir, da sie stirbt, ihr herzliches Gefühl für Dich bezeugt. Mittwoch, um zwei Uhr morgens. Deine Dich über die Maßen liebende und treue Schwester.‹«

»Redest du von Maria Stuart oder von dir?« Es war eine Testfrage, von der ich mir Aufschluß über ihre geistige Verfassung versprach.

Sie reagierte kühl. »Ich rede von beiden, von Maria und mir. Maria ist tot, und ich lebe. Aber ihr Leben ist noch nicht beendet, und meines hat noch nicht richtig angefangen. Wer sagt denn, daß sie nicht wieder aufersteht? Wer sagt denn, daß ich ihr nicht dabei zu helfen vermag? Marias Ende war ungerecht. Mindestens so ungerecht wie der Tod Jesu. Wir Frauen haben auch unseren Jesus. Aber der ist weiblich! Mutter und Tochter in einem. Maria, die Königin der Juden. Ist es etwa nur Zufall, daß die Königin der Schotten den gleichen Vornamen trug? Piet, laß dir gesagt sein, es gibt gewisse Formen der Ungerechtigkeit, die zum Geschwür werden, das immer weiter wuchert. Ein Krebs im Dasein der Welt. Meine Mutter starb schon an ihm.«

»Du glaubst an die Wiedergeburt, wie dieser schottische Teufel Crowley!«

Sie sah mich mitleidig an. »Piet, davon verstehst du leider zu wenig. Vielleicht ist Bonnie Prince Charlie in dir tatsächlich wiedergeboren. Er wird verehrt, das stimmt, aber er war in Wirklichkeit ein konfuser Schwächling.«

Wenn diese Frau verrückt war, in ihrer Persönlichkeit gespalten, besessen von der Wahnidee, die Reinkarnation jener unglücklichen Königin der Schotten zu sein, dann entzog sich mir die Art ihrer geistigen Verwirrung. Die Glaubhaftigkeit, die von ihr ausging, paßte nicht zu dem Bild, das ich mir im Laufe meiner beruflichen Erfahrung mit Irren gemacht habe. Sie mögen noch so durchdrungen sein von einer fixen Idee, irgendwie wirkt es immer, als spielten sie dabei doch nur eine Rolle. Hier war dies offenbar nicht der Fall.

Christine, oder war es Maria Stuart, beugte sich über mich und küßte mich. Dann fuhr sie fort: »Piet, du bist ein Mann, auch wenn du ein paar weibliche Züge an dir hast. Du wirst also nie begreifen, was in Maria vorging, als sie starb. Genauso wenig, wie du begreifen wirst, was sie fühlte, als sie liebte. Maria war nie das, was die Welt aus ihr zu machen versuchte. Sie war keine Königin, keine Geliebte, keine Mutter, sie war auch kein hilfloses Opfer von Intrigen. Sie war nichts als sie selbst. Daran zerbrach die Welt um sie herum, und deshalb mußte die Welt sie zerbrechen. Komm jetzt, steh auf. Ich muß dir etwas zeigen.«

Mir blieb nichts anderes, als ihrem Wunsch zu folgen. Ich tröstete mich damit, daß dies in das Verhalten eines Psychiaters paßte. Den Verrückten behandeln, als sei er normal. Nicht gegensteuern, sondern behutsam auf ihn eingehen.

Kurze Zeit später waren wir draußen im Nebel. Christine hatte meine Hand gepackt und zog mich weiter. Es war erstaunlich, wie sie sich zurechtfand.

Wir folgten dem Weg nach Norden. Hin und wieder sah ich einen der Zaunpfähle auftauchen. Dann veränderte sich der Boden, wurde steinig, zerklüftet.

»Woher hast du den Ring?« fragte ich. Sie blieb stehen und schlang die Arme um mich. Der Nebel kondensierte auf der warmen Haut ihres Gesichtes zu winzigen Perlen.

»Frank hat ihn gefunden. Er hat in Loch Ness getaucht mit einem Freund. Dabei hat er in einer kleinen Höhle unter Wasser eine Kiste gefunden. Sie war völlig verrostet. Zwei Ringe waren darin und Briefe. Sie waren fast völlig zerfallen, aber es gab noch einige Stellen, wo man die Schrift erkennen konnte. Es war die Hand Mary Stuarts.«

»Hast du einen Experten gefragt?«

»Idiot«, zischte sie. »Ich werde meine eigene Handschrift doch wohl noch erkennen! Es waren Briefe, die die Unschuld Marias beweisen konnten. Briefe voller Zärtlichkeit, voller Wärme. Sie schrieb sie an keinen Mann, an keinen Bothwell oder wie immer er auch hieß. Es waren Briefe an sich selbst.«

Sie zog mich weiter.

»Und dann wolltest du mehr. Du hast Frank gebeten, noch einmal zu tauchen!«

»Ja. Aber Frank wollte nicht, dieser Feigling. Er hatte zuviel Angst. Ich habe einen Freund damit beauftragt.«

»Wer ist es?«

Sie lachte. »Das werde ich gerade dir auf die Nase binden. Einem Polizisten!«

»Der neue Freund hat nicht allein gearbeitet.«

»Natürlich nicht. Diesmal wollten wir professionell arbeiten. Wir haben einen der beiden Steine auf Paddys Market an einen Hehler verkauft, um die Ausrüstung und professionelle Taucher zu bezahlen. Zehn Jahre haben wir gebraucht, um das alles in aller Stille und unauffällig vorzubereiten. Wir haben den Tauchern erzählt, es ginge um den Schmuck einer Millionärin, die in Foyers Bay ertrunken ist.«

»In den dreißiger Jahren.«

»Du bist besser informiert, als ich dachte.«

»Wieso habt ihr angenommen, daß dort noch mehr Juwelen liegen würden?«

»Wir waren uns sicher, daß es sich auch bei Mary Stuarts Rubinen um einen Teil der Juwelen handelte, mit denen Bonnie Prince Charlie seinen Krieg führen wollte. Er hat sie vom französischen König erhalten, der daran interessiert war, England zu schwächen. Der Prinz hatte außerdem noch die Sobieski-Juwelen dabei, als er bei Cullodden geschlagen wurde. Wir wissen, daß er anschließend über Loch Ness nach Westen floh. Er mußte Inverness vermeiden, denn dorthin zog Cumberland, der englische Schlächter. Am Ufer von Loch Ness, bei Foyers, hat Bonnie Prince Charlie die Sobieski-Juwelen versteckt, weil er Angst hatte, sie könnten in die Hände der Feinde fallen oder aber in die seiner Beschützer, der Clanfürsten aus den Wäldern westlich von Loch Ness, bei denen er zunächst Unterschlupf fand. Außerdem hoffte er immer noch, den Kampf irgendwann wieder aufnehmen zu können. Das Versteck war von seiner Lage her gut gewählt. Eine kleine Höhle unter einem Felsvorsprung bei Foyers. Außerdem gab es bereits Nessie. Ein Drache als Wächter des Schatzes. Das war genial!«

»Die Taucher in den dreißiger Jahren, die zufällig dort nach Juwelen gesucht haben, sie müssen etwas gesehen haben, was sie zu Tode erschreckte.«

»Das war das Loch Ness Monster. Ich weiß, daß es existiert. Es ist nicht die einzige Legende mit einem wahren Kern, Piet.«

»Und die anderen Taucher vom Sobieski-Team? Warum mußten sie sterben?«

»Das weiß ich nicht. Glaub mir, Piet. Ich war genauso entsetzt wie alle, als wir aus den Medien davon erfuhren. Deshalb mußte ich ja auch unbedingt das Rubinhalsband von dir zurückhaben. Das war ja das einzige, was mir geblieben war. Mit den Tauchern muß etwas schief gelaufen sein, ich weiß auch nicht was!«

»Vielleicht sind sie fündig geworden, und dein Freund wollte die Juwelen nicht mit ihnen teilen.«

»Vielleicht.«

»Christine! Warum das alles? Wozu wolltest du das viele Geld?«

Ich wußte natürlich, daß man Wahnsinnige alles fragen kann, nur nicht ›Warum‹. Aber ich war mir immer noch nicht sicher, ob sie mit mir nicht nur ihre schottischen Scherze trieb.

»Ist es wegen Danskey Castle? Brauchtest du Geld, um deinen Traum zu verwirklichen?«

Sie blieb stehen und schlug mir ins Gesicht. Einfach so, kurz und kräftig. Ich blutete aus der Nase, aber das empfand ich nicht als Demütigung.

»Geld! Als ob es mir je um materiellen Besitz gegangen wäre. Aber du bist auch nicht viel anders als die anderen. Glaubst du, ich hätte nicht bemerkt, wie du mit dem Gedanken gespielt hast, die Amati an dich zu bringen? Ich habe dich an Silvester mit Absicht zum Geiger gebracht, aber du hast die Probe nur halb bestanden. Du denkst genauso typisch männlich wie Frank und Ted. Beide waren nur hinter dem Geld her. Frank wollte seine bankrotte Töpferei retten, Ted wollte weg von Rousay. Sie hatten nur finanzielles Interesse an den Steinen. Es ist daher nur logisch, daß sie dafür *bezahlen* mußten. Ted fing an, mit unseren Funden zu prahlen. Mindestens Jim Westness muß etwas gewußt haben. Ich habe deshalb Ted ertrinken lassen. Ein Taucher hat die Arbeit gemacht.«

»Jener unbekannte Freund?«

Sie gab keine Antwort, sondern drehte sich um und ging in den Nebel. »Christine, bleib hier. Der Weg ist gefährlich.«

Ich stolperte ihr nach. Immer wieder blieb sie stehen und versuchte, sich zu orientieren. Mir fiel auf, daß sie sich hin und wieder bückte, als suche sie etwas am Boden.

Wieder blieb sie stehen und ließ mich ganz nahe herankommen. Sie zog meinen Kopf zu sich herab. Unsere Stirnen berührten sich. Sie flüsterte: »Sag, könntest du mich lieben? Wirklich lieben? Nicht nur besitzen wollen? So wie ich diesen Stein liebe, weil in ihm das wahre Leben funkelt?« Sie sah mich mit traurigen Augen an. »Nein, das könntest du sicher nicht, zu dem Schluß bin ich schon lange gekommen, schon damals, als du mich in Glasgow besucht hast und mir das Halsband, das du dabei hattest, nicht gabst.«

»Du hast gewußt, daß ich es...«

»Natürlich, ich habe die Nähe des Steines gefühlt. Deshalb habe ich auch damals nicht mit dir schlafen wollen, obwohl ich dich sehr gern hatte. Du bist nicht besser als der hübsche Darnley und der starke Bothwell. Du gehörst zu diesen Männern, die ewige Jugend vorzutäuschen versuchen, indem sie kindisch sind. Hast du eine Frau, die du liebst? Nein, du hast keine, denn du versuchst immer noch, deine Mutter zu deiner Geliebten zu machen, sie zu verführen, damit sie in diesem Inzest zu dem wird, was du dir erträumst. Eine Hure, die du erlösen kannst!«

»Komm endlich, Christine, laß uns zurückgehen«, flehte ich. »Was sollen wir hier in diesem verfluchten Nebel?«

»Das fragst du? Ausgerechnet du? Ein Boot wartet auf uns. Es wird uns wegbringen, mich zurück nach Frankreich, dich in deine neue Heimat Dänemark. Komm also endlich.«

Sie gab mir einen kräftigen Stoß, und ich taumelte rückwärts. Sie eilte davon und war bald nur noch als grauer Fleck zu erkennen. Mir fiel auf, wie still es war. Der Nebel schluckte jedes Geräusch. Und der Ozean schien bei diesem Wetter friedlich zu sein.

»Komm, Piet, auf nach Japan«, rief sie. Es war das letzte, was ich von ihr vernahm. Nicht einmal ein Schrei. Sie war einfach von der Bildfläche verschwunden.

Hatte sie der Nebel verschluckt? Ich bewegte mich vorsichtig voran. Dann sah ich das Loch im Boden. Ich legte mich hin, steckte den Kopf hinein und rief ihren Namen. Keine Antwort. Tief unten hörte ich es atmen, leise und gleichmäßig, wie ein Schläfer atmet. Die Brust des Atlantiks, die sich senkte und hob.

23. DAS VEXIERBILD

Wäre nicht plötzlich Wind aufgekommen, ich hätte wohl kaum zurückgefunden. Aber einzelne Böen fuhren wie Besen in den dichten Nebel und schoben ihn beiseite. Als ich bei Jim Westness vorbeikam, lehnte er am Zaun. »Ich werde jetzt auch einen Pfahl haben, den ich nicht ausreißen kann«, sagte ich. »Christine ist verschwunden. In einem dieser Höllenschlunde.«

Er zeigte keinerlei Regung, während in mir Chaos herrschte. Doch Jims Gelassenheit wirkte auf mich wie ein Sedativum. »Der Tod ist der Tod ist der Tod«, sagte er, als ob er Banalitäten zu einer Art Liturgie der Sinnlosigkeit verbinden wollte. »Komm, laß uns Frank suchen. Er steckt tief in der Sache drin. Wir müssen nachsehen, wo er ist.«

Er sprang über den Zaun wie ein übermütiger Junge, und dann gingen wir den Feldweg Richtung Straße. Der Nebel war jetzt völlig verschwunden. Die Landschaft wirkte so sauber und klar in ihren Linien und Farben, als sei sie frisch gefirnißt.

Schon von weitem sahen wir sie kommen. Eine ganze Gruppe uniformierter Bobbys. Ihre Uniformen verliehen ihnen etwas Theaterhaftes.

Wir gingen ihnen entgegen, ebenfalls Teil einer Maskerade, einer Oper, die im Bühnenlicht der tiefstehenden Sonne aufgeführt wurde.

Chief Inspector Angus MacLeod aus Kirkwall war ein umgänglicher und zugleich strenger Mann. Er hörte mir aufmerksam zu. Dann griff er zum Handy und gab Befehle. Ein Hubschrauber mit Cliffclimbern würde kommen, Spezialisten fürs Abseilen in steilen Felswänden.

Während einige Polizisten den Auftrag erhielten, das Häuschen von Frank zu durchsuchen, bewegten sich andere auf das Ateliergebäude zu. Die abgeschlossene Tür wurde gewaltsam geöffnet, und dann rief der Chief Inspector mit einem Megaphon Franks Namen hinein. »Frank Harris, sind Sie anwesend? Hier spricht die Polizei. Frank Harris, kommen Sie bitte heraus.«

Nichts rührte sich. Die Männer drangen ein. Wenig später hörte ich den Hubschrauber. Er landete, und ich wurde gebeten einzusteigen. Aus der Vogelperspektive sah Sacquoy Head völlig harmlos aus. Kaum zu glauben, daß mich hier vor kurzem noch eine gewalttätige und gespenstische Natur mit ihrer Magie in Bann geschlagen hatte. Man gab mir ein Fernglas, und ich dirigierte den Piloten dorthin, wo ich das Spitting Hole vermutete, in dem Christine verschwunden war. Ich glaubte mich in einem Vexierbild auf der Suche nach einer Gestalt, die ihre Linien mit angrenzenden Gegenständen teilen mußte.

Schließlich glaubte ich, den Höllenschlund ausfindig gemacht zu haben. Es war derselbe, wie ich jetzt erkannte, bei dem ich damals auf meiner Wanderung nach Sacquoy Head verweilt war. Von hier oben gesehen wirkte er wie eine harmlose kleine Öffnung im Gestein. Wir landeten, und dann seilte sich einer der Cliffclimber ab.

Er stand in Funkkontakt mit uns, und es dauerte nicht lange, und der Mann in der Tiefe schien etwas gefunden zu haben. Einer der Constables trat auf mich zu. »In welcher Verbindung standen Sie zu dem Opfer?« Ich war nicht in der Lage, diese Frage überzeugend zu beantworten. Der Polizist unterbrach mein Gestammel. »Wenn Sie, wie ich Ihren Worten entnehme, in einer persönlichen Beziehung zu der Frau gestanden haben, dann ist es besser, wenn Sie jetzt den Platz verlassen. Wir werden Sie später zur Identifizierung bitten.«

»Ist sie tot?«

»Ja. Und sie ist auf eine eigenartige, wie soll ich sagen, spektakuläre Weise verstümmelt. Deshalb ist es besser, Sie verschwinden jetzt.«

Die Polizei hatte ihr Quartier in Jim Westness' Hof aufgeschlagen. Ich wurde von Chief Inspector MacLeod persönlich eingehend verhört. Über meine Beziehungen zu Frank und Christine, über den Grund meines Hierseins. Es waren unangenehme Fragen dabei, die meine Arbeitsweise im Zusammenhang mit einem offiziellen Auftrag seitens der holländischen Polizei betrafen.

Der Chief Inspector schien nicht gerade ein Anhänger meiner passiven Verhörmethode zu sein. Er fragte präzise, drängend, einkreisend. Meine Gegenfragen nach dem, was man im Spitting Hole und in Franks Atelier gefunden hatte, stießen auf taube Ohren. Es schien mein Glück zu sein, daß MacLeod öfters mit Dale Mackay telefonierte. Der Inspector in Inverness hielt offenbar seine schützende Hand über mich.

Es war längst dunkel, als man mich in ein Nebenzimmer führte. Hier waren mehrere starke Lampen aufgestellt, die eine von einem weißen Tuch bedeckte Bahre beleuchteten. »Ich muß Sie bitten, die Person zu identifizieren.«

Als das Tuch zur Seite gezogen wurde, schloß ich die Augen. Ich spürte, wie mein Hals sich zuschnürte, als träfe ihn dort die scharfe Schneide eines Beils. Was ich geahnt hatte, bestätigte sich, als ich die Augen wieder öffnete. Es war Christine. Und zugleich war sie es auch nicht. Sie war nackt. Der Kopf lag eine Handbreit vom Rumpf entfernt. Er war glatt abgetrennt, so glatt, daß mir die Erklärung unwahrscheinlich vorkam, die der Polizeiarzt abgab. Sie war offensichtlich beim Sturz in die Tiefe von einer scharfen Felskante geköpft worden. Noch etwas anderes war seltsam. Zwar erkannte ich Christine an ihren Augen, ihrem kleinen Mund mit den schön geschwungenen Lippen, die jetzt ohne Farbe waren. Aber zugleich war ihr Gesicht stark verändert. Es war kantiger geworden, fast männlich. Die einst kupferroten Haare waren grau.

»Ist oder vielmehr war dies Miss Campbell?« hörte ich die Stimme des Chief Inspectors. Sie klang wie aus einem fernen Raum, wie aus dem Schalltrichter jener Sprechanlage von Mackenzies Boot. »Ja«, sagte ich. »Das ist sie. Obwohl sie stark verändert ist.«

»Die Folge eines Traumas, wie es bei Hinrichtungen häufig zu beobachten ist. Es ist, als ob im Moment des Todes das wahre Ich eines Mensch zum Vorschein kommt«, sagte der Arzt.

»Das Bett ist zersplittert bis auf die Haut«, sagte ich und erntete für diese Bemerkung verständnislose Blicke.

Ich spürte, wie sich eine schwere Hand auf meine Schulter legte und mich mit ihrem Druck hinausgeleitete. »Sie sollten sich jetzt besser hinlegen«, rief der Arzt mir nach. »Ich werde Ihnen ein paar Beruhigungstabletten schicken.«

Ich drehte mich um und fing hysterisch an zu lachen. »Das ist nicht nötig, guter Mann«, rief ich. »Ich bin mit Extremsituationen wohl vertraut. Wenn Sie mich schon beruhigen wollen, dann sagen Sie mir wenigstens, was mit Frank Harris los ist. Haben Sie ihn gefunden?«

»Ja«, sagte der Chief Inspector. »Wir glauben es wenigstens. Was noch da ist, taugt allerdings wenig zu einer Identifizierung. Wir haben seine Asche gefunden und ein paar Knochen. Alles im großen Brennofen der Töpferei. Er war noch warm. Das ganze Gas war verbraucht. Jetzt ruht unsere Hoffnung auf den Zähnen des Opfers, die die Flammen überstanden haben.«

»Und das Halsband? Hat man es dort unten in der Hölle auch gefunden?«

»Welches Halsband? Mackay hat uns nichts von einem Halsband gesagt. Hatte es einen besonderen Wert?«

Ich gestattete es mir, höhnisch zu lachen. »Es war so wertvoll, daß deswegen mehrere Leute sterben mußten. Und es hat schließlich Miss Campbell getötet. Es hat ihr den Kopf abgetrennt!«

Der Polizeiarzt näherte sich mir, zückte seine Taschenlampe und leuchtete mir in die Augen. »Ihre Pupillen, sie reagieren kaum«, sagte er. »Sie sind dabei, völlig durchzudrehen. Ich komme gleich zu Ihnen.«

24. DALE MACKAY

Nach einem tiefen Schlaf, der Folge der Spritze, die mir der Arzt verpaßt hatte, wurde ich im Flugzeug nach Inverness zurückgeschickt. Es herrschte wieder Sturm, und die Fähren gingen nicht. Die Maschine war klein und der Tanz durch die Luftwirbel eine Strapaze. Man hatte mir einen Constable als Geleitschutz mitgegeben. In Inverness jedoch ließ man mich meiner Wege gehen. »Melden Sie sich morgen früh bei Inspector Mackay«, hieß es lediglich.

Ich suchte mir eine Bleibe und landete in einem kleinen, etwas heruntergekommenen Hotel am River Ness, dem Larchfield Hotel. Es zeigte sich schnell, daß es eine jener Hochburgen menschlicher Wärme war, wie man sie immer wieder in diesem Lande antrifft.

Es schneite; ich saß in der Dachkammer am Fenster und sah hinaus. Der Fluß Ness vor dem Fenster war so schnell, daß sich die Erde wie ein Kreisel im Weltall zu drehen schien, wenn man eine Weile in seine mächtige Strömung starrte. Christines Tod schien mir immer noch eine Phantasmagorie zu sein, ein absurdes Produkt meiner Einbildungskraft. Sie war nicht wirklich tot. Sie würde gleich dort unten auf der Straße stehen und mir zuwinken. Ich würde hinuntergehen und mich bei ihr unterhaken, und so würden wir stromaufwärts gehen in Richtung Loch Ness.

Ich rief Dale Mackay an. »Ich bin jetzt in Inverness. Ich soll mich morgen mit Ihnen treffen.«

»Das ist schön. Ich freue mich auf diesen Moment. Wir haben lange genug nur in Telefonaten füreinander existiert.«

Mein Gott, diese Stimme von Mackay; sie wirkte entschieden besser als die Beruhigungsmittel, die mir der Polizeiarzt verordnet hatte.

»Manchmal weiß ich nicht mehr, in welcher Zeit ich lebe.«

»Die keltische Krankheit, sie hat dich gepackt. Gut, wir treffen uns am besten morgen vormittag in der Stadt. Es gibt ein ganz nettes Café in der Church Street. Ich bin um zehn Uhr dort.«

»Wie erkenne ich dich, falls du in Zivil kommst?«

Dale Mackay lachte. Ein gutturales, in sich selbst verliebtes Lachen. »Die Frage ist überflüssig. Erstens ist um diese Zeit kaum jemand dort. Zweitens sind es Leute, die beim Einkaufen eine Pause machen. Sie haben Tüten und Taschen dabei und sehen aus, als sei in denen die ganze Last des Daseins enthalten. Ich bin die Person, die keine Tasche dabeihat.«

Ich war noch nicht müde genug, ging hinunter und fragte einen schneeschippenden Mann vor einer Kirche, den Küster vermutlich, wo es noch ein Bier gab. Er wies auf einen schmalen Treppenaufgang. Und so landete ich in der Haughbar. Nicht ahnend, daß dies eine Hochburg der schottischen Nationalisten war. Über der Tür wehte die schottische Fahne, im Fenster lehnte ein Schild: No foreigners. No English.

Mir waren patriotische Gefühle in diesem Moment herzlich egal. Ich fühlte mich als Einheimischer. Die keltische Krankheit hatte mich mehr als gepackt.

Ich bestellte großspurig ein Glas Stout und las das Messingschild auf dem Tresensockel: »Hände weg von unseren Bardamen.« An der Wand neben mir hing eingerahmt ein längerer Text:

> Als Gott die Welt erschuf, saß er auf Wolke Neun und erzählte dem Engel Gabriel, was er für Schottland plante. ›Gabby‹, sagte er, ›Ich werde diesem Platz majestätische Berge geben, fruchtbare Täler, Flüsse voller Lachs, goldene Weizenfelder, aus denen man whiskyfarbenen Nektar gewinnt, Kohle im Boden, Öl und Gas unter dem Meer‹. ›Halt' ein, halt' ein‹, unterbrach ihn der kühne Gabriel, ›meinst du es nicht zu gut mit den Schotten?‹ Die Antwort des Allmächtigen kam prompt: ›Nicht wirklich. Warte, bis du die Nachbarn siehst, die ich ihm geben werde‹.

Eine hagere Blondine hatte den Ausschank unter sich. Sie lächelte mich freundlich an. Ein Stück weit weg stand ein Kerl am Tresen, der weit weniger Sympathien für mich zu hegen schien. Er musterte mich durchdringend. Er schien betrunken. Kaum hatte ich mein Glas an die Lippen gesetzt, kam er näher. Er rückte ganz dicht an mich heran. »Du willst bestimmt eine mit mir rauchen«, sagte er. Dann zog er eine Zigarette halb aus der Schachtel und hielt sie mir vors Gesicht.

»Ich rauche nicht, Partner«, sagte ich.

»Das glaube ich dir nicht.« Er packte mich an den Haaren, drückte meinen Kopf bis fast auf die Theke hinunter und versuchte, mir die Zigarette mit Gewalt in den Mund zu stopfen.

Ich habe glücklicherweise einige Erfahrung mit solchen

Situationen und bin ihnen nicht mehr hilflos ausgeliefert. So wußte ich, daß es in diesem Augenblick darauf ankam, sowohl das eigene Selbstbewußtsein wie das des Gegners zu stabilisieren. Weder Gegenwehr noch Flucht, sondern kongeniales Mitspielen ist in solchen Situationen gefragt. Und es kommt darauf an, dem anderen zu demonstrieren, daß man seine Art von Humor ausgesprochen zu schätzen weiß.

Ich entzog mich seinem Zugriff durch eine blitzschnelle Drehung und hieb ihm, noch während er verdutzt seine Wut zu sammeln suchte, mit aller Kraft auf die Schulter. »Ich würde dir gerne einen ausgeben, Kumpel!« sagte ich. »Wie wär es mit einem guten Whisky aus Argyll.«

Er starrte mich an, offenbar ratlos, wie er reagieren sollte. »Aus Argyll«, murmelte er. »Die machen den besten Whisky.«

»Für uns ist der beste gerade gut genug. Madam, bitte zwei Tallisker, aber ohne Eis.«

Sie füllte die Gläser direkt aus der Flasche, und mein Nachbar und ich stießen an, so kräftig, daß es ein Wunder war, daß die Gläser hielten.

»Slanche«, sagte ich.

»Slanche«, brüllte er. »Was machst du hier?« fragte er mich lauernd.

»Ich bin Schriftsteller«, log ich. »Ich bin hier, um für mein neues Buch zu recherchieren. Mein Verleger möchte es möglichst glaubhaft. Es spielt in Schottland.«

»Ich bin Taucher. Mike MacLean.« Er reichte mir die Hand. Deren Druck war übertrieben kräftig, aber dies war nicht mehr als ein Rückzugsgefecht.

Er gab nun seinerseits eine Runde aus. »Wo kann man hier tauchen?« fragte ich. »Ich tauche selber ein wenig. Lohnt es sich, im Loch Ness zu tauchen?«

»Quatsch. Das Wasser ist viel zu trübe. Plankton. Moorwasser. Ich tauche an der Westküste. Nach Jakobsmuscheln. Bringt gutes Geld. Willst du mal mitkommen?«

»Warum nicht?«

»An der Westküste ist richtiges Männertauchen möglich, sag ich dir. Die Strömung ist ziemlich stark. Du mußt gut sein. Frauen können da nicht tauchen.« Er begann, auf tauchende Frauen zu schimpfen. »Weißt du was? Ihre Brustwarzen schwellen an, wenn sie auftauchen. Ich habe das selbst beobachtet. Die Nippel werden ganz hart dabei. Und es gibt noch mehr, was anschwillt bei den Weibern, wenn sie auftauchen. Ich sag dir, die haben keine Körper für echtes Tauchen.«

Ich erstarrte. War ich endlich an den Rand des Kornfelds geraten? Ich versuchte, mir nichts anmerken zu lassen. Wir tranken noch mehrere Runden. Er rückte mir dabei immer näher. Schließlich legte er mir den Arm um den Hals. »Wir sollten zusammen tauchen. Ich weiß eine gute Stelle in der Nähe. Komm morgen wieder her. Wir gehen anschließend zu mir. Ich zeig dir meine Ausrüstung.« Er nannte mir seine Adresse, und ich versuchte den Namen der Straße und die Hausnummer zu behalten.

Ganz plötzlich hatte er alles Interesse an mir verloren. Er ging hinüber in den Nebenraum und mischte sich unter die Zuschauer am Billardtisch. Und ich machte, daß ich nach Hause kam. Um Mike würde ich mich morgen kümmern.

Ich stand früh auf und ging am Castle vorbei in die Stadt. Vor dem Castle steht eine überlebensgroße Frauengestalt aus Bronze. Sie trägt ein flatterndes Gewand und blickt voller Sehnsucht in die Ferne. Der Grünspan verleiht ihr die Aura von Vergänglichkeit, von lebendiger Schönheit. Es ist niemand anderes als die Rebellin Flora MacDonald, die dem scheidenden Prinzen nachsieht. Oder wartet sie auf seine Rückkehr? Um den Hals zieht sich eine deutlich erkennbare schwarze Narbe; die Naht, an der der Kopf mit dem Rumpf verschweißt wurde. Sie ist schwarz geworden unter dem Einfluß der Verwitterung.

Vor der Townhall entdeckte ich den magischen Stein von Inverness. Clach-na-Cuidainn. Er war von Treppenstufen eingefaßt, so daß er nur wenige Zentimeter herausragte. Tatsächlich hatte er die ungefähre Form eines Rhombus. Ein Loch in ihm war mit Zement geflickt. Ich legte die Hände auf den Stein. Er war kalt und naß. Nichts sonst, keine Energie, keine magischen Kräfte. Eher verstärkte sich die Müdigkeit in mir.

Wir waren um zehn Uhr verabredet, aber ich war schon früher da. Das Café in der Church Street war genau der Ort, den ich mir vorgestellt hatte. Kein Wiener Café konnte es an Melancholie übertreffen. An kleinen Tischen saßen Hausfrauen mit Einkaufstaschen, tranken Tee und aßen Kuchen, den man an einer Theke der Bäckerei im Vorraum bekam. Das Licht war trübe. Unterwasserlicht. Es hätte mich nicht gewundert, wenn in Blickhöhe Quallen vorbeigetrieben wären.

Ich blickte immer wieder auf die Uhr, und es hätte mich nicht gewundert, wenn deren Zeiger rückwärts gelaufen wären. Die Zeit dehnte sich wie ein Bungeeseil.

Um halb elf war immer noch kein Mann im Raum, abgesehen von einem Säufer, der in der Ecke sein Bier trank und der unmöglich Dale Mackay sein konnte.

Ich trank meinen vierten Tee mit Milch. Es war der erste, den ich mit einem Gläschen Dark Rum versetzte. Eine junge Frau betrat das Café, sah sich kurz um und steuerte auf meinen Tisch zu. Sie setzte sich auf den freien Stuhl.

»Entschuldigen Sie«, sagte ich, »ich bin verabredet. Mein Freund kommt jeden Moment. Könnten Sie bitte so nett sein...«

Sie begann zu lachen, ja sie bog sich fast dabei. »Du bist aber schnell, Piet, einen Menschen, den du noch nie gesehen hast, zu deinem Freund zu erklären.« Sie reichte mir die Hand. »Ich bin Dale. Ich bin gar nicht auf die Idee gekommen, daß du mich für einen Mann gehalten hast, was durchaus für dich spricht. Aber es stimmt natürlich, mein Name ist androgyn.«

Ich schnappte immer noch nach Luft in diesem Teeaquarium. Es ist ein Gerücht, daß Fische nicht ertrinken können, dachte ich. Dann erhob ich mich und setzte mich gleich wieder, als ob ich durch diese kleine Pantomime meine innere Ruhe hätte wiederfinden können.

Dale Mackay war eine zierliche Frau. Ihre Haare waren von einem unscheinbaren Braun. Ihre Augen um so blauer und ihr Teint so weiß, daß die Sommersprossen darin leuchteten.

Mackays wirklich erstaunlich blaue Augen ruhten mit einer Heiterkeit auf mir, als seien sie Gucklöcher in einen Sommerhimmel. Ich war immer noch dabei, den Schock zu überwinden.

»Aber«, stammelte ich, »ich habe doch einmal mit deinem Sohn telefoniert. Er sagte, du seist in der Badewanne und seine Mutter, deine Frau, wie ich natürlich annahm, würde sich über die Pfützen ärgern, wenn du naß ans Telefon kämst.«

Dale bog sich wieder vor Lachen. »Das war mein kleiner Bruder. Mein Vater ist tot. Wir leben alle bei meiner Mutter.«

»Da haben wir etwas gemeinsam. Obwohl, jetzt nicht mehr. Meine Mutter ist ausgezogen. Sie lebt jetzt in einem

Altersheim, und manchmal frage ich mich, ob ich es inzwischen nicht selber tue.«

»Piet, ich glaube, du bist ein Meister des Selbstmitleids. Ich finde, daß du auf keinen Fall zu alt für dein Alter bist, eher zu jung. Aber reden wir von dem Fall. Ich habe den Bericht von Chief Inspector Angus MacLeod gelesen. Das Fax ist heute morgen auf meinem Schreibtisch gelandet. Deshalb habe ich mich auch verspätet. Du kommst nicht allzugut weg in dem Bericht. Aber das muß dich nicht weiter stören. Wir hier sind übertrieben nüchterne Leute, jedenfalls tun wir so. Wahrscheinlich aus dem Gefühl heraus, daß wir ein Gegengift zu all dem keltischen Zauberkram brauchen, der uns umgibt. Eine Gestalt wie Aleister Crowley, dieser schwarze Magier, der bei Foyers gewohnt hat, ist typisch für die Gegend. Er soll zweihundert Kinder umgebracht haben, aber nie ist ein Verfahren gegen ihn eröffnet worden. Ich habe dir, glaube ich, damals am Telefon gesagt, daß Crowley die Tarotkarten mit Sprüchen aus dem Buch I Ging veröffentlicht hat, die wir in der Druckkammer gefunden haben. Ich weiß es vom Chef unserer hiesigen Bibliothek. Ein ungeheuer belesener Mann. Ich ahnte gar nicht, daß wir so ein literarisches Kuckucksei in unserem kleinen Nest beherbergen. Er hat mir viel über Mary Stuart erzählt. Über Crowley, über Bonnie Prince Charlie. Wie ist es gekommen, daß Christine Campbell überhaupt in dieses Loch gefallen ist? Sie kannte sich doch sehr gut aus in der Gegend?«

Diese konkrete Frage brachte mich ganz aus dem Konzept, das darin bestand, die Mundwinkel von Dale Mackay zu fixieren. Wenn sie redete, bewegten sie sich auf eine Weise, die sich über ihre ganze Gesichtshaut fortzusetzen schien, und ihre Sommersprossen tanzten dabei wie auf der sich kräuselnden Oberfläche eines gerade noch glatten Sees.

266

»Sie muß in ihre eigene Falle gegangen sein, weil ich ihre Markierung, ein Möwengerippe, entfernt hatte. Ich nehme an, sie hatte mir das Ende zugedacht, das dann sie ereilte.«

»Ja, so ist das oft mit der Liebe. Man stellt sich leicht selber eine Falle«, sagte Dale Mackay mit einem Seufzer, während ich mir überlegte, wie oft sie schon mit solchen selbstgestellten Fallen zu tun gehabt haben mochte.

»Möchtest du nicht lieber ein Bier?« fragte sie. »Du siehst schon ganz grau aus von dem vielen Tee.« Ich nickte, und wir gingen. »Mein Lieblingspub hat gerade aufgemacht«, sagte Dale. »Es liegt auf der anderen Seite des Flusses.«

Wir gingen über die Brücke, und dann saßen wir vor einem Kaminfeuer in einem großen Raum, der es eindrucksvoll verstand, die Dimensionen einer Bahnhofshalle mit der Intimität eines Wohnzimmers zu verbinden.

Wir bestellten zwei Pints Lagerbier. Dale setzte sich so, daß die Flammen ihren Rücken wärmten.

»Die Orkneys sind eine seltsame Gegend. Ebenso wie die Einheimischen, die Orcadiens, was auf keltisch soviel heißt wie ›die Schweine‹, oder auch ›die Meerschweine‹ oder ›Delphine‹. Ich meine immer, daß die Leutchen dort Flossen unter ihren Kleidern haben. Du hast mal gesagt, daß du mehr von den Kelten wissen willst.«

Ich nickte und starrte wieder auf ihre Mundwinkel.

»Da gibt es kluge Bücher, aber ein wenig hab ich auch selber im Kopf. Wußtest du, daß keltisch von ›kel‹ kommt? Das bedeutet soviel wie ›hoch, herausragend‹, lateinisch ›celsus‹, hat mir unser Bibliothekar erzählt.«

Ich empfand eine beißende Eifersucht auf diesen Mann.

»Man hat daraus geschlossen, daß die Kelten körperlich große Leute gewesen sind. Ich halte das für Unsinn, sie sind in Wahrheit eher klein. ›Kel‹, ›groß‹, hatte damals eher eine übertragene Bedeutung. So etwa wie ›großzügig‹. Die Kelten waren großzügig, das war dann auch ihr politisch-militärisches Verderben. Sie waren großsprecherisch, wenn es um ihre Lieder und Gedichte ging, darum entwickelten sie auch keine Schrift. Das war kein Unvermögen, das war Hybris. Man mußte ihre Verse nicht wie ein Bürokrat schriftlich festhalten, weil sie eben mündlich unsterblich waren.«

»Das stimmt«, sagte ich, um überhaupt etwas zu sagen. »Auch ihre Musik, die Pibrochs, konnte niemals notiert werden, weil sie sich in kein Notensystem pressen ließ. Ich habe das von Cullum MacPherson gelernt.«

»Wärest du nicht so groß, Piet, würde ich dich glatt für einen Kelten halten. In der keltischen Sprache gibt es übrigens kein Wort für *haben*, nur für *sein*. Ist dir klar, was das bedeutet? Es ist der eigentliche Schlüssel für unsere Armut. All diese Witze über den Geiz der Schotten haben hier ihre Wurzel. Es sind volkstümliche Mißverständnisse. Wir sind nicht geizig. Das genaue Gegenteil ist der Fall. Wir sind so spendabel, daß wir unter Geld eine Art Flüssigkeit verstehen, die uns einfach so zwischen den Fingern hindurch rinnt. Für den Außenstehenden erscheint das zuweilen als Geiz. Wir haben eben immer noch kein Wort für *haben*, sondern nur für *sein*. Deshalb ist mir Christine Campbell ein ziemliches Rätsel. Die Sache mit dem wertvollen Halsband; Angus MacLeod hat es in seinem Bericht erwähnt. Ein mögliches Motiv für die Schatzsuche in Loch Ness. Glaubst du, daß Miss Campbell geldgierig war?«

»Nein. Geldgierig war sie gewiß nicht. Deshalb mußte ja auch Frank sterben. Er war aus rein materiellen Gründen hinter dem Rubinhalsband her, und das hat sie ihm nicht verziehen. Sie hat ihn getötet, weil er in ihren Augen ein Verräter war. Die Rubine, oder vielmehr, *der* Rubin besaß für sie nämlich einen immensen ideellen Wert. Sie verehrte ihn, den Blutstein Mary Stuarts. Er war ihr Fetisch. Ein Fetisch verleiht Macht, vielleicht sogar ewiges Leben.«

»Glaubst du an solche Dinge?« Dale Mackay sah mich neugierig an, und ich wußte, daß es an der Zeit war, ihr einen umfassenden Bericht über all das zu geben, was ich in Erfahrung gebracht hatte. Als ich damit zu Ende war, saßen wir beim dritten Bier.

»Noch eine Frage, Piet. Ich hoffe, sie berührt dein Intimleben nicht zu sehr.«

»Ich habe keins, Dale. Wirklich, es hört sich ziemlich dumm an, aber es ist wahr. Strenggenommen ist mein Intimleben nicht vorhanden. Es erlosch mit meiner Geburt.«

»Ich glaube, du kokettierst gerne mit Schwächen. In deinem Fall wirkt das sogar recht überzeugend.« Dale Mackay lächelte und griff nach meiner Hand, drehte sie hin und her und besah sie sich wie einen Gegenstand. »Sieh mal, deine Hände sind schön, aber sie sind viel jünger als du selbst. Was kann man daraus schließen? Du traust dich nicht, etwas festzuhalten mit ihnen. Wie alt bist du eigentlich? Zweiundvierzig oder vierundzwanzig oder beides?«

»Du bist ein besserer Psychologe als ich, Dale. Ich bin beides. Einundvierzig und Vierzehn würde noch besser treffen.«

»Und deine Mutter lebt natürlich ewig.«

»Ja. Sie ist achtundsiebzig und noch ziemlich munter.«

»Dann wird es allmählich Zeit, daß du endlich schlüpfst. Eine Schwangerschaft von fast zweiundvierzig Jahren reicht doch wohl. Du solltest selbst die Wehen einleiten.«

»Und wie mache ich das?«

»In deinem Fall würde ich heiraten, sozusagen aus therapeutischen Gründen, und zwar zur Abwechslung jemanden, der älter ist als du und den du gut leiden kannst.« Sie lachte herzlich. »Nach dem, was du mir erzählt hast von deinen Liebschaften, scheint das bisher noch nicht der Fall gewesen zu sein.«

Wir tranken uns zu, und dann nahm Dale wieder meine Hand, ganz einfach so. Und es war, als machte uns diese kleine Brücke aus Fleisch und Knochen zu siamesischen Zwillingen. Ich überlegte, ob ich etwas Kluges sagen sollte. Wie konnte ich Dale Mackay imponieren? Wie konnte ich sie gewinnen?

»Die Kelten haben keine Sprache entwickelt«, begann ich schließlich, »vielleicht weil sie bereits ahnten, daß sie ein stumpfes Instrument ist. Die Philosophen haben bis Anfang dieses Jahrhunderts, verführt von ein paar windigen Griechen wie Aristoteles und Plato, geglaubt, man könne mit Hilfe der Sprache Wirklichkeit erkennen und herausbekommen, wie sie in ihrem Inneren funktioniert. Man müsse die Begriffe nur immer präziser und differenzierter machen und den Umgang mit ihnen besser beherrschen lernen. Welche Illusion! Aber sie hat lange gehalten. Seit Wittgenstein spätestens wissen wir, daß es nichts zu wissen gibt. Da hatte der alte Sokrates völlig recht, und deshalb hat er auch damals darauf verzichtet, seine Philosophie aufzuschreiben. Er mißtraute der Sprache.«

»Offensichtlich im Gegensatz zu dir.«

Ich ließ mich nicht irritieren: »Hast du schon darüber nachgedacht, Dale, worauf es im Leben überhaupt ankommt? Auf Vereinfachung! Auf Reduktion durch einen verengten Blickwinkel. Nur so halten wir dieses chaotische Daseinsrauschen überhaupt aus. Nur das verhindert, daß wir dabei verrückt werden. Wir gleichen einem Kind in einem riesigen Wald. Würden wir jedes einzelne Blatt hören, würden wir verrückt. Wenn wir aber nur die Blätter hören, die wir auch sehen, ist es bereits viel einfacher, es in diesem Wald auszuhalten. Welche Methoden der Reduktion gibt es? Mindestens sechs. Die Liebe, die Krankheit, die fixe Idee, den Krieg, den Wahnsinn und die Weltanschauung. Am besten bewährt hat sich die letzte Methode. Wahrscheinlich, weil sie die vier anderen in sich einschließt. Nehmen wir die Religion, die wahrscheinlich intensivste Form von Weltanschauung. Sie liefert dir alles: Anlaß zum Krieg, eine Art von spiritueller Liebe, Krankheit, fixe Ideen, Wahnsinn. Auch Mary Stuart ist Opfer ihrer Religion geworden.«

»Piet«, sagte Dale. »Du hast eine schöne Stimme. Ich mag deinen Akzent, der fast etwas Schottisches hat. Ich höre dir gerne zu, obwohl ich durchaus bemerke, daß du dir noch lieber zuhörst. Aber ich versuche immer noch, diese Christine zu begreifen. Die Sache mit dem Fetisch reicht mir nicht. Sie muß ziemlich unwiderstehlich gewesen sein. Weshalb sind so unterschiedliche Männer wie Frank und du ihr so blind verfallen? War es ihr Eros? Ihre körperliche Ausstrahlung? Raus mit der Sprache: Hast du mit ihr geschlafen? Und wie war es dabei?«

Das Gespräch nahm aus meiner Sicht eine ungünstige Wende. »Nun, es war schön, aber auch irgendwie unwirklich. Ja, das war es.«

»Es ehrt dich, daß du dich so unverbindlich ausdrückst, mein Guter. War das alles? Komm, Piet, zier dich nicht. Wir sind doch erwachsene Leute ...«

»Vorhin hast du das abgestritten, jedenfalls, was mich anbelangt. Laß mich überlegen. Naja, da war schon etwas, sie hatte da eine merkwürdige, rauhe Stelle, rauh und weich, wie eine Fischhaut fast. Direkt oberhalb ihrer Scham und an den Innenschenkeln. Vielleicht Folge einer Allergie. Sie neigte dazu. Auch die Halsnarbe war eine allergische Reaktion.«

»Du hast gesagt, ihr Vater war Fischer, und sie hat sich vor ihm extrem geekelt, so sehr, daß sie Akne davon bekam. Es ist bekannt, daß es solche heftigen psychosomatischen Reaktionen gibt.«

»Christine, die Meerkatze«, sagte ich.

»Alles in allem können wir nicht zufrieden sein«, fuhr Dale Mackay fort. »Wir haben zwar eine vage Vorstellung von Christine Campbell, von ihren Wahnideen und Obsessionen. Wir wissen, daß sie die Schatzsuche nach den Juwelen veranlaßte. Aber wer hat die Taucher umgebracht? Frank Harris etwa, der Taucher war? Und was ist mit euren Verfolgern, Kalaschnikow, den beiden Missionaren, wie du sie genannt hast?«

»Meine Vermutung ist folgende: Sie haben alle für Christine Campbell gearbeitet. Seit dem Telefonat vor meiner Abreise wußte sie, daß ich kommen würde. Sie hat mich beschatten lassen. Sie hat die Verfolgung selbst inszeniert. Es gab für sie keine bessere Möglichkeit, wieder in den Besitz des Kolliers zu gelangen, als es mir von Komplizen mit Gewalt abnehmen zu lassen. Es hätte ja sein können, daß ich es ihr wieder nicht freiwillig geben würde, wie schon beim ersten Mal in Glasgow.«

»Klingt interessant, aber nicht besonders plausibel. Sie hätte dich doch bloß bitten müssen, das Halsband herauszurücken.«

»Sie fürchtete, daß Frank dies mitbekommen würde. Ich habe den Verdacht, daß Frank bei weitem weniger harmlos war, als er mir erschien. Er war hinter dem Stein genauso her wie Christine, wenn auch aus anderen Motiven. Er hätte sie gezwungen, den Stein zu verkaufen, um der Hälfte des Erlöses willen. Es ist auch möglich, daß Kalaschnikow für ihn gearbeitet hat und nicht für Christine! Christine wußte, daß der Stein bei mir am besten aufgehoben war. Jedenfalls zunächst. Was hat übrigens die Obduktion der drei Killer von Lochboisdale ergeben?«

»Sie waren schwer verstümmelt, aber die eigentliche Todesursache waren Kugeln. Wir gehen davon aus, daß sie sich im Tumult aus Versehen gegenseitig erschossen haben.«

»Dale, jetzt hab ich's. Es war kein Versehen! Sie haben nicht zusammengearbeitet, sondern gegeneinander. Kalaschnikow war Christines Mann, denn er hat mich schon auf der Fähre beschattet. Er sollte auch den Schmuck auf Paddys Market an sich bringen. Die beiden Missionare arbeiteten für Frank. Ich vermute übrigens, Kalaschnikow war in dem Auto, das uns bis zur Bridge of Orchy verfolgt hat. Das würde auch erklären, daß der Versuch, uns von der Straße zu drängen, nicht so recht überzeugend war. Er durfte Christine, seine Arbeitgeberin, nicht gefährden.«

»Alles Vermutungen. Trotzdem, was du sagst, ergibt ein plausibles Bild. Und wer hat Jane ermorden lassen und warum?«

»Jane wußte zuviel. Ich habe den beiden von meinem Gespräch mit Jane erzählt, von ihrem Verdacht hinsichtlich des angeblichen Filmteams. Und da muß Frank befürchtet haben, es könne alles auffliegen, und er hat Jane aus dem Weg räumen lassen.«

»Und die beiden Durchsuchungen? Die Hotelzimmer in Oban und der Campingwagen, wie paßt das ins Bild?«

»Das waren Franks Leute. Frank muß gesehen haben, daß der Dieb auf Paddys Market das Kollier fallen ließ. Er mußte deshalb davon ausgehen, daß Christine oder ich noch immer im Besitz des Kolliers waren. Er vermutete, daß wir es irgendwo versteckt hatten. Er hat sich nur zum Schein fesseln lassen.«

Dale trank ihr Glas aus und erhob sich. Sie streckte mir die Hand hin, diesmal förmlich. »So, das wär's dann wohl gewesen. Ich werde einen Bericht aufsetzen, der deine Mitarbeit gebührend zur Geltung bringt. So ganz gelöst haben wir den Fall ja immer noch nicht. Wer die Taucher getötet hat, wird wohl immer ein Rätsel bleiben.«

»Setz dich wieder. Ich bin noch nicht zu Ende. Ich kenne ihren Mörder seit gestern abend. Er heißt Mike MacLean, und er lebt hier in Inverness, in der . . .« Mir fiel die Straße einfach nicht mehr ein.

Dale Mackay ließ sich auf den Stuhl fallen. »Da sitzt du hier ganz gemütlich neben mir, redest über Kelten und Liebe und andere fixe Ideen und weißt die ganze Zeit, wer der gesuchte Killer ist? Piet, ich begreife dich nicht.«

Ich ertappte mich dabei, daß ich vor Vergnügen und Selbstbewußtsein strahlte. »MacLean ist jener ›Freund‹, von dem Christine auf Rousay geredet hat. Er hat das Sobieski-Team zusammengestellt und es dann aus irgendeinem ominösen Grund umgebracht. Ich glaube nicht aus Geldgier. Christine hat selber nicht den Grund gewußt.«

Wieder erhob sich Dale Mackay. Sie schwankte, als ob sie einen Schwips hätte. Ich griff nach ihrer Hand und zog sie auf den Stuhl zurück. »MacLean läuft uns nicht weg«, sagte ich. »Was mir wegläuft ist die Zeit hier am Tisch.«

»Mein Gott, Piet, wir kennen diesen MacLean. Er hat schon einige Male wegen Körperverletzung gesessen. Wir werden ihn noch heute festnehmen. Wenn du willst, kannst du dabeisein. Sei gegen zehn in der Haughbar. Aber pünktlich!«

Die Festnahme von Mike MacLean war ein Kinderspiel. Er trank gerade ein Bier und glotzte auf den Fernseher, in dem ein Spiel zwischen den Rangers und Celtic Glasgow übertragen wurde, als Dale Mackay mit zwei Polizisten erschien. Widerstandslos ließ er es zu, daß sie ihm Handschellen anlegten. Mich würdigte er keines Blicks. Er trank mit beiden Händen sein Glas aus, und während sie ihn hinausführten, drehte er den Hals, um so lange wie möglich das Fußballspiel mitzubekommen.

Die Verhöre hingegen erwiesen sich als schwierig. Mac-Lean war ein gewiefter Verhörpartner, und Dale bat mich deshalb zu meiner Freude, bei den Sitzungen zugegen zu sein. Es war nicht viel mehr aus MacLean herauszubekommen als sein Haß auf tauchende Frauen und seine kritiklose Bewunderung für Aleister Crowley, dessen Bekenntnisse er tatsächlich vollständig gelesen hatte.

Irgendwann bat mich Dale, das Verhör zu übernehmen.

»Ich möchte allein mit ihm sein. Und außerdem brauche ich eine Flasche Tallisker«, sagte ich.

Das Gewünschte wurde gebracht. Mackay und einige andere Polizisten waren im Nebenraum. Ich wußte, daß sie alles über Mikrofone mithören konnten.

Ich füllte unsere Gläser bis zum Rand. Er grinste und kippte seinen Whisky hinunter. »Schade, daß du nicht dazu kommen wirst, mit mir zu tauchen. Ich könnte dir einiges zeigen, was du noch nie gesehen hast. Weißt du, was passiert, wenn du dir in zehn Meter Tiefe einen runterholst?« Er lachte und schlug mir mehrmals auf die Schulter. »Du bist ein feiner Kerl. Aber da sie mir hier etwas anhängen wollen, für das ich auch bei guter Führung erst nach ein paar Jahren rauskommen könnte, wirst du eine Weile warten müssen mit dem Tauchen. Dabei habe ich überhaupt nichts getan. Bin gespannt, wie sie mir was nachweisen wollen.«

»Mike, du kennst den Text in der Haughbar, du weißt schon, das Gespräch zwischen Gott und Gabby. Gott preist das Land der Schotten, erinnert an den Whisky, die Berge, die Seen und Flüsse voller Lachse. ›Halt ein, halt ein‹, unterbricht ihn Gabby, ›meinst du es nicht zu gut mit den Schotten?‹ Die Antwort des Allmächtigen kommt prompt: ›Nicht wirklich. Warte, bis du die Nachbarn siehst, die ich ihm geben werde.‹ Ich finde, er hat noch vergessen hinzuzufügen: ›Und es sind sogar Frauen darunter, die tauchen!‹«

Mike MacLean starrte mich an, dann begann er wiehernd zu lachen. Er lachte so stark, daß ihm Tränen über die Wangen liefen. »Du hast recht, mein Junge«, sagte er, als der Heiterkeitsanfall vorüber war, »solche Weiber gehören nicht hierher, und dafür lohnt es sich auch verdammt, ins Gefängnis zu gehen. Das Dumme ist nur, daß ich gar nicht hier war, als diese Taucherin in Loch Ness getötet wurde. Ich war in Argyll und habe Muscheln gefischt.«

»Pech für dich, Mike. Man hat Plankton in ihrer Lunge gefunden, den es nur an der Küste von Argyll gibt. Was sagst du jetzt?«

Er war bleich geworden und goß sich sein Glas wieder voll. »Es war kein Mord«, stieß er hervor. »Es war nur ein Unfall. Ich war der Chef des Sobieski-Teams. Ich wollte keine Frau dabei haben, aber ich konnte mich nicht durchsetzen. Die Holländerin war von Anfang an scharf auf mich, und ich hab sie an jenem Wochenende schließlich doch einmal mit an die Westküste genommen. Das war ein Fehler. Dort ist nur richtiges Männertauchen möglich, das hab ich dir ja schon gesagt. Sie wollte Apnoetauchen von mir lernen. Du weißt, das Tauchen ohne Beatmung. Mit einer einzigen Lungenfüllung.«

»Du bist gut in Apnoetauchen, Mike?«

»Ich halte den schottischen Rekord. Über hundertzwanzig Meter in drei Minuten und sechsundvierzig Sekunden.«

»Was ist das für ein Gefühl, Mike, ich meine, wenn du unten bist und deine Lunge wie ein Schwamm auf einen Bruchteil ihres normalen Volumens zusammengedrückt wird?«

»Du bist high, sag ich dir. Da kommt kein Suff mit und kein Orgasmus. Du fühlst dich wie ein ertrunkener Fisch im Himmel. Es ist toll. Aber die Kleine aus Holland hat es nicht vertragen. Sie ist mit Gewicht getaucht. Dabei hat sie zu schnell eine zu große Tiefe erreicht. Als sie auftauchte, war sie tot. Barotrauma. Ihre Brustwarzen waren riesig und hart. Es sah aus, als wollte sie mich noch als Tote anmachen. Ich hab ihr die Dinger abgeschnitten, weil ich das nicht ertragen konnte.«

»Warum hast du sie nach Foyers zurückgebracht?«

»Das war doch die einzige Möglichkeit, die Sache zu vertuschen.«

»Wie bist du zurück?«

»Im Auto. Ich hab die Tote neben mich gesetzt und festgebunden. Jeder hätte uns für ein normales Paar gehalten. Die reden doch auch selten miteinander und sehen immer nur geradeaus.«

»Und dann?«

»Die Holländer waren gerade unten, als wir ankamen. Da kam mir die Idee, daß niemand auf mich käme, wenn die nicht mehr reden könnten. Ich wußte, daß sie hilflos waren da unten. Sie konnten nicht auftauchen ohne eine lange Dekompressionszeit. Sie brauchten die Bell, um in die Druckkammer zu kommen. Also zog ich sie mit der Winde hoch. Dann stellte ich die Warmwasserversorgung für die Anzüge ab. Nach zehn Minuten mußten sie schon ziemlich unterkühlt gewesen sein. Ich tauchte viermal. Jedesmal in Apnoe. Ich kann dir sagen, das war Weltrekord! Jedesmal tötete ich einen, schnitt den Anzug auf, befestigte die Leiche am Tauchgewicht und schickte sie Nessie zum Fraß.«

»Und die Taucherin?«

»Ich wollte auch ihre Leiche verschwinden lassen. Aber dann wurde ich gestört. Der tägliche Bus von der Monstertour kam das Fairy Glen runter. Manchmal steigen die Leute bei Foyers aus. Ich versteckte mich in der Druckkammer. Als es dunkel war, fuhr ich nach Hause.«

Er sah mich traurig an. »Schade, daß wir nicht zum Tauchen kommen werden. Dir hätte ich Apnoe beibringen können!«

Ich wollte die Videofilme sehen, die man in der Druckkammer gefunden hatte. Zusammen mit Dale saß ich in einem abgedunkelten Zimmer. Man sah Schatten, Geisterwesen, Fomóris. »Ob da unten wirklich was zu finden war?«

»Wir werden in den nächsten Tagen Marinetaucher hinabschicken. Die sollen die angebliche Schatzhöhle suchen«, sagte Dale.

Ich redete noch einmal mit Mike MacLean, versuchte, ihn über sein Verhältnis zu Christine zu befragen, aber alles, was ich aus ihm herausbekam, war die Behauptung, Christine Campbell sei gar keine richtige Frau gewesen, sondern ein Mann. Und sie habe ihm viel Geld versprochen, wenn sie die Juwelen finden würden.

Meine Zeit in Schottland war zu Ende. Dale Mackay brachte mich in ihrem Privatauto zum Flugplatz. Der Abflug verzögerte sich wegen der gemeldeten Starkwinde über der Nordsee, die zu einem Verkehrsstau auf dem Amsterdamer Flughafen geführt hatten.

Als ich zum ersten Mal den Metalldetektor passierte, piepte er wegen der Tinwhistle, die ich in der Jackentasche hatte. Ich zog sie heraus und erntete ein freundliches Kopfnicken des Kontrolleurs. Anschließend saßen wir in der Abflughalle stumm nebeneinander. Eine ganze Stunde lang. Einmal sprang Dale auf und holte uns zwei Dosen Bier. So saßen wir eine Weile in Eintracht eng beieinander und starrten vor uns hin. Als der Aufruf durch die Lautsprecher kam, sich am Gate einzufinden, sah sie mich noch einmal an, und als es schien, als ob der Staudamm ihrer blauen Bergseeaugen kurz davor wäre zu brechen, ging sie einfach.

25. DER RUBIN

Kurz nachdem ich in Groningen zurück war, erhielt ich einen Anruf von Willem, dem Goldschmied.

Er empfing mich an der Haustür und führte mich die schmale Stiege hoch in seine Werkstatt. Dann machte er sich an einem seiner faszinierenden Schränke mit den zahllosen Schubladen zu schaffen. Ich wußte, daß Willem hier alle möglichen Fundsachen aufbewahrte: Unruhen von Uhren zum Beispiel, die er zerlegt hatte und von denen er behauptete, daß sie Herzen waren, die nur auf die Transplantation warteten.

Eine der Schubladen enthielt offenbar das, was er suchte. Es war ein Ring mit einem wunderschönen Stein. Er war rot, zweifellos ein Rubin.

»Voilà, das ist er. Ein geheimnisvoller Stein. Ich möchte wissen, wie er in den Besitz dieser kleinen Schottin gekommen ist. Ich schätze ihn auf zwei bis drei Millionen Gulden.«

Er hielt ihn gegen das Licht. »Ist er nicht herrlich? Dieses Feuer! Ich habe damals gleich gewußt, daß einer der Steine echt ist. So etwas spürt man einfach. Genau zu sagen, woran es liegt, ist wahrscheinlich unmöglich. Es ist eine Frage der Ausstrahlung. Wie bei manchen Menschen. Nenn es Aura, nenn es Charisma, erklärt ist damit nichts.«

Wie benommen griff ich nach dem Ring.

»Bist du wahnsinnig geworden? Wenn er wirklich so viel wert ist, dann hast du dich strafbar gemacht. Wie konntest du das bloß tun?«

»Warum ich das gemacht habe? Ganz einfach. Ich konnte dich doch mit diesem Stein nicht einfach so rumlaufen lassen. Damals hast du mir diese merkwürdige Geschichte von deiner Schottin erzählt. Ich spürte, daß da ein rätselhafter Zusammenhang bestand, und ich wußte, daß der Stein, wenn er echt war, bei seiner Größe für den Besitzer eine große Gefahr darstellte. Du warst verliebt und hättest dir die Mitnahme des Halsbandes niemals ausreden lassen. Solche Steine gehören aber in den Tresor oder in die Schatzkammer eines Museums.

Ich bin also nach Amsterdam gefahren und habe mir für einen Haufen Geld eine gute Imitation besorgt. Dann habe ich das Halsband neu gemacht. Das Ergebnis konnte sich sehen lassen. Ich nehme an, niemand hat etwas gemerkt.«

»Du bist wahnsinnig«, sagte ich.

»Nein, ich bin Schotte, was allerdings fast auf das gleiche hinauskommt. Aber unser Wahnsinn ist nichts anderes als ein sehr genauer Blick auf die Realität, mein Guter. Was auch immer geschehen sein mag, der Stein existiert noch. Ich habe ihn nicht für mich beiseite geschafft, sondern für dich, mein Lieber.«

Er reichte mir den Ring.

»Ich habe ihn neu gefaßt, aus vierundzwanzigkarätigem Gold. Ein schlichter Ring, der den Stein richtig zur Geltung bringt. Er paßt an deinen kleinen Finger.«

Ich steckte mir den Ring an. Dabei spürte ich ein Brennen, als würde er mir den Finger abschnüren.

Morgen würde ich den Ring meinem Chef übergeben. Es war seine Sache herauszufinden, wem der Stein jetzt gehörte. Vielleicht würde die englische Krone ihn ihrem Schatz einverleiben, vielleicht hatten aber auch die polnische und die französische Regierung ein Wörtchen mitzureden.

26. NICKI

Meine Versuche, meinem Chef den Abschlußbericht zu erläutern, den ich mit Dale Mackay in Inverness entworfen hatte und den ich nun überarbeitet und um die Ringgeschichte ergänzt hatte, scheiterten kläglich. Er kratzte sich am Kopf und vergaß sogar, sich eine neue Zigarette anzustecken. Eine Weile sah er mich fast liebevoll an. Beinahe fürchtete ich, er würde mich wieder zum Essen vom ›heißen Stein‹ einladen. Dann begann er zu lachen.

»Piet, ihr seid alle verrückt in diesem Fall: die Opfer, die Täter, die Kriminalisten, die Goldschmiede, der Fall selbst und das ganze Land. Wenn Nessie persönlich auf seinen Flossen draußen vor der Tür stände, würde ich mich nicht wundern. Am besten gefällt mir die Sache mit dem Rubin. Wir haben ihn bereits schätzen lassen. Drei Millionen Gulden sind das mindeste. Vielleicht steck ich ihn mir an und hau einfach ab damit.«

Er lachte noch, als ich bereits draußen war.

Ich ging nach Hause, nicht ohne mir einen Whisky zu kaufen. Diesmal Highland Park, den Orkney-Whisky, der seinen Geschmack angeblich davon hat, daß seit ewigen Zeiten jedes Jahr einige Monate lang Gischt über die Inseln weht und den Torf durchtränkt.

An diesem Abend sah ich Christine noch einmal. Eine

dunkle Gestalt an der ›desert beach‹. Eine Lebendtote. Sie stand bewegungslos da und sah aufs Meer hinaus. Ich ging auf sie zu und sprach sie an. Wer bist du eigentlich, was ist dein wahres Ich? Langsam drehte sie sich um zu mir und zog den Schleier zur Seite. Hinter ihm war nichts, war Leere. Statt in ein Gesicht zu sehen, sah ich das graue Meer.

Ich mußte in meinem Schaukelstuhl eingeschlafen sein. Als ich aufwachte, fühlte ich mich seltsam leicht. Hatte ich es nicht Christine zu verdanken, daß ich zum ersten Mal in meinem Leben ein Gefühl für meine Gefühle hatte? Ja, ich würde Dale Mackay schreiben. Ich würde um ein Wiedersehen bitten. Auch wenn es nur eine Episode bliebe, es wäre mehr als alles bisher zusammengenommen.

Mir fiel meine Mutter ein. Ich hatte mich noch nicht zurückgemeldet. Warum auch? Das konnte warten, weiß Gott, schließlich lebte sie bereits jenseits des Rhipäischen Gebirges, und ich hatte derzeit keine Lust, mich auf eine Reise dorthin zu begeben.

Ich legte Bob Dylan auf: »My heart is in the highlands«. Wieder und wieder hörte ich das Stück. Ich sah ockerfarbenes Gras, eisverkrustete Moore, ich roch und hörte den feuchten Westwind, der so riecht, als läge hinter dem Horizont eine gigantische Whiskydestille, in der die untergegangene Sonne gemälzt und gebrannt wird.

Ich dachte abwechselnd an Dale und an Christine, gestattete mir diese kleine Vielweiberei in meiner Phantasie. Ich war tief in beider Schuld. Schließlich hatte Christine alles ausgelöst. Ohne den großartigen Irrtum, sie zu lieben, würde ich jetzt nicht voll dieser neuen Erwartung sein. Ich hatte durch sie begriffen, daß der Mythos der Hyperboräer einen teuflischen Hintersinn hat: Das Glück ist nur dann rein, wenn es zugleich in sich getrübt ist. Es ist die

Seide, die das Feuer der Rubine erst eigentlich entfacht. Die Einschlüsse, die Verschmutzungen, sie machen das Leben lebenswert. Und die wahren Hyperboräer sind die, die kleine Selbstmorde begehen in jedem lohnenden Augenblick, nicht einen großen am Ende des Lebens.

Dann dachte ich wieder an Dale, sah sie vor mir, ihr Sommersprossenplanetarium. Auch sie hatte mir etwas Neues beigebracht. Man konnte sich verlieben, ohne daraus eine Oper zu machen. Wie, wenn ich damals nicht nach Portpatrick, sondern gleich nach Inverness gefahren wäre, wie es eigentlich meine Pflicht gewesen war? Das Schicksal hätte die Karten anders gemischt. Ich hätte keine zwei Damen gezogen, sondern wieder nur den Joker meines Ichs. Mit Sicherheit.

Kurz vor Mitternacht ging ich in meine Stammkneipe, die »Blaue Maus«. Nie wieder würde ich die ›große Liebe‹ wollen. Dieses Ideal war offenbar eine Form von zerstörerischem Wahn, den meine Mutter mir suggeriert hatte, vielleicht um zu verhindern, daß ich je mit einer Frau glücklich sein konnte.

Es ging schon auf zwei, als ich wieder zu Hause war. Der Anrufbeantworter blinkte. Ich hörte ihn ab. Auf dem Band war ihre Stimme. Ich kannte sie nur zu gut. »Du fehlst mir, Piet«, sagte sie. »Ich habe ein paar Gläser Highland Park getrunken, um mutig genug zu sein, dir zu sagen, daß ich mich in dich verliebt habe. Ein Indiz dafür ist die Tatsache, daß ich heute im MacDonalds war. Verstehst du, warum ich das für ein Indiz halte? Du bist doch groß im Interpretieren. Wenn man schlecht essen möchte, muß die Seele auf eine andere Nahrung umgestiegen sein. Ich denke, ich werde in der nächsten Woche nach Groningen kommen. Ich habe noch einen Rest vom Jahresurlaub abzuleben. Ruf mich an, wenn du Zeit für mich hast.«

Ich setzte mich in den Schaukelstuhl und stellte das Telefon neben mich auf den Boden. Es hockte da und erinnerte an eine schwarze Katze mit weißen Pfötchen. Nicht nur wegen des schwarzen Gehäuses und den weißen Nummern, nicht nur, weil es schnurren konnte, sondern weil von ihm eine herrische Ruhe ausging, der ich mich in diesem Augenblick nur zu gerne unterwarf.

»Nicki«, flüsterte ich. »Wenn das so weitergeht, werde auch ich eines Tages sagen können: ›Ich habe ein gutes Leben gehabt‹.«

Ich hob mein Glas und prostete dem Telefon zu. »Slanche«, sagte ich. »Jetzt werde ich endlich anfangen.«

Dann wählte ich Dales Nummer.

INHALT